新潮文庫

悲しみの歌

遠藤周作著

I

「ドロボォー」

悲鳴のような女の声が聞えた。夕暮の新宿区役所通りである。

「ドロボォー」

びっくりした通行人たちが一斉に足をとめ、その頭が一斉に声の方向にむいた。女の声は区役所通りにそったゴールド街からひびいた。

薬屋や酒屋の店員たちが飛び出してその横町に駆けていった。

叫び声をあげた女の子は追手に、

「わたしのハンドバッグ、わたしのハンドバッグ」

と、しどろもどろに教えた。

ひったくりはこのあたりの飲食店に出没する溝鼠《どぶねずみ》のようにゴールド街の細い道を巧みに駆けていく。よほど身が軽いとみえて、アッという間に姿を消しては、また別の路《みち》からあらわれる。

た。

「あっちにまわれ」

店員と通行人をまじえた五、六人が声をあげ、挟《はさ》み撃ちにしようとして二手にわかれた。

ゴールド街は新宿のカスバである。マッチ箱のような飲屋や小さな酒場が神社のあたりまでぎっしり並んで、男か女か、日本人か外人か、わからぬような連中が夜がふけてもうろうろと歩いている。

その時——

一人の大男が突然、追手の前方から飛びだしてきた。ラグビーボールのように黒いハンドバッグをかかえた泥棒の体に体当りをくらわせた。

「痛《い》てえ」

泥棒は路においてあったポリ・バケツをひっくりかえして尻《しり》もちをつき、ハンドバッグの口がひらいて、中身が四散した。

「ふてえ野郎だ」

「どこのフーテンだァ。お前《めえ》は」

うすぎたないジーンズをはき、鳥の巣のような頭をした若い泥棒は頭をかかえてとり囲んだ追手の足蹴《げ》りに耐えていた。

とそのなかのインテリ風の一人が皆を制し、

「暴力はやめましょう」

「この近所の交番はどこですか」

「あっちだよ」

「みんなで参りましょう。我々は目撃者ですから同行する義務があります。つかまえた方。あなたは勿論《もちろん》、行かねばなりません」

はじめて気がついたように、皆は自分たちのうしろに立っていた大男をふりむいた。ねずみ色のスェーターを着て陽やけした顔をしたこの男は、

「いや、俺ぁ……」

と気が弱そうに尻ごみをしたが、

「何を言うのです。あんたが、つかまえたんじゃないですか」

とインテリは感動した顔で、

「表彰もんですよ。これは」

「俺……表彰なんか、してもらいたくねえし……」

「立派な人だなァ。金一封をもらえるかもしれんのに。あなたは新聞にだって載るかもしれんのですよ」

「そうだ。そうだ」

被害者の女の子は道に落ちた口紅や財布をひろいあつめて、ベソをかいていたが、彼女と立派な男とを囲んだ一同は正義感と優越感に燃えながら、交番に出かけた。

夕暮の派出所で警官二人が酔っぱらいの親爺《おやじ》をなだめていた。

「おじさん。いい加減に帰ってくれよ、忙しいんだから、我々は」

「なにィ」

酔っぱらいは壁にもたれながら、

「なにが忙しいんだよ。おめえらのやることは、何もしねえ俺たちにケチつけるだけじゃねえか。立小便しただの、信号守らねえだの、そんなことだけじゃねえか。なら、なぜ、政治家をつかまえねえ。政治家ちゅうのは大金を儲《もう》けて税金をチョッピリ払いたい奴《やつ》がなるんじゃないか。そんならなぜ国鉄の労働組合をつかまえねえ。電車だって汽車だって国民の財産だど。国民が税金だして作ったんだど。この俺だって、ちゃんと税金を払ってるんだ。山田金太郎は税金を払っている。嘘《うそ》というなら税務署、行って調べてこ」

「わかった、わかった。おじさん、税金を払ってる。さあ、帰りなさい」

「おじさん、おじさんと気やすく言うな。山田金太郎と言え」

「うん、うん、山田金太郎は税金を払ってる」

「よし。そんならその山田金太郎の税金で作った電車を国鉄の労働組合が、この山田金

っていない）と中年の客は酔いはじめた頭のなかで考えた。（とに角、ここじゃ、みんなが生きている）

「泥棒と言えばね、去年、やっぱり変な泥棒が区役所裏の煙草屋に入りましてね」

とマスターが話をつづけた。

「みんな大笑いでしたよ、あんな馬鹿《ばか》な泥棒もいないでしょう」

「どうしたんだ」

「日曜日でね。煙草屋さんが家族全員で外出してね。夕方、帰ってきたんです。茶の間で何げなくテレビをつけたら、ちょうど坂本九ちゃんが〝幸せなら手をたたこう〟という昔、流行《はや》った唄《うた》を歌ってたんです」

「うん、うん、憶《おぼ》えてるよ」

「そしたらね、なんと押入れのなかからパチ、パチと手を叩《たた》く音がしたんです」

「パチ、パチって」

「ええ。みんな、びっくりして」

「そりゃ、びっくりするだろ」

「押入れあけたら、酔っ払った泥棒がかくれていたのです。こいつ、煙草屋さんに侵入して台所で一杯のんでいたら皆が戻ってきたので、あわてて押入れにかくれたんですね。でも坂本九ちゃんのあの唄が大好きで、その曲を聞いたら、思わず手を叩いたんですよ」

「本当かね。しかし憎めん野郎だな」

中年の男は小説家だった。もともと人間が好きだから彼は小説を書きはじめたのだが、しかし長い歳月の間、彼はますます人間や人間の臭《にお》いのするものが好きになっていった。そしてこうして雨の降る日、その雨や汚水や酔客の靴の泥でよごれたゴールド街の一角で酒を飲んでいると、彼の心にはマスターの話してくれる泥棒も愛すべき人間の一人だと思えてならなかった。

「もう何時かな」

「七時半すぎですよ」

その時、扉があいて二人の学生風の青年が肩のあたりに雨滴を光らせながら入ってきた。

「いらっしゃい」

マスターは隅のほうに坐《すわ》った二人に、

「いつものもの」

と訊《たず》ねた。学生の彼等はここに来ると一番やすいウイスキーしか飲まなかったからである。

「君島さん、何て言ってた」

「自分じゃ、どうにもならないってさ。あいつ逃げてんだ」

「じゃ、落第かよ。俺たちは」

「うん」

「どうすりゃ、いいんだ。主任教授の君島に逃げられちゃ、手のうちようないじゃねえか」

バーテンも小説家も知らんふりをして二人のボソボソとした話を聞いていた。

どうやらこの二人は今度の学年進級が危ない連中らしい。おのれが徹マンをやったり、女子学生の尻を追いかけまわした結果なのに、それを君島とかいう担任の教師に泣きついて、体よく断られたようである。

「主任のくせに無責任だよなァ」

「この頃の教師は学生を愛する気持に欠けてんじゃないのか」

小説家はいい加減にしろ、と他人事《ひとごと》ながら怒鳴りたかったが、何ごとも自分以外の他人や政治や社会の責任にするのが近頃の若者の風潮と知っていたから不機嫌な表情でコップを口にあてていた。

「こうなったら矢野教授のところに泣きつくより仕方ねえな」

「あの爺《じじ》いのところに行くのかよ」

「だってあの爺いが俺とお前にDの採点したからだろ。思いやりねえよな」

「せめてCぐらい、つけてくれりゃ、こんなことにならなかったのに。娘、いないのか。あいつのところに」

「娘いたら、どうするんだ」

「誘惑してやんのさ。仕返しによ」

「まァ、それはその時のことさ。とにかく、やるだけのことはやろうよ。果物籠《かご》もってよ、母親が会社の掃除をして学資を作ってくれるんです——とか何とか言うのさ。お前、泣けるだろ」

「泣けるよ」

俺も昔、学生の頃、成績は決して良くはなかったが、こんな手合いのように、採点を直してくれなければ、教授の娘を誘惑するなどと考えもしなかった。小説家はそう思った。

「そうと決ったら、行こうよ」

「うん。善は急げって、言うからな」

彼等はストレートのウイスキーを一気にあけると、西部劇のカウボーイのように三百円の小銭を音をたててそこにおいて立ちあがった。

「近頃の学生はあんなもんかねえ」

小説家が溜息《ためいき》つくと、バーテンは二人のコップを片附けながら、

「でも、まだ、ましなほうじゃないですか。このあたりではおカマをやってアルバイトだと称している学生もいますよ」

と答えた。

二人の学生はネオンの光と雑踏のなかをぬけて小田急に乗った。彼等がたずねる矢野教授の家は参宮橋の駅をおりた、すぐ近くにあったからである。

駅前の小さな商店街はさきほどの華やかな夜の新宿とはうって変ったように、もう戸をとじ、ひっそり静まりかえっていた。その人影のない道を時々駅から吐き出された客が五、六人、列をつくって通りすぎたが、まもなく狭い四つ辻《つじ》で彼等は枯葉のように散らばって消えた。

「この近くかよォ」

電信柱に不遠慮にも放尿しながら学生の一人が友人にたずねた。

「すぐ、そばだよ、早くやれよ。お巡りに見つかるぜ」

「バッケヤロ。出もの、はれもの、所きらわずだ」

犬がその声を聞きつけて吠《ほ》えはじめた。二人はまもなく塀《へい》の高い、古めかしい家の前にたちどまると、

「ここか。あいつの家は。大学の教師にしちゃあ、ぜいたくな家に住んでんじゃねえか」

「ほんと。手前《てめえ》ばかりよ、いい目をみやがってサ、俺たちは落第させようとする。タチ悪いよ、まったく」

だがこの二人は玄関の呼鈴を押した時は咳《せき》ばらいをして就職試験を受ける受験生のように直立不動の姿勢をとった。

「どなた」

若い娘の声がして玄関に灯がついた。

「はッ。文学部学生の山崎と林と申します。先生、御在宅でしょうか」

「学生さんですの」

「そうです」

玄関があいて、そこに娘の白い顔がみえた。彼女は頭を一寸《ちょっと》さげると奥の間に父親を呼びにいった。

「ブスだな」と山崎は林に「ひでえ面《つら》してやがる」

廊下をゆっくり歩く足音と咳ばらいが聞えると和服姿の髪のうすい矢野教授が不機嫌な顔をしてあらわれた。

「何かね。君たちは」

「文学部の山崎と林です。先生……ぼくらの採点を直して頂けないでしょうか。ぼくらは先生の試験でDでした」

「そうだったな」矢野教授は表情を変えず「知っているよ」

「あッ。憶えていてくださったんですか」

「憶えているさ。あんなひどい答案を書いたのは君たち二人のほかもう一人だけだからね」

山崎は一瞬、絶句したが、突然、声を震わせて、

「申しわけありません。でもこの林もぼくも学資と生活費をかせぐため、アルバイトの連続だったのです。夜はガス工事の土方もやりました。キャバレーのボーイもしました」

「ふうーん」教授は二人を見つめ「じゃあ昼は何をしていたのかね」

「はッ。寝てました。いえ。昼、寝なければ体が保《も》たないんです。林もぼくも家が貧しく、ぼくの母親は病床に臥《ふ》しております。そして母はその病床で我々が一日も早く大学を卒《お》えることを手を合わせて祈っております。その母のことを思うと……ぼくは……ぼくは……とても落第……できません」

うつむいて、すすり泣くように声を震わせ山崎は呟《つぶや》いた。その震え声が不機嫌そのものの矢野教授の心に憐憫《れんびん》の情を起させることを期待しながら……

「先生、お願いします。ぼくら、これ以上、何も申しません」

「そうか、そうだったのか」

教授はしんみりした声で、

「ならば、もう帰りたまえ」

「帰れ？　じゃ、採点を書きなおしてくださるゥ……」

「直さんね。馬鹿馬鹿しい。二時間前、やっぱり別の学生が来て……これもDの学生だよ。同じことを言ったさ。母親が長わずらいで寝ているってね」

「え。そいつも。悪い奴《やつ》だ。先生。そいつはインチキです」

「ああ。インチキだ。御同様に君たちもインチキだ。帰りたまえ。私も教師で飯は二十年くっているから君たち学生の嘘《うそ》ぐらい一目《ひとめ》でわかるさ」

犬がまた何処《どこ》かで吠えた。二人が外に追い出されると、それが合図のように玄関の灯が冷酷に消えた。

「畜生。憶えてろ」

おのれの不勉強は棚にあげてこの二学生は路《みち》に出ると高い塀に向って罵《ののし》った。

「今にゲバ棒ふるって、研究室、目茶苦茶にこわしてやっからよ」

霧雨はやんでいた。ひっそりとした商店街の四つ辻におでんと書いた赤提燈《ちようちん》をぶらさげた屋台がぽつんと客を待っていた。黒い屋なみの向うに新宿のネオンの光がほの赤く空を色どっている。

「おじさん。酒くれよ。コップでな」

山崎はコップ酒を一口あおると、

「あん畜生。あれで大学教授かよ。学生くるしめて何が面白いんだろ」

「ああァ。落第は辛《つれ》えよ。中ピ連でも助けてくれねえかなァ」

屋台の親爺《おやじ》は黙々とおでんのタネを箸《はし》でつまみあげていた。このように霧雨のふる夜は彼の右足は神経痛で痛むのである。

「このままじゃ俺はすまさないぜ。林」

「すまさねえって、何すんだ。お前」

「当り前だろ。仕返し。眼には眼を、歯には歯をって聖書にも書いてあらァ」

彼等は竹輪を頬張り、大根を食べ、コップ酒をあおって身の不幸を嘆き、その不幸を与えた教師を呪《のろ》った。屋台の親爺はこういう客には馴《な》れているのか、まるで聾のように無表情な顔をして大きな箸でタネをつまんでいる。

「あれえ」

口を動かしながら外に眼をやった林は急に腰をあげて叫んだ。

「あいつだ。矢野だ」

「矢野?」

山崎も箸を口にくわえたまま屋台の外に首を出した。

たった今、呪いに呪っていた矢野教授が参宮橋の駅の方角に向っている。夜ふけの戸を閉じた商店街をこの老教授はボストンバッグを片手にこんな時間に一人で歩いている。

「野郎、何処に行くんだろ」

「おい。尾行しようぜ、面白《おもしれ》えじゃないか。暗がりでわからねえように、ブン撲《なぐ》ることもできるし」

山崎と林とが屋台を飛び出そうとすると、今まで無表情に黙々と働いていた親爺の顔が変った。やくざを調べる刑事のような鋭い眼つきで、

「兄さん。食い逃げは、いけませんよ」

老教授はボストンバッグをぶらさげて既に五十米《メートル》ほど先を歩いていた。左手はこんもりとした樹木の影が浮びあがり、ホテルという赤いネオンがその木だちのなかに見える。右は小田急線路にそった崖《がけ》になっていて、この時刻には客の少ない電車がスピードをゆるめながら駅に滑りこもうとするところだった。

「妾《めかけ》の家でもあって、そこに行くんじゃねえのか」

そのうしろ姿を見ながら山崎は林に、

「もし、そうなら証拠つかまえて脅してやろうぜ。採点、書き直さなきゃバラすってな」

老教授は静かに改札口を通り、ホームに向った。もちろん、背後をさきほどの学生二人が尾行しているとは気づいてはいない。

よごれた上りホームでは四、五人の客が電車を待っていた。小さな子供をつれた若い女が寂しそうに壁にはられたアルバイトの広告を見つめていた。みじかい煙草《たばこ》を口にくわえた中年男が競馬新聞をひろげて、鉛筆で何かを書きこんでいる。

老教授は彼等のそばには寄らず、ホームの端にある便所の建物に姿を消した。学生たちは、やもりのようにホームの壁にへばりついていたが教授の便所が長いので、いらいらして足踏みをしていた。

電車が滑りこんだ。ベンチに腰かけていた客たちはたちあがり、中年の男は煙草を靴でもみ消してその電車に近づいた。

「発車しまあす」

その時、便所から一人の長髪の青年がとび出し、まさにしまろうとするドアのなかに軽快に飛びこんだ。ゆっくりと電車は動きはじめ、やがて闇《やみ》のなかに消えていった。

「遅いなあ、あいつ」

足ぶみしていた林は便所に眼を向けながら、

「年寄りって、小便が長《なげ》えんだなァ」

と呟《つぶや》いた。

「行って見てこいよ。お前」

「馬鹿《ばか》。顔みられたら、どうすんだい」

二台目の特急が通過した。風がホームに落ちた紙屑《かみくず》をまきあげた。便所からはまだ老教授はあらわれない。

「おい」

山崎は少し不安そうに、

「殺されたんじゃねえだろうか」

「殺された？　冗談じゃないよ。誰が殺すんだい」

「さっき、若《わけ》えのが逃げるように電車に飛びこんだろ。俺、チラッとみた時、そいつ、矢野が持っていたボストンバッグ、かかえていたような気がするんだ」

「気味わるいこと言うな。ウンコだよ。ウンコしてるんだ。野郎は」

「見てこいよ。おめえ」

霧雨がまたふりはじめた。線路が雨に光っている。便所の周りは静寂に包まれて人のいる気配もない。

ベンチにまた四、五人の客が腰かけた。林と山崎とはそろそろとホームを歩き、霧雨にぬれながら老教授が姿を消した便所に進んでいった。

そっと覗《のぞ》くとアンモニヤの臭《にお》いが鼻をついた。男用の便器が間ぬけた男のような顔をしてこっちを見ていた。誰もいない。なんの音もしない。

「先生」

たまりかねて林は矢野教授の名をよんだ。

「矢野先生。お気分でも悪いんですか」

しいんとして応答はなかった。なかったというより矢野教授の姿は忽然《こつぜん》とそこで消えていたのである……。

吊皮《つりかわ》にぶらさがりながら彼は視線を窓からそらせ、車内の広告に眼をやった。雪のふかぶかとつもった北の国の温泉旅館の広告。中国人コックの料理する中国飯店の広告。若者たちがおどりに行くディスコティックの広告。六十二歳の彼にはそんなものに興味がなかった。

「空気のすんだ霊園」

吸いつけられたように彼はその霊園の広告をじっと眺めた。ちぎれ雲が一つ、青空に浮んで、その下に白い墓が花畠《はなばたけ》のように並んだ写真がそこに載っていた。

「私たちのお墓もそろそろ用意しなくちゃね」

三カ月ほど前、彼は妻が食事のあと何気なくそう言ったのをはっきり憶《おぼ》えていた。ちょうどそれは彼の大学で年齢も同じくらいの教授の葬式があった日で、それに参列した彼は造花のなかに囲まれたこの友人の写真を見て、自分もまたいつか、このようになるのだな、と感じた。

「お前は死ぬのがこわいか」

と彼がその時、妻にさりげなくたずねた。

「こわくはないけど、死ぬ時、苦しむのは嫌ね。苦しまずに死ねて、皆に迷惑をかけないなら、こわくはないわよ」

彼女はそう自信ありげに答えた。彼は彼で茶をゆっくりと飲みながら自分はどうだろう、と考えた。

自分が死んだら学者としての業績はどれだけ残るだろう。その点彼はあまり自信はなかった。私立大学の教授として一応は著述や論文は書いてきたものの、それは後世に残るような画期的な内容のものではなかった。さまざまな色の糸を集めてあむスェーターのようにその著述や論文は外国人の説を適当に紹介し、適当に色づけしたものにすぎない。

(俺が死んだら、本当に何人がいつまでも思いだしてくれるだろう)

その時、彼はそんなことも考え、親しくしている友人たちの顔を思いうかべた。だがその友人たちも彼の死後二年、三年もすればもう生活の忙しさのなかで自分を思いだしてくれそうになかった。

(俺はあと何年、生きるだろう)

日本人の男性の平均寿命が七十三になったという記事を彼は新聞で読んだことがあった。自分もしそれに当てはまるなら、あと十年か、長くて十三、四年は生きるかもしれない。たった十年。若い時とはちがい彼のような年齢の者には十年という歳月はあまりに早く通りすぎるのだ。

友人の葬式のあった日の翌日、彼は大学に行こうとして家を出ながら考えたことも憶えている。

秋空がよく晴れた気持のいい日だった。金色の銀杏《いちょう》が街路に葉を散らばせていた。その葉を母親につれられた小さな子供がひろっていた。この路は十年ちかくの間、彼が大学に通うため、毎日、往復した路だった。

(俺が死んだあとも)とその時、彼はふと思った。(この路には秋の日、銀杏が葉をちらし、小さな子供がそれをひろって遊ぶだろうな)

そう考えると彼はすべてが空虚《うつろ》なような気がした。彼が死んでも空がこのように青く澄んでいるのは耐えがたいことだったからである。

電車は新宿ちかくなると、少しゆれはじめた。線路がカーブしているためである。人々はたちあがって扉のほうに集まっていった。誰もが彼のことには気づかない。このように長髪の鬘《かつら》をかぶり、サングラスをかけ、若者そっくりの服装をした彼を六十二歳の老人であり、大学の謹厳な教授だとは思いもしない。

いや、この電車のなかの乗客だけではなく、家にいる彼の妻や娘さえも何も知らないのである。週に一度、彼が新宿に「酒を飲みにいく」ことは前からの習慣だったから、彼女たちは少しも怪しんではいないのだ。ボストンバッグを手にもって家を出る。そのなかには彼の変装道具が入っている。参宮橋駅の便所のなかでそれを素早く着かえる。そして電車が発車する前にとび乗る。それだけでもう誰にも気づかれはしない。

ホームに電車がすべりこむ。川のように流れる人々にまじり、この老教授はまるで二十歳代の若者のような足どりで広い駅の構内を通りぬけた。そして眼の前にネオンが明滅し、お祭りの夜のように雑踏している駅前の広場に立った。


ゴーゴーがハッスルに変った。それでも席に戻る者は一人もいない。皆はこの新しいステップを得意そうに踊っている。ゴーゴーではさすがに息切れのする彼もハッスルなら何とか、ついていける。ヨーロッパに留学した頃、タンゴやクイックを習った彼にはこのくらいのステップなら見ただけですぐ憶えられた。

（私は今、若い）矢野は呪文《じゅもん》のように心のなかでくりかえした。（私は二十代だ）

ここでは誰もが彼の本名を知らなかった。大学の教師であることにも気づかなかった。

ましてや六十歳をこした老人であるとは夢にも思っていないらしかった。それにゴーゴー酒場に集まる若者たちは自分たちだけに夢中で、ほかの客などには関心がなかった。

(私は今、若い)彼は曲のリズムにあわせて自分に暗示をかけた。(死ぬなんて……随分、先のことだろう。四十年、五十年、先のことだ)

ふしぎに自分が年寄りであることも、死がやがて迫ってくることも忘れられるような気がした。彼はマリファナを喫《す》ったことなどなかったが、マリファナを喫って何もかも忘れようとするアメリカの若者たちの気持も、わかるような気がした。

すぐそばで十八歳か、十九歳ほどの女の子が酔ったように体を烈《はげ》しく動かしている。二人がぶつかった時、彼女のほのかな汗の匂《にお》いをかいだ。その汗の匂いを矢野は貴重なもののように眼をつぶって吸いこんだ。

それは彼の妻の老いた体臭などとはちがっていた。まだ若い娘の汗の匂いだった。ゴーゴーで上気した彼女の首すじがほんのりと薔薇《ばら》色になり、かすかに汗ばみ漂ってくる匂い。その匂いがどんなに貴重なものか、若い男たちにはわかるまい。それは六十歳をこした老人だけに味わえる香りなのだ。こうして、おどっている女の子たちの汗の匂いをかぐ時、矢野はいつも大学の女子学生たちや自分の娘には感じたことのないエロチシズムをひそかに楽しめたのである。

ハッスルが終り、バンドが一時、休憩をすると、皆はそれぞれ席に戻り、彼もスタンドの隅に一人、腰かけて息をととのえた。

「ヤーさん。あれ、飲みますか」

とバーテンがたずねた。この店では彼はヤーさんと呼ばれている。

「ああ。ほしいね」

彼が、ここで注文するのは、いつもレモンをしぼって水で薄めた飲物だった。すっぱいレモン水を少しずつ咽喉《のど》にながしこみながら、矢野はあちこちでテーブルを囲んで騒いでいる男女をながめた。奇妙な服装をした彼等はいずれも国籍のない人間のようにみえる。時に男かと思えば女だったり、女かと思うと男だったりする連中もいる。そのなかに自分の教室に出てくる学生がまじっていることもあった。

(だが、気づかれたことは一度もない)

一度、この地下室の入口で教え子の一人にばったり顔を合わせたこともある。向うははでなスポーツ・カーを停めておりてきたのだ。視線があった時、その学生は矢野教授だと夢にも考えず、

「チケット、どこで買うんですか」

とたずねた。

「下ですよ。靴をあずける所も一緒です」

と彼は指さして教えた。

そのことを思いだすと、得意な気持と可笑《おか》しさとがこみあげてくる。

「ヤーさん、おかわりは？」

「いらない」

出ようとして腰をあげた時、どこかの会社の部長クラスらしい中年男と見憶えのある女の子とが入口からあらわれた。男のほうはこんな場所ははじめてらしく、口をあけて店内を見まわしている。

（この子はいつも中年を連れてくる……）

素早く空席を探している女の子に眼をやりながら彼はバーテンに何気なくたずねた。

「あの子、おじさんといつも来るな」

「ええ」バーテンは少しうす笑いを浮べてうなずいた。「どうせ、たかってるんでしょう」

「ここじゃ、みんな、何て呼んでいる子？」

「ミミちゃんで通っていますがね」

一時間たらず、ゴーゴー酒場で時間をすごすとミミと中年の男は外に出た。店ではジルバもハッスルも踊れないこの男は、ミミが若い男たちにまじって一人、体を動かしているのを遠くから眺めながら、羨《うらや》ましそうに水割りのコップを空にしていた。

（いくらやれば、あの子は寝るかな。一万円。そんなにくれてやることもないだろう）

とこの男は自問自答していた。

（五千円で結構か。もうこの店で奢《おご》ってやったんだから）

時計を見ると十時半をすぎていた。家で不機嫌に自分の帰りを待っている細君のクリームで光っている顔が心に甦《よみがえ》った。頭にクリップをつけ、色のあせたナイト・ガウンを着てテレビを眺めている彼女に今夜、どう嘘《うそ》をつこう。いいさ、そんなことは。その時、出まかせに言えばいい。それよりも今考えねばならぬのは、あの子をホテルに誘う口実だ。疲れたから、どこかで休もうじゃないか。そう言ってみるか。

「疲れたかね」

外に出た時、ミミによりそうようにして彼はやさしく訊《たず》ねた。まるで高校一年の自分の娘をいたわる時のような口ぶりだった。

「疲れていないけど、お腹《なか》がすいたの。サラダ、食べたいなァ」

無邪気にミミは、区役所前で自分を誘ったこの男に甘えてみせた。

（サラダか。そのくらいの出費は仕方ないか）と中年男は財布の中身を計算して、（そのかわり、ホテルで五千円しか、渡さんぞ）

「一度、そこで、たべたいなあと思っている店があるの」

「じゃあ、連れていきなさい」

表通りに出るとミミは車の間をたくみに抜けて、横文字の看板が出ている伊太利《イタリア》レストランを中年男に指さした。

「あそこよ」

「あそこか」

彼が少し不機嫌な声を出したのは、この店が少し高そうな店がまえだったからである。

えんじ色のクロースのかかったテーブルにつくと大きなメニューをかかえて近づいてきたボーイを彼はわざと黙殺して、

「サラダだけが食べたいんだろ」

「でも、スープもほしいの。スープとお肉とサラダ」

娘が父親に甘える時のような鼻声を出して彼女はボーイの差し出したメニューを受けとった。

「これと、これと、これ」

「畏《かしこま》りました」ボーイはうなずいて「こちらのお客さまは」

「ぼくは、何も、いらん。食事をすませてきた。珈琲《コーヒー》でいい」

中年男は煙草《たばこ》だけをふかしながら、白けた表情で壁にかかっている絵を眺めていた。

「どうしたの」

「どうもせんよ。しかし、君は、よく、食べるのだな」

「だって嬉《うれ》しいんだもの。わたし自分で生活しているでしょ。いつも、ここを通る時、この店で食べられたらな、と思っていたの」

「何、やってんだ、今」

「色々なこと。モデルが主《おも》だけど」

「じゃ、お金がほしいだろ」

「ほしい。とっても」

不機嫌だった中年男の顔にまたすこし活気が蘇《よみがえ》った。お金がほしい、という以上、毎月、この女の子と約束で寝るのはやさしいかもしれぬと思ったからである。

スープが運ばれてきた。むさぼるようにそれを飲んでいるこの娘はこの新宿のあちこちにいるズベ公や立ちんぼうとは違った、素人《しろうと》っぽさがあった。悪くないな。月二万円――いや一万五千円で話をもちかけてみるか。

「おいしいかね」

「おいしい」溜息《ためいき》をもらし、ナプキンで口をふいて「とっても……」

「月に、二、三度なら、それくらいここで食べさせてやってもいい」

「ほんと？」

ミミは眼を赫《かがや》かせて中年男を見あげた。

「なら、嬉しいな。おじさまは重役？　えらいの。会社で」

「結婚してるんでしょ。当り前ね。でも恋人、いる？」

「まあね」

「いないね」

「ミミなんか、おじさまの恋人になれたら嬉しいな」

中年男はなま唾《つば》を飲んだ。ゴクリとその音が自分にも聞えるほどだった。こっちが仕むけなくても、向うから誘ってきたからである。

「じゃ、今度、また、会ってくださる？」

「いいね」

「電話番号、教えるから必ず電話かけてね。毎晩、九時からなら、きっといるの。自分のアパートに」

「今から、そこに行ったら、いけないかね」

「今夜？　来てほしいけど……今からテレビ局に行くの」

「女優もやってるのか」

「バイトのエキストラなの。通行人の一人だけど。だから午前三時ごろまで暇がないの。明日だったら、いけない？　明日だったら、暇なんだけどな。会いたいな」

「明日か。よし。電話しよう」

ツイていると中年男は思わず笑いが唇にうかぶのを抑えられなかった。今夜は仕方がないが、明日はホテル代ぬきでこの子のアパートで存分に楽しめるわけか。

電話番号と浅田ミミという名前とを書いた紙きれを彼はポケットにしまいこんだ。

「お金がほしいなら、時々、お小遣ぐらいやってもいいぞ」

「そんな……悪いわ。本当に困ったら、頼むかもしれない」

食事がおわると彼女は倖《しあわ》せそうに顔をかがやかせ、手洗所に行った。その間、中年男はポケットの紙きれを取りだして書いてもらった電話番号をじっと見つめた。

外に出るとミミは、

「ごちそう、さまでした」

と丁寧に礼を言った。

「じゃ、明日、電話してね」

「うん。忘れないよ」

五、六歩、歩きだし、彼女はうしろをふりかえって、自分をまだ見つめている中年男に笑いかけて去っていった。

（犬も歩けば、棒にあたるか）

男は駅の方向に向いながら、一人笑いをたのしんだ。これからは月に二度か三度、あの若いピチピチした体を安く抱けるわけだ。だから夜の新宿は時々、歩いてみるものだな。

パチンコ屋から玉のながれる音と流行歌が聞えてきた。

　私バカよね

　おバカさんよね

　あきらめが、あきらめが悪いのね

彼の胸に不安が横切った。何だかすべてがあまりにウマく運びすぎている。調子がよすぎる。だまされているのはあの子ではなくて、自分かもしれない。

彼は眼の前の果物屋に赤電話をみつけ、たった今、教えてもらった電話番号をまわしてみた。受話器の奥で事務的な女の声が、

「オカケニナッタ、デンワバンゴウハ、ゲンザイ、ツカワレテオリマセン、バンゴウヲ、オタシカメニナッテ、モウイチド、ダイヤルスルカ……」

　私バカよね

　おバカさんよね

やられた、と中年男が雑踏のなかを戻りかけた時、ミミはもう横道を通りぬけて区役所通りまで駆けだしていた。

(今日も、これで、食事代、助かっちゃった)

涼しい顔をして、ペロリと舌を出す。今頃、あの鼻の下のながい男は真赤《まっか》になって怒

っているだろう。怒ったって仕方がない。自分が助平なんだから、いけないのよ。

彼女は自分の金でお茶を飲んだり夜の食事をすることはあまりなかった。第一、夕暮から新宿を歩けば、女の子は必ず声をかけられるものだ。

「あの……お茶、飲みませんか」

うしろからオドオドと学生風の男が誘ってくる、もしお茶を飲みたければその誘いに応じればいい、中年以上の紳士が誘ってくる時はレストランに連れていってもらう。今日は駄目だから明日、アパートに電話してねと、ミミのほうから切り出すと、ふしぎに男はそれを信じるものなのだ。全世界の男って何て、お人好《ひとよ》しなんだろう。

モデルの仕事で得たお金のほとんどをミミは貯金した。いつか、やがて店を出すためである。

毎日、最低に必要な生活費を計算し、それ以外は全部、銀行にあずける。人間、使わずにすまそうと思えば使わないで結構、生きていけるのだ。

大久保のアパートにミミは住んでいる。家賃の二万八千円は少し高いが、しかしこれはモデルとしての体面上、どうしても仕方がない。あまりミミっちい部屋に住んでいると、仕事の注文さえ来なくなるからだ。ベッドは友だちのお古をもらったものだし、テレビやラジオは仕事の客が来た時の見栄《みえ》で置いてあるが、実はこれも友人が捨てたのを拾ってきたもので、うつりもしなければ聞えもしない。部屋の装飾用においてあるだけだ。

生活費のなかで意外とかかるのはやはり水道代と電気代である。だから彼女は洗面をする時もコップに半分と金だらいに掌《てのひら》の厚さほどの水しか入れない。それで充分、口もすすげるし、顔も洗えることを知っているからだ。電気代を節約するため、夜、こうして外を歩くことも多い。もっとも、その時、靴や靴下の消耗を考えて、歩きかたにも充分、注意している。

通りの自動車がこみはじめた。タクシーが次々ととまり、酔った客を乗せて走りだす。そろそろ、バーやキャバレーの閉店時間が迫ったのである。

この時間になると、ミミにはやることがある。ほとんどタダ同然の値段でコーラや煙草を手にいれるのだ。コーラや煙草だけではない。夜の新宿ではビールだって、ウイスキーだって信じられない安値で買うこともできるのである。

ミミはその方法を知ってから、ただ同然で得たウイスキーや煙草をスナックに売りつけることもある。ミミの手を通せばセブンスター一箱が十円安いから、モデルの仕事の時、カメラマンもその助手も争って買ってくれるのだ。

十一時をすぎると新宿の路《みち》という路は今までより人や車で溢《あふ》れる。飲屋や酒場やディスコティックから引きあげる客たちが洪水のように新宿駅に歩いていくからだ。まだ飲みたりぬ連中は深夜まで営業する六本木や赤坂に足をのばすため、あちこちでタクシーを停める。

ミミはそんな雑踏のなかをくぐりぬけて歌舞伎町《かぶきちよう》の裏に急いだ。キャバレー・エンパイヤの閉店が十一時だということを知っているからだ。

「皆さま。本日も有難うございました。またの御来店を従業員一同、心からお待ち申しあげております」

キャバレー・エンパイヤでは大きな客席に別れの挨拶《あいさつ》の声が流れ、最後のもの悲しい「蛍《ほたる》の光」が演奏される。引きあげていく客たちを路のタクシーが奪いあい、出口の前では帰宅するホステスをひそかに待っている男たちが群がっている。

だがミミはそんな客やタクシーや男たちには眼もくれず、このキャバレーのうしろ側にまわる。表側の華やかさとちがい、この暗い非常口の前は水溜《たま》りができて、溝鼠《どぶねずみ》が姿をあらわす。

「今晩は」

そこには既に四、五人のヒッピーたちが温和《おとな》しく待っていた。彼等もミミと同じ目的で、この時刻、この汚水の臭《にお》いのする裏口にやってきたのだ。

二十分ほどすると非常口から一人のボーイが顔を出す。ヒッピーたちは争って階段をかけのぼり、間もなくビール瓶《びん》やウイスキーの空瓶を放りこんだ木箱をかかえて降りてくる。ミミも両手に食い残しのオードゥブルを捨てたポリ・バケツをぶらさげてあらわれる。ボーイは非常口の入口に立って彼等の作業をじっと監督していた。

「今日は何人だい」

煙草を横ぐわえにしたまま、彼は作業のすんだヒッピーたちの数をかぞえた。

「五人か、じゃ、約束の分だけ、持っていっていいぞ」

ヒッピーたちにまじってミミもウイスキーの空瓶を眼のあたりにかざし、客が飲みのこして底にわずかに残っている液体をすばやくその一瓶につぎこんだ。二十本ほどの空瓶をかたむけて、ようやく「だるま」の三分の二ほどが溜る。

「もう、いいか。支配人に見つかると、うるせえからよ。早くしてくれ」

それから彼は皆が集めた酒の量によって金を受けとる。

「おめえ。このくらいだな。じゃ、三百円だ」

「これは一本分、充分あるじゃないか、五百円だぞ。煙草のいる奴《やつ》は何人だ。一箱二十円」

この裏口では煙草もそっと安値で売られている。ビールやウイスキーがこぼれて濡《ぬ》れてしまった客用の煙草だが、濡れているといっても、乾かせばそう味は変らない。

「おい。お前は何もいらないのか」

ボーイはヒッピーの一人にびっくりしたように訊《たず》ねた。背が高く、おかま帽をかぶったこの男がウイスキー瓶もビール瓶も手にしていないことに気づいたからである。

「ふぁーい」

とその背の高いヒッピーは妙な発音で答えた。

「わたくーしは、たべるものを欲しいです」

彼はミミがぶらさげてきたポリ・バケツを指さした。そのなかには客の食い残したチキンやレタスやソーセージなどのオードゥブルが放りこまれていた。

「これを、お前、ほしいのか」

「ふぁーい。すみません」

「別にすまなくもないがね。欲しけりゃ、ただでやらあ」

ボーイはおかま帽の下の、この男の顔を一寸《ちょっと》のぞきこんで、

「なんだ。外人のヒッピーかい」

とつまらなそうに呟《つぶや》いた。つまらなそうに呟いたのは、この新宿ではもう外人のヒッピーもそう珍しくなかったからである。一時ほどではないが、何処《どこ》の国から来たのか、わからぬような奇矯《ききょう》な服装をした金髪のヒッピーを新宿駅前でまだ時折、見かけることがある。

「外人のくせに、ビールもウイスキーもいらねえのか」

「ふぁーい。わたくーし、飲めませんのです」

困ったような笑いをこの外人ヒッピーはうかべると、たずさえてきた飯盒《はんごう》のなかにポリ・バケツの食いものを入れはじめた。

どこかでチャイムがきこえた。十二時十五分前である。ヒッピーもミミもボーイも非常口から姿を消し、猫が一匹、鳴き声をたてて地面に落ちたチキンをかじっていた。

表通りも少しずつだが人のながれが減りはじめた。この時間になると、そのながれのなかに派手な洋服や着物を着た女たちの数がまじる。いずれも終電車に乗りこむホステスたちである。

歌舞伎町の暗い裏路で、一人の女が酔客に両手をひろげて、通せんぼうをしながら、

「わたし、悶《もだ》えてるのよ。遊ばない」

と誘っていた。酔客は電柱に立小便をして、

「いやだよ。母ちゃんに叱《しか》られるね」

と答えた。

まだ歌声や笑い声が聞えるゴールド街に戻ると、一軒の店の扉をミミは押した。

「ああ」

よっぱらった客を持てあましていたバーテンはコップを流し台におくと、急いで外に出た。そしてミミが持ってきた二本のウイスキーに千円札、二枚をわたすと、

「また、持ってこいよ」

と頼んだ。

店のなかでは小説家が居眠りをしていて、新聞記者が二人の学生と言い争っていた。

「自分の成績が悪いからといって、教師を恨むことはないだろ。志の低い奴等だな」

「だってよ。一寸ぐらい採点、書きなおしたって手前の懐が痛むわけじゃねえだろ。学生が悦《よろこ》ぶことをしないで、何が教師だい」

「そうかね、俺が学生の頃は、そんなこと問題にしなかったな。もうちと、社会革命の意識に燃えてたぞ」

「なんだい。その社会革命って？」

口論に夢中になっている三人のコップに、バーテンはミミから受けとったウイスキーを何くわぬ顔でついでいた。

おかま帽をかぶったヒッピー風の外人はコマ劇場のそばをゆっくり通りぬけた。祭りのあとのように人影のまばらになった広場には映画館の灯ももう消えている。

彼は小さなアパートの階段をコツ、コツとのぼった。階段には隣の温泉マークのネオンが赤く反射していた。

「おじいさん、おじいさん」

と外人はよごれたベニヤ板の戸に口をあてて、

「寝てますか」

「ああ……」

嗄《しやが》れた声の返事がきこえて戸の鍵《かぎ》をはずす音がきこえた。

「たべるもの、持てきました」

外人は泣き笑いのような表情をつくって小さな部屋のなかに体を入れた。ボロのような煎餅《せんべい》布団《ぶとん》のそばに土瓶と茶碗《ちやわん》とが転がっている。

「待てください。あ、おじいさん、わたし、しますです」

不精髭《ひげ》をはやした老人は寝巻の間から、よごれたパッチをのぞかせながら、口のなかでモゴモゴと礼を言ったが、言葉はよく聞きとれなかった。

外人は何処からか拾ってきたような電気こんろの鍋《なべ》を覗《のぞ》きこんだ。なかにはまだ粥《かゆ》が少し残っている。飯盒からチキンをとり出して鍋に入れると彼はそれを煮はじめた。

「お孫さん、もう帰りますか」

「もう、帰ってくる」

と老人はうなずいた。

「それでしたら、わたし、帰りますです。大丈夫か。おじいさん」

「だいじょうび」

「ふぁーい。また、わたし、持てきます。チキン、ソーセージ、たくさん、たくさん」

ふたたび飯盒をぶらさげて彼はゆっくりとアパートのこの部屋を出た。温泉マークの赤いネオンの灯がまだ階段にうつっている。

外人はコマ劇場のほうに戻りかけたが、そこに一人の女が石段に腰をおろして泣いているのを見ると、びっくりしたように足をとめた。

「何だよ。チンケな顔をして」

と女は顔をあげて彼を罵《ののし》った。

「見世物じゃないんだ」

「ふぁーい。ごめんなさーい」

「ヒッピーのくせに」

「わたし、ヒッピーない。お腹《なか》いたいか、あなた」

「痛くないよ。放っといてよ」

怒った女はそばに落ちていたジュースの空鑵《あきかん》を放りつけた。びっくりした彼は二、三歩、うしろに退《さが》ると、スゴスゴと歩きはじめた。女はふたたび両手で顔を覆《おお》って泣いた。泣きながら、ふと顔をあげると、そばにまだ、彼が立っているのに気づき、

「しつこいねえ」

「ふぁーい。ごめんなさーい」

「ごめんなさーい、と言うぐらいなら、早く行ってよ」

「あなた、泣いてる、わたし、困る」

「別にあんたが困ること、ないだろ」

「わたし、誰か泣きますと、悲しい」

彼は女から少し離れた石段に腰をそっとおろした。そのくせ、ふたたびジュースの空鑵を放りつけられぬように、オドオドとして、

「あの……たべますか。チキン」

飯盒の蓋《ふた》をひらいて、なかを見せた。

「なに？　それ。いらないわよ。そんなきたない残りもの」

「きたなく、なーい」

「うるさいわね。一体、誰なの、あんた」

「ふぁーい。私、ガストン」

「何だか知らないけど、一人にしてよ」

「一人で泣く、よくない。わたし困る。あなた、お腹いたいですか」

「痛くないってば」

手で顔を覆って、女はふたたび泣きはじめた。泣きながら時々、肩をふるわせる。その姿をおかま帽の外人は辛《つら》そうにじっと眺めた。

「わたし、赤ちゃんを……おろしてきたんだよ。赤ちゃんを」

「ふぁーい。おろす、どこに？」

「一人じゃ、どうにもできなかったんだよ」

「どこに、おろしましたか。赤ちゃん」

おかま帽の外人には堕《お》ろすという日本語がよく、わからないようだった。だが女はそれに気づかず、

「わかってるじゃないの」

とつぶやいて、また泣きはじめた。

酔客が二人、唄《うた》を歌いながらそばを通りすぎていった。彼等は石段に腰かけている女と外人とをちらりと見て、

「こんなところで、青カン、か」

と節をつけてひやかした。

「言《い》てください。わたし、赤ちゃん、探しますです」

外人は真剣そのものの顔で女に、

「どこで、赤ちゃん、おろしましたか」

「病院」

「病院の名前、何と言いますか」

「スグロ医院、それがどうしたのよ」

「スグロ、スグロ」

彼はこの名前を口のなかで幾度か繰りかえして暗記すると、石段から立ちあがって、

「こちですか、あちですか」

と医院の方角を女にたずねた。

「なに言ってるんだよ。なにを探すと言うのよ」

「あなたの赤ちゃん」

呆《あき》れたように女はおかま帽を見あげ、それから哀《かな》しそうに苦笑した。はじめてこの間ぬけた顔をしている男が外人だとわかったのである。

あの飲屋では小説家と若い新聞記者の二人だけがまだ残って水割りのコップをなめていた。

「終戦直後の新宿を君は知らないだろ」

と小説家はそばにいる新聞記者にたずねた。

「知りませんよ。ぼくはそんなに年寄りじゃないから」

「こんなウイスキーなんか、新宿ではとても飲めなかったなあ。俺たちが飲んでいたのは一杯三十円のカストリか、二十円のバクダンだった」

「ウイスキーは手に入らなかったんですか」

「あっても、若い者には手が届かぬほど高かったからね。それにこんなチャンとしたものと違って、どこから持ってきたのか、わからないだろ、飲むのもこわかったもんさ」

バーテンはうしろを向いて笑いを嚙《か》みころした。偉そうなことを言っているが小説家は、飲んでいるウイスキーがキャバレーの客が飲み残したものだと一向に気がついていないからである。

「でも、今の新宿には終戦の頃を思わすものは何ひとつ、なくなったね」

「そうでしょうか」

若い新聞記者は首をかしげて、

「そうでもありませんよ」

「そうかね」

「ぼくは今、取材しているんです。あの時の戦犯たちが現在、どう、生きているかを。新宿にも二人、そんな人が生活していますがね」

小説家は少し困った顔をしてうつむいたが、

「なんのために、そんな取材をするのだい」

「なんのため？」

新聞記者は、

「だって、そうでしょう。ぼくの考えでは日本の戦犯たちは皆が皆でないですが、あまりにたやすく許されたと思うんですよ。だから巣鴨《すがも》に入っていた政治家が総理大臣になったり、与党の師団長になっても、世間じゃ、それを何とも思わない。外国にくらべて、日本人はその点、寛容すぎるほど寛容ですね」

「でも、それと新宿と何の関係があるんだい」

「新宿でもね、昔、収容所の鬼と言われた男が今じゃ、大きなキャバレーを経営して、キャデラックを乗りまわしていますよ、みんな、それをふしぎに思わない」

「ああ」

「日本人は寛大すぎると思いませんか」

小説家は困ったように、またウイスキーを飲んだ。彼には正義の御旗《みはた》をかかげた議論が一番、弱かったからである。

「ぼくにはわからんよ。ぼくは大説家じゃなく、小説家だもの」

「体制べったりの小説家ですか」と若い記者は皮肉った。「もう一人、いますよ。むかし大学病院で米兵捕虜の生体解剖をやった医者が医院をやっていますよ。名前は勝呂《すぐろ》というんです。憶《おぼ》えていませんか」

Ⅱ

夕暮だった。診察室の窓には少しずつ夕闇《ゆうやみ》がしのびより、もう灯をつけねばならぬ暗さになっている。

その暗い診察室で勝呂医師はよごれた回転椅子《いす》に腰をかけ、尺八を吹いていた。尺八の音が時々、かすれると、医師は唾《つば》のついた唇を手でぬぐった。

「先生」

と嗄《しやが》れた声がした。看護婦だった。

「もう、帰っていいでしょうか」

「ああ」

今日は土曜日だった。土曜日には看護婦は夕方になると帰宅することになっている。この頃、二階の病室には入院している患者もいない。

やがて玄関の扉をギイとならし、看護婦が外に出る音が聞えると、診察室はさっきより、もっと静かになった。遠くで豆腐屋のラッパがわびしく鳴っている。

勝呂は尺八をまた口にあて、かすれた音を出した。独習で尺八をやりはじめてからもう一年になるが一向に上達しない。上達しなくても、これだけは彼の一日のただひとつの慰めだった。

しばらく、そうやって彼が下手な音色をならしている間に、窓はすっかり闇にひたされた。医師はようやく灯をつけた。

「ごめんください」

玄関で小さな声が聞え、鈍いブザーの音がひびいた。

「ごめんください」

勝呂は立ちあがり、廊下に出た。患者たちがそこで待つ古びた長椅子に週遅れの週刊誌が乱雑に散らばっている。あがり口にも患者用とマジックで書いたスリッパが幾つか、だらしなく散らばっている。

「はい」

勝呂が玄関の前にたって返事をすると、三十歳ほどの男が硝子戸《ガラス》をギイとならして不安そうな顔を出して、

「あの……診察して頂きたいんですが」

「どうぞ」

医者は眼をしばたたきながら、落ちつきのない男を眺めた。

「私じゃないんです。この連れなんですが」

うしろをふりかえって、男はうなだれている女を玄関に入れた。

病気の名や症状を聞かなくても、この二人がなぜ来たか、もう勝呂にはわかった。

「奥さんですか」

と医師は訊《たず》ねた。

「あんたの奥さん、ですか」

「いえ」

男は困ったように、

「そうじゃないんですが……」

「それだと、駄目だね。御主人の許可がないとできないんだから」

困惑した眼で男は髪のうすい、むくんだような医師の顔を見あげて、

「それを……何とか、して頂けんでしょうか」

「弱るねえ」

勝呂は首をふった。

「知ってるだろうが、奨められることじゃないんだよ。赤ちゃんができたら、生むほうが女性の体にもいいんだ。一度、こういうことをやると、女は流産しやすい体質になるんだから」

「でしょうが、そこを何とか。お金はいくらでも払います」

「お金なんかの問題じゃない。あんたたち、その赤ちゃんを生むように運べないのかね」

男は黙って女をふりかえった。女は女でその男のうしろで体をかくしている。

「色々と複雑な事情があるんです」

男は玄関の扉をギイとならして頼んだ。

「あんた。女房もちなのかね」

散らばったスリッパを整理しながら勝呂はたずねた。男が女房持ちであるぐらい、もう、わかっている。それなのに、その質問をするのは彼のいつもの癖だった。

「はぁ、それに……この人も結婚しているんです」

傷つけられた表情を顔に出して男はうなずくと、

「助けてください。二人で相談した結果です」

医師は二人から視線をそらせ、遠くを見るような眼をした。言いしれぬ悲しみが彼の胸にこみあげてきた。

(お前はまた、やるのかね)

と頭のなかで誰かが言っている。

(お前はまた、やるのかね)

三十年前、彼は人間の生命を救うために医学を勉強した筈《はず》だった。だが今は、この小さな、うすよごれた医院で彼はそっとたずねてくる女たちの体から、どれくらい、生命をとり出し、消しただろう、それは赤ん坊の形をまだ、とってはいなかったが、生きて、息づいて、動いている小さな肉塊にはなっていた……

「お願いします」

男は頭をさげ、それから犬のように哀願した。

医師は黙ったまま診察室に行くと、机の引出しから一枚の紙をとりだし、玄関に戻った。

「名前と住所とを書いて」

「私の名も……ですか。よそにわかると、困るんですが」

「よそには、わからんよ。それにその承諾書がないと手術はできんね」

女が勝呂医師と廊下の奥の手術室に消えたあと、男は長椅子に腰かけて聞き耳をたてていたが、何の物音もきこえなかった。散らばっている週刊誌を膝《ひざ》の上にのせて頁《ページ》をくりはじめたものの、眼は字面を追うだけだった。

闇がひたしている窓を見ながら男は家で待っている妻や子供のことを考えた。妻は、自分がこんな医院で長椅子に腰をかけているとは夢にも思っていないのだ。六歳になる女の子は今頃、テレビの前に横ずわりになって漫画を食い入るように見ているだろう。

（もう……二度と、こんな馬鹿《ばか》な真似《まね》はせん。死ぬまで女房がこのことを知らずにすむように家庭を大事にしよう）

今の彼は手術室にいる女のことよりもこれからの保身のほうが大事だった。彼は女に月のものが停ったと聞かされた十日前を、はっきりと憶《おぼ》えていた。その時、頭のなかにすぐ浮んだのは、

（知られたら、どうしよう）

その一つのことだけだった。

手術室はまだ静かだった。彼はポケットから煙草《たばこ》を出し、口にくわえ、またポケットにしまった。

その時、鋭い叫びと、それから、すすり泣くような女の声が聞えた。男は眼をつぶってその声に耐えた。

寝んねこ　しゃっしゃり、ませ
寝た子の　可愛《かわい》さ
起きて　泣く子の、寝んころろ……

彼は妻がむかし娘に歌っていた子守唄《うた》をこの時、なぜか、耳の奥で聞いた。

寝んねこ　しゃっしゃり、ませ
寝た子の　可愛さ

起きて泣く子の、寝んころろ……

それからまた、すべてが静かになった。静かになって長い時間がたった。手術室の戸をあけて、勝呂医師が汗を手ぬぐいでぬぐいながら出てきた。

「すぐ、帰すのは無理だね。少し出血したから、一時間ぐらい、あそこで寝かしたほうがいい」

「お願い……します」

男は長椅子から立ちあがり、

「じゃあ、一時間したら迎えにきますから。何か、買っておくものが、あるでしょうか」

「いや」

逃げるように男が玄関から消えたあと、医師は診察室に戻って、尺八をふたたび手にとった。

診察着に血がひとすじ、走っていた。その血をじっと見ていると彼はまた三十年前のことを思いだした。あの時も手術室を出た時、彼の手術着にひとすじ血が走っていたのだ。あの時も手術室を出た時は今と同じように病院の廊下の窓は闇にぬりつぶされ、長い廊下はしいんと静まりかえっていたのだ。その夜から彼の人生はすべて変ったが、心には変らないものが生れた。

回転椅子を軋《きし》ませながら、勝呂は机とは反対に体を向けると尺八を唇にあてた。たった今、頭にうかんだ思い出を追い払うように彼はかすれた音を尺八から出して、指を動かした。

「先生、お便所に行って、いいですか」

廊下でさっきの女が弱い声をだした。

「ああ、いいよ」

「連れは……そこに、いますか」

「さっき、一時間したら戻ってくると言って出ていったね」

彼の声はぶっきら棒で、愛想がなかった。昔、同じ研究室にいた助手の戸田から、

「お前のような愛嬌《あいきょう》なしには、町医者もできんだろう」

と嘲《あざけ》られるたび、彼は、

「町医者にはならん。どこか山村の村医者になる」

と答えたものだった。

そう。あの頃、彼は時折、こんなことを夢みたものだった。

春になると白い花の咲くような村の医者になろう。自転車をこいで遠い農家に診察に行こう。寝たっきりの老人たちを診たあとは、茶をすすりながら、彼等の愚痴をきこう。養鶏の話や牛が子をうんだ話も面倒くさがらずに相手になろう。宮沢賢治の詩に出てく

る男のように彼はなりたかった。

「先生、わたし、もう、戻っていいでしょうか」

便所から戻ってきた女がまた廊下で力のない声をかけた。

「戻れるのなら戻ってもいいが……連れを待たんでいいのか」

「いいんです」

「しかし、ここにまた来ると言うたがね」

「わたし……もう……会いたくないんです」

女は廊下ですすり泣きはじめた。勝呂は黙ってそのすすり泣きに耐えていた。

「この近くに」

と新聞記者の折戸《おりと》は果物屋の前にたって、エプロンを着たおばさんにたずねた。

「勝呂という医者がいませんか」

「いますよ」

店頭に並べられた果物はまるで着色をした蠟細工《ろうざいく》のようにつやつやとかがやいていた。

「そこを左に行って、一番目の道を、また左に曲ったら三軒目です。勝呂医院と書いた白い立看板があるから」

「その鑵詰《かんづめ》のつめあわせをください。千五百円のやつ……」

彼はおばさんに箱入りの鑵詰をつつませながら、

「評判いいですか。勝呂医院は」

不審そうな色がおばさんの顔に浮んだのに気づいて、

「いや。なにね、友だちが入院しているので見舞おうと思って……」

と弁解をした。

「さあ、ねえ。私ら、別のお医者さんのところに行っているからね」

おばさんも少し口を濁したが、

「あんまり愛想のないお医者さんらしいねえ」

「愛想がない？」

「なんだか陰気くさい医院だし、いつもひっそりしていますよ」

陰気くさい医院と愛想のない医者という言葉は折戸の想像とは少しちがっていた。彼は勝呂という医者が過去をかくして、今は派手に働いているような気がしていたからである。

この一カ月ほどの間、彼がまわった昔の戦犯者たちは、それぞれの世界で羽ぶりをきかせていた。中国で住民虐殺《ぎゃくさつ》事件を起して数年間、帰国できなかった陸軍少佐は今では国会議員になって議員宿舎で「先生」とよばれていた。捕虜を虐待したためにニューギニヤで牢《ろう》に入れられた海軍兵曹《へいそう》は川崎で大きなスーパー・マーケットの経営者になっていた。近所の住民もそうした人たちの過去には気づかないようだったし、関心も持っていないらしかった。

国会議員にインタヴューを申しこむと議員ははじめは渋ったあと、開きなおってこう言った。

「あの裁判がどこまで公平なもんか疑わしいですな。何しろ戦勝国が負けた国をいいように裁いたんだからね。自分たちは原爆という残忍行為をやっていながら、それには口をぬぐっとるわけだ」

スーパー・マーケットの主人は、

「あんたは戦争を知らんだろ。上官の命令に従わねばならん軍隊を知らんだろ。わしら、むしろ犠牲者だよ。命令した上官は部下に罪をなすりつけて、知らぬ、存ぜぬで押し通したんだから」

そういう返事をした。

折戸はそんな答えを聞くと、戦後世代だけに義憤に似た腹だたしさを感じる。彼は勿《もち》論《ろん》、戦争を知らぬ世代に属していたが、観念的に戦争を憎んでいた。だから戦犯者たちが昔をケロリと忘れ、自分を正当化し、大きな顔をしているのを見ると、その若い正義感はかなり反撥せざるをえないわけである。

（また、こういう連中が大手をふって歩きはじめている）

鑵詰の箱をかかえて、彼はおばさんに教えられた路《みち》を歩きながら、今からたずねる勝呂にどういうインタヴューをしようかと考えた。「その後の戦犯だった人たち」というテーマで十回の連載記事を書き、そこから戦後の日本の一局面を浮びあがらせるこの仕事に彼は情熱を持ちはじめていた。

表通りの騒がしさにくらべ、このあたりはひっそりと静まりかえっている。教えられた通り、路を左にまがると勝呂医院と書いた看板はすぐ眼についた。三十歳ほどの男が顔色のわるい女をつれてその医院からたった今、出てきたばかりだった。二人は折戸を見ると顔をかくすようにして横を通りすぎた。

「ごめんください」

玄関の扉をギイとならして声をかけると、医院特有の消毒薬の臭《にお》いが鼻についた。額のはげあがった、むくんだような顔の男が長椅子《ながいす》の雑誌をかたづけていたが、折戸が、

「勝呂さんですか。突然、おたずねして申しわけありません」

と頭をさげると、暗い、怯《おび》えたような眼でこちらを見た。

「日日タイムズの者ですが、少しお話をうかがわせて頂けませんか」

医師が黙っているので、折戸は、

「失礼ですが……勝呂さんはB級戦犯の裁判をお受けになりましたね」

返事はなかった。

「その時の模様やお気持、そして今の御心境をうかがいたいんです。九州の大学で米兵の捕虜を生体実験されたための裁判だったと聞いてますが……」

「話すことはないね」

医師は怯えたように早口で断った。

「出かけるところだから許してくれませんか。往診に行かなくちゃならんのだから」

「いや、お時間はとらせませんよ。五分か、十分だけくだされば結構です」

取材を拒否されたことよりも、相手が逃げ腰になっていることのほうが新聞記者の癇《かん》にさわった。この医者は戦争中にやった怖《おそ》ろしい行為に蓋《ふた》をするつもりだな、と思うと、折戸は急に腹だたしくなった。

「あれはたしか、終戦一年前ですね。勝呂さんが第一外科の助手で三人の捕虜の人体実験に参加されたのは……」

折戸は相手の返事を待たず、ポケットからメモを出して、たたみかけるように、

「捕虜の一人には血液に食塩水を注入してどのくらい保《も》つか、を実験した。別の捕虜には肺を切除して死亡までの気管支断端の限界を調べた。三人目には血管に空気を入れて死亡までの空気量を調査した。間違いありませんね」

廊下の暗がりで勝呂医師は身じろぎもせず新聞記者がメモを読みあげる声をぼんやり聞いていた。

「もちろん、勝呂さんが一番下の助手で、この人体実験計画を立案したのは軍部や医学部のお偉いさんだとは、ぼくらも知っていますよ。しかしどうしてそんな実験に参加されたんでしょうか。お答えにくいとは思いますが、話して頂けませんか」

それから相手の口が開きやすいように、折戸は、

「別にね、ぼくらは勝呂さんのことを責めているんじゃありませんよ。ぼくらが憎んでいるのは戦争や、戦争が生む悲劇なんです。実験に参加された気持を洩《も》らして頂き、今、それをどう考えていられるかを話してくだされば、それで充分なんです」

沈黙が続いた。沈黙はこの医院の消毒薬の臭いと静寂とにまじりあって、新聞記者を更にいらいらとさせた。

「じゃあ、断ろうにも、断れない状況にあったと考えていいわけですね」

相手が黙っているので、折戸は自分のほうから回答のヒントを与えてやった。今日まで取材した何人かの相手はどれもこれもこんな同じ答えをしたからだ。

「戦争ではね、上官の命令は拒絶できんよ。俺だって、あんなこと、したかァ、なかったさ。しかし命令は絶対だからな」

折戸は鉛筆を出し、長椅子にゆっくり腰をおろした医師に、

「教授の命令には絶対服従の時代だったのでしょう?」

「いや。そうじゃ、ないです」

勝呂は首をふって、疲れきったような声で呟《つぶや》いた。

「断ろうと思えば……断れたんだが……」

「断れた？」

「ああ……」

相手は眼をしばたたいて新聞記者をぼんやり眺めた。それからうすくなった髪の間に指をいれて、

「断る気持が結局、なかったんだねえ。ぼくに」

「すると……」折戸は怒った声で「参加されたのはあなたの意志ですか。医学のためには人体実験をしてもいいと思ったんですか」

「そんなんじゃ、ない」

「なら、何です」

「そうねえ。自分でも、よく、わからんねえ。おそらく、疲れていたんだろう」

折戸は馬鹿《ばか》にされているような気がしてきた。疲れていたから、三人の捕虜の人体実験を断らなかったというのは、あまりに理窟《りくつ》の通らぬ返事だった。理窟の通らぬ返事は新聞記者として書くことはできなかった。

「疲れてたでは三人の捕虜を殺した言いわけにはならないと思いますが……もっと、正直に答えてくれませんか」

勝呂医師は長椅子から悲しそうな眼をあげて、若い新聞記者の怒った表情を見た。自分は何度、この質問を受け、この答えをしたことだろう。B級戦犯として拘置所にいた時、弁護士になってくれた二世の将校からも、それでは返事にならぬと叱《しか》られたものだった。結局、その二世は勝呂を研究室のたんなる下っ端《したっぱ》としてこの実験に従わざるをえなかったと言う説明を作ってくれたのだが……

「正直に答えろと言っても、それが……一番、正直な答えのつもりだがねえ」

「じゃあ、その通り、ぼくは書きますよ。いいですか。もちろん、お名前は出しませんが……」

「ああ」

くたびれきったように医師はうなずいた。この若い青年になにを説明しても理解してもらえないだろう。思えばあれをやった時は彼と同じぐらいの年齢だったのだ。

「もう、往診に行ってもいいかね」

折戸は医院を出ると行きつけの店に寄った。

「いらっしゃい」

客はまだ彼のほかにいなかった。バーテンがつくってくれた水割りを一口、飲んで、

「畜生」

と彼は怒鳴った。

「折ちゃん。なに、怒っているんですか」

「無責任だからさ」

「ぼくが？」バーテンはびっくりして、

「なにか、気に障るようなこと、ぼくがしましたか」

「君じゃない。今、インタヴューしてきた相手があまり無責任だからさ。君。戦争中、捕虜を殺しておいて、その理由が、疲れていたためだ、なんて、人を馬鹿にしていないか」

「キチガイですか。そいつは」

「まともだよ。立派にこの新宿で医者をやってるんだから。こういう戦中派が社会の中《ちゅう》枢《すう》にウヨウヨいるから、今の日本の民主主義はますます逆行していくんだ。君、そう、思わないかい」

水割りを飲み、しゃべっているうちに折戸の正義感はますます熱があがってきた。社会正義のために悪を糾弾する。それがペンの使命だとこの若い新聞記者はいつも信じていた。

「この逆行に何とかブレーキをかけることが、ぼくたちに与えられた課題だよ」

「さあ、ムツかしいこと、わかんないけれど」バーテンは少し困惑した顔をして、

「ま、何とかなるんじゃ、ないすか。この日本は」

「なに言っているんだ。そんな社会性のないことを言って」

扉がギイとなった。二人の学生が肩でその扉を押すように入ってくると、

「よッ。先輩、お早い。一番のりですか」

と狎々《なれなれ》しく声をかけた。

「相変らず、騒々しい奴等《やつら》だな」

折戸は不機嫌な顔をして、

「こんな時刻に、もう飲んでもいいのか。進級も危ないんだろ。君たちは」

「キビしいねえ、先輩は。進級についてはうまい手を考えたから大丈夫ですよ」

「ふん」

新聞記者はソッポ向いて、どうせロクでもない手だろ、と心のなかで呟いた。

そのロクでもない手を二人の大学生は小声で相談しあっている。

「俺のよ、親爺《おやじ》の知り合いによ、議員がいるのさ」

「ふうん」

「その議員からうちの大学理事に圧力かけてもらおうと思うんだ」

「圧力？　議員が？　もし、そうしてくれるならその議員、尊敬に価《あたい》するよな。しかし
聞いてくれるかい。お前の頼みを」

「バケヤロ。そいつが議員に当選したのもうちの親爺たち組合の後押しがあったからだぞ。選挙民の悩みを解決するのが議員の義務じゃあねえか」

ひそひそ声の会話は二杯目のウイスキーを飲んでいる折戸の耳にも聞えてきた。

(何もかも、間違っている)

若い新聞記者は日本の社会を思うと暗澹《あんたん》たる気分にならざるをえなかった。このぐうたらな学生たち。それからさきほど会ったあの勝呂という医者。これが戦後三十年の民主主義なるものの結果なのだ。

「帰る」

彼はたちあがって煙草《たばこ》をポケットにしまうと扉を押した。

「なんだよ。えらぶりやがってさ。この間も俺たちに社会意識がないと言ってたろ」

「いい気なもんさ。手前《てめえ》だけが正義の味方って顔をしているんだから」

折戸の姿が見えなくなると学生の林と山崎は扉のほうに眼をむけて悪口を言った。

ゴールド街が少しずつ混《こ》みはじめてきた。勤めがえりのサラリーマンたちの流れをぬけて、折戸はこれから社に戻って書かねばならぬ原稿のことを考えた。彼が会った何人かの元戦犯たちの心にはほとんど反省も後悔もみえないように思える。自分の行為を戦争や時局や上官の命令のせいにして弁解するのはまだ良いほうだった。あの顔のむくんだ、髪のうすい医師は開き直ったように、すべては疲れのためだと言った。結局、戦争前も現在も日本人の意識はどこも変ってはいないのだ。

（もう一度、あの医師に会ってみよう）

折戸は駅の方向に区役所前の歩道を歩きながら思った。

（色々な連中に手をのばすよりも、あの男、一人にしぼって書くのも悪くないな。ある元戦犯の半生、という題をつける。デスクが許すかな。お前、いつ頃から新聞記者と小説家の仕事を混同したんだと怒るだろう。しかし、この連載特集が成功すれば、俺は局長賞をもらえるかもしれん）

うつむいていた彼の体に誰かが烈《はげ》しくぶつかった。

女の子だった。あやまりもせず駆けるように雑踏のなかに逃げようとする。

（スリだな）

直感的に思った。このあたりを歩く若い男女にはスリをやる者もいると、あのスナックのバーテンが言っていたからだ。

「待ちたまえ」

彼は彼女の腕をつかんで、

「失敬じゃないか。人にぶつかって、わびも言わないのは……」

「何すんのよ。放してよ」

女の子は鋭い声で叫んだ。その声に歩いていたサラリーマンたちが足をとめた。折戸

はさすがに恥ずかしくなり、右手で上衣《うわぎ》のポケットに札入れがあるのをたしかめてから、

「礼儀というもんがあるだろう。人にぶつかったら、ごめんなさい、と言うのが礼儀だぞ」

と言いわけのように言いかえした。

こちらを注目している通行人のなかから突然、中年の男が顔を出した。

「おい」

と彼は折戸を無視して、その女の子に小声で言った。

「逃げたって駄目だぞ。行くべきところに行って、話をつけよう」

「よしてよ。わたし、あんたなんか知らないんだから」

「知らないとは言わさん。人に出鱈目《でたらめ》の電話番号を教えやがって」

彼は折戸には眼もくれず、女の子の腕を強くつかまえて人眼のつかぬ横道に歩こうとした。

「何すんのよ。警察、呼ぶから」

「呼べるもんなら、呼んでみろ。同じようなことを何回もやっているんだろ」

通行人たちはたちどまり、この二人の様子をじろじろと窺《うかが》っている。

「一体、どうしたんです」

折戸は少し酔っているらしいその中年男にそっと訊《たず》ねた。

「なにね」

中年男は通行人たちの手前、弁解の必要を感じたのか、

「たちの悪い女の子ですよ。このあたりを歩く金のありそうな人にたかって、食事を奢《おご》らせたり、金を借りたりして……その上嘘《うそ》の電話番号を教えては信用させるんだから」

「この子が？」

女の子はどう見ても、そんな不良には見えない。顔だちだって悪くないし、服装だってチャンとしている。ズベ公というよりは写真のモデルのような感じさえする。

「そうですよ。近頃の若い連中は実に悪くなりましたよ。モラルや純情というもんが、これっぽっちもないんだから」

「あんたも被害者ですか」

折戸の質問に中年男は一瞬、黙ったが、

「ええ。私はこいつに金を貸してやりましてね。あまりあわれっぽく持ちかけるもんだから。とに角、たちが悪すぎますよ」

「嘘よ。食事、奢ってもらっただけじゃない？　そしてあんたが助平ったらしいこと、誘ったんじゃない？」

「何を言うか、貴様」

折戸がとめる暇もなく、カッとなった中年男は女の子の肩を烈しく押した。

よろめいた彼女がその時、通りかかった青年に体ごと倒れかかった。不意をつかれた青年は彼女と共に仰《あお》むけざまに尻《しり》もちをついて頭を電柱にぶつけた。

「あッ」

折戸も見物していた通行人もひとしく声をあげたが、それはその青年が転んだからではなく、彼の頭がその衝撃で飛んだからである。

いや、飛んだのは頭ではなかった。ふさふさとした若者風の鬘《かつら》だった。そしてその代りに白髪の残った、頭髪のうすい老人の眼をつぶった顔がそこにあらわれた……頭をうちつけたせいか、彼は気絶したように尻もちをついたまま電柱に体をもたれさせている。

「役者かしら」

「いや、チンドン屋だろう」

びっくりした通行人たちは呆然《ぼうぜん》とした眼でこのジーンズをはいて、サファリ・ルックの上衣を着た彼を見つめた。

「大丈夫ですか。気を失っている。医者はこの近くにありませんか。手を貸してください」

しどろもどろになって折戸も周りの人に声をかけた。女の子と中年の男はそのなかにはいなかった。二人とも事の重大さに仰天して、いち早く遁走《とんそう》したにちがいない。

「なんだ。なんだ。どうしたんだ」

皆のうしろから酔っぱらった威勢のいい声が聞えた。折戸がそちらを見ると、あの二人の学生だった。

「おい、君たち、手をかしたまえ」

「よッ。先輩。どうしたんです。喧嘩《けんか》ですか。暴力反対、インポ賛成」

「なに言ってるんだ。事故があったんだ。この年寄りを医者に連れていくんだ」

折戸は威厳をもって二人の学生に命令をした。

「君たちは足と頭をもって。できるだけ静かに。ぼくはタクシーをとめるから」

林と山崎とは面白半分に倒れている老人のそばに寄って、

「酔ってんのか。この爺《じい》さん」

そう言ってから、愕然《がくぜん》として、

「あッ。山崎。これァ、矢野教授じゃ、ねえか」


晴れた日だった。

参宮橋の駅をおりた矢野ハナ子は商店街の本屋でかくれるように一冊の芸能週刊誌を買った。

今日の朝刊にその週刊誌の広告が出ていた。彼女の好きな歌手の森進一に「あたらしい愛人が！」という大きな見出しが書かれていたのである。

一カ月前、ハナ子はその森進一にファンレターを出してみた。

「森さん。お元気ですか。わたしも元気で洋裁学校に通っています。御安心ください」

そういう書き出しではじまった熱烈なる手紙をポストに入れてから十日、二十日となんとなく胸ときめかして返事を待ったが、何も来なかった。まったくの梨《なし》のつぶてだった。森進一が見も知らぬ矢野ハナ子のことで、心配したり安心する必要はなかったからであろう。だが、ハナ子はまだかすかな期待を持ちながら郵便受けを毎日、のぞいていた。

テレビで歌謡番組を見ている彼女にいつも小言を言うのは大学教授の父親だった。

「よせ、と言ったらよしなさい。そんなものを見るのは」

「なぜ」

「そんなものを見るぐらいなら、本を読みなさい。あるいは、もう少し実になる番組を選んだら、どうだ」

「実になる番組って、何よ」

「ＮＨＫの第三チャンネル。あれだけがマシな番組だ」

なにさ、とハナ子はそんな父を心のなかで馬鹿《ばか》にした。この大学教授も今までテレビに出演したことがあるが、それはいつも第三チャンネルだったから、以来、そこだけがいましなテレビだと主張しつづけている。要するに、ほかの局では彼をおよびではなかったわけだ。

ハナ子はこの頃この父親に不快感を持ちはじめている。子供の頃はさほどでもなかったが、長じてみると、年と共にこの大学教授が家庭ではエゴイストで我儘《わがまま》で男尊女卑のかたまりであることがよく、わかってきたからだ。そのくせ時たま、婦人雑誌などの記者がたずねてくると、

「うちでは娘の交際などにも当人の意志を尊重するようにしています。もちろん、意志とは放縦の意味ではなく、責任感を伴ったものですが……」

和服の腕をくみながら嘘出鱈目を深刻に、おごそかに、臆面《おくめん》もなく、呟《つぶや》いたりするのである。そういう時、その応接間に茶を運んでいるハナ子は、

（ギゼンシャ、インケン）

という二つの言葉が頭に浮ぶのだった。

「あなたは、お書きになることと、なさることとが大違いですのね」

ある日、その父親の我儘にさすがに腹をたてたハナ子の母が口惜《くや》しそうにそう言うと、

「そうかね」

大学教授はジロリと妻を見かえして、

「俺がそうなら、日本の文化人は皆、そうさ。第一、文化とは裏と面《おもて》、本音とたてまえがあることだ」

とうそぶいた。

娘の交際など当人の意志を尊重している、など、まったくの大嘘だった。器量のあまり良くないハナ子には交際を求めてくる若い男は少なかったが、それでも時たま、何を思いけん用事があって電話をかけてくる高校時代の男の子がいると、この大学教授は嫌ァな顔をした。嫌ァな顔をするだけではなく自分が電話口に出た際は、「おらん」「知らん」「わからん」の三語だけをぶっきら棒に言って電話を切るのだった。

「ハナ子さんはおられますか」

「おらん」

「どこに行かれましたか」

「知らん」

「何時ごろ、お帰りでしょうか」

「わからん」

そしてガチャリ、電話を切るのである。また、別の日、彼女がお使いで留守をしている間に電話をかけてきた青年には、

「ああ、ハナ子はいますよ。どなた？　田島さんですか。一寸《ちょっと》、待ってください」

と猫なで声を出し、おいた受話器に自分の声がかすかに聞える場所にたって、

「ハナ子。田島さんからお電話だ。……なになに、居留守を使え？……。それは失礼じゃないか。うん、そういう事情なら仕方ない」

そう言ってから、ふたたび電話口に戻って、

「ハナ子は出かけたようです」

と告げたのである。

ハナ子はその青年をほのかに思慕していたから、やがてその青年を通して事情がわかった時、心の底から父親を怒った。

「知らんね。そんな男のことは」

娘になじられた時、この大学教授はあくまでシラをきった。

「いちいち、お前に電話をかけてくる暇人の相手などしておれんよ」

この時もインケンという言葉が彼女の頭に浮んだ。大学や世間ではどう評価しているかは知らないが、彼女にとって父親とはインテリの嫌な面を全部もっているような男だった。

商店街を歩きながら彼女は買った芸能週刊誌の問題の頁《ページ》をざっと読んだ。森進一の婚約者と名のる女があらわれて、子供まで堕《おろ》したと言っているが、どうやらその女は頭がおかしいという記事だった。

拍子ぬけした気持で彼女は自分の家のペンキのはげかかった門を押すと、いつもの癖で郵便箱をのぞいてみた。

速達便の封筒が一通、箱の底に落ちていた。出してみると、下手糞《くそ》な字で矢野ハナ子様と書いてある。封筒も事務用の安っぽい紙で作ったものだった。

差出人の名がない。

「ただ今」

勝手口で靴をぬいで家に入ると、母親がトイレから出てきたところだった。

「パパは?」

「また頭が少し痛いってさ。学校から早く戻って寝てますよ」

四、五日前、新宿から夜、遅く戻った父親は路上で転倒して頭をうったと言い、怯《おび》えた顔で、母親に氷枕《こおりまくら》を出させた。いつも痛みや病気にたいして子供のように怯える彼をハナ子は軽蔑《けいべつ》の眼でみている。

「また、死ぬ、死ぬ、って言っているの」

「ああ。なぜ、あんなに死ぬことが、こわいんだろねえ」

彼女は自分の部屋に入ると、トランジスターラジオをつけて、さっきの速達の封を切った。

きたない便箋《びんせん》に蟻《あり》の這《は》ったような字が並んでいる。

「あんたは、あんたの父親が新宿でなにをしているか、知っているか。知ったら、さぞかし、あきれるだろう。もし、それを知りたければ、ここに電話しろ」

眩暈《めまい》のするような気持でもう一度、読みかえしてみた。

「あんたは、あんたの父親が新宿でなにをしているか、知っているか。知ったら、さぞかし、あきれるだろう」

母親が台所で何かコトコト音をたてていた。洗濯屋が来たらしく、こんちはァ、という声が聞えた。

(何だろう、これは)

ハナ子はきたないものにでも触れたように、この無礼な調子で書かれた手紙を放り棄《す》て、思いなおして、また、ひろいあげた。

(パパが。新宿で?)

一週間に一度か、二度、父親が夜になると新宿に出かけることは知っている。研究室の助手や副手の溜《たま》り場所があって、そこで皆とサロン的に談笑したり、雑誌社の人と仕事のうち合わせをするのだと彼女も母親も信じていた。

それが、そうではなかったのだ。この手紙によると父親は家族に話せぬような秘密を持っていたことになる。自分には、もっともらしい顔をして説教をする彼が蔭《かげ》では何かをしていたのだ。

ギゼンシャ。また、あの言葉がハナ子の頭に浮んだ。そして言いようのない快感で胸がうずいた。母の知らぬ秘密を自分が握ったという快感だった。

洗濯屋が戻ったあと、茶の間に父親が入ってくる気配がして、母親と、

「どうなんです、気分は」

「良くない」

「じゃあまた、お医者さまに診て頂いたら」

「奴等《やつら》は何でもない、と言うさ。新宿の医者も校医も同じ診断だ。それでもまだ痛むから妙だ」

大学教授は茶の間のうしろで誰かが聞き耳をたてている気配を感じた。娘だな、と思った。

「また、ブラブラ、出歩いていたのか」

「洋裁学校に行っていたんです」

茶の間に姿をみせたハナ子はしばらく、じっと父親を窺《うかが》っていた。その妙な眼つきに矢野は、

「何を見ているんだ」

「別に」

「変な顔をするな」

「どうせ変な顔だわ。お父さんの子ですから。今晩も新宿に行くの」

「行く筈《はず》がない。頭が痛む」

「ほんとに、滑って、転んだの」

矢野は娘の声になにか引掛かるものを感じた。彼はしばらく黙ったが、

「嘘と、思っているのかね」

と静かにたずねた。ハナ子は眼をそらせ、それから立ちあがって茶の間を出た。

(あいつ……何かを、知っているのだろうか。いや、知る筈がない)

彼はもう一度、あの気を失った夜のことを反芻《はんすう》してみた。新宿の区役所通りを歩いていた時、思いがけぬ騒ぎにぶつかって転倒したあの夜のことを……

気がついた時は固い寝台の上に仰向けに寝かされていた。顔のむくんだ、髪のうすい医者が一人、矢野の右手に注射針をさしこみ、消毒薬の臭《にお》いが鼻についた。

「じっとして」

注射が終ると医者はアルコールの脱脂綿でそこをもむように命じ、

「たいしたことは、なか」

となまりのある言葉で呟いた。

「ここはどこです」

「コマ劇場のうしろ。転んで少し頭を打ったらしいね、三人の男の人が連れてきた」

「三人が？　記憶にないですが……」

「通行人だ。その一人は……」

よごれた診察着のポケットから名刺をとりだして医者は矢野にわたした。日日タイムズという社名と折戸徹夫という名前が印刷されていた。

黒雲のように不安が胸に起った。新聞記者ならこの自分が何者か、調べたのではないだろうか。

「それで……その人たちは？」

「帰ったよ。すぐに」

矢野はホッと安心して脱脂綿で注射のあとをもみながら、暗い灯のともっている小さな部屋を見まわした。どこにでもある町医者のわびしい診察室だった。

「私は、相当、つよく、頭を打ったのですか。気絶したところをみると」

「たいしたことはなか。むしろびっくりして気を失ったんだろ」

「しかし、まだ頭痛がするが……」

矢野は怯えた眼で医者を見あげた。死の不安が頭をかすめたのである。

「そりゃあ、頭ば打ったんだから、少しは頭痛もするね」

医者は回転椅子《いす》をきしませて、

「もう半時間もしたら、帰ってええよ」

「レントゲンをかける必要はないですか」

「いらんね。そんなもん」

ムッとした矢野は大学教授という自分の身分を名のろうとして、はいている若者風のジーンズに気がつき、あわてて言葉をのみこんだ。

「内出血している怖れはないでしょうな」

「神経質だな、あんたも。そげんに、死ぬのが、こわかか」

「誰だって死ぬのは愉快ではないでしょう。あなたは、こわくないわけですか」

相手の無礼な言葉に自尊心を傷つけられて、矢野は皮肉な調子で、

「みあげたもんだ」

「そうかね。だが……死ぬことだけが解放に思える者《もん》もおるからね」

むくんだような顔を向け、医師はこちらをじっと見た。

「解放か」矢野は大学教授らしい笑いかたをして「あなたもそうですか」

「別に、俺がそうだとは言うとらんよ、しかし、長患《ながわずら》いの病人のなかには死ぬことが救いになっている人もよく、おるもんだ」

「幸いに、私はそんな長患いの病人ではないのでね」

「心配なら脳外科に行くといい。ここはその方面の専門病院じゃなかとだから」

「いくらです」

「そうね、注射一本、うっただけだから。五百円でも払ってもらおうか」

大学教授は支払いをすますと、形式的に礼を言って暗い灯のともる診察室を出ていこうとした。回転椅子がギイとなって、

「忘れもの」

「え？」

「これ、あんたのだろ」

ふりむくと医者は片手に矢野の鬘《かつら》を持っていた。恥ずかしさと照れくささとで顔を赤くしながら、それを受けとると、彼は逃げるように玄関に出た。

急いで靴をはいていると、診察室でわびしい、下手な尺八の音が聞えた。

（勝呂医院か）

鬘をかぶりなおした矢野は、灯に照らされている医院の看板を見て、

（妙な医者だ。何者だろう）

と思った。彼が裏道から表通りのほうに出ようとすると辻《つじ》で二人の学生風の男がなぜかパッと身をひるがえして、去っていった。

記憶に残っているのはそんな情景や会話だけである。それからそのまま、表通りでタクシーをつかまえ、帰宅したのだ。

（あいつが、何も、知っている筈はない）

矢野は自分の部屋に戻った娘が、また、あの手紙を読みなおしているとは気がつかなかった。

「あんたは、あんたの父親が新宿でなにをしているか、知っているか。知ったら、さぞかし、あきれるだろう」

こうして三日たった。四日たった。一週間たった。小心で臆病《おくびょう》な矢野はあの出来事にこりたため、夜の外出をひかえて、学校に行く以外は家に閉じこもっていた。

彼がようやく安心したのは一週間たっても頭痛の再発がなかったためと、大学病院で撮ったレントゲンの結果がはっきりしたからである。勝呂とか言う町医者の診断は信用できぬが大学病院なら安心するところが彼だった。

一週間たった夜、夕食がすんだ時、矢野は、

「出かけてくる」

と細君に言った。

「新宿ですか」

「そうだ。研究室の若い者が全快祝いをやってくれる」

「気をつけてくださいよ。ほんとに」

ハナ子は台所で両親の会話をじっと聞いていた。

父親が家を出ると、彼女は自分の机の引出しをあけて、あの手紙を取りだした。彼女は母親に気づかれぬように手紙に書いてある電話番号をそっと回した。指が震え、胸がドキドキした。

コール音がとぎれると、

「はい」

という男の声が聞えた。一瞬、息をのみこんだハナ子は、

「手紙を……もらったんですけど」

と怯えながら、

「そちらの方ですか。手紙、くださったのは」

「手紙？　ああ、俺だよ」

「ほんとですか。あのこと」

「ほんとさァ。あんたの親爺《おやじ》、新宿で悪のりしてるぜ」

「うそ……」

「うそなもんか。見せてやろうか」

ハナ子は受話器を持ったまま黙りこんだ。見も知らぬ男に誘われればやはり、こわかったのである。

「父は、今、新宿に出かけましたけれど……」

「ふうん、あんたのとこ、参宮橋だろ。あと三十分したら、参宮橋のホームで待ってろよ。そこに迎えにいくからさ」

電話を切って彼女は茶の間に入った。母親は最近こっている鎌倉彫りの道具をならべていた。

「ママ。二時間ほど出かけてくる」

「こんな時間に？」

「洋裁学校の宿題があるの。内山さんにミシンかりたいのよ。うちのミシン、旧式なんだもん」

あしたにしたら、と言うのを首をふって彼女は身支度にかかった。女の子がこんな時間に危ないじゃないの、と母親は小言を言っていた。

ボストンバッグをさげた大学教授は着がえをするために雑踏する新宿駅を出た。いつものように参宮橋駅のトイレを使うつもりだったが、生憎《あいにく》、そのトイレに誰かいる気配がして、

（そうだ。ステーション・ビルの手洗所がいい。おそらく、まだ、閉じてはいないだろう）

そのままホームに滑りこんできた電車にとび乗ったのだ。

いつものことながら駅も駅前も蟻《あり》のように人々が歩きまわっていた。行列をつくってタクシーを待っている連中の前に次々と車が停車する。出口ちかくにチンピラ風の四、五人の若者が所在なげに誰かを待っている。この連中はシンナーの売人で時々、オートバイで乗りつける集金人に金をわたすためにそこに立っているのである。

大学教授はステーション・ビルのエスカレーターで二階にあがろうとした時、前にブーツをはいた女の子がベルトに手をおいて立っているのに気がついた。

（あの子だ）

あの地下室のゴーゴー・バーでいつも中年男とあらわれる娘。そう、バーテンはミミという呼名と言っていたっけ。

矢野の視線を感じたのか、女の子はうしろを急にふりむいた。ふりむいて彼女はニッコリと笑った。

どぎまぎした大学教授はエスカレーターをおりると足早に店内を横切った。向うの端に手洗所があるのを見つけたからである。

さいわい、誰もトイレにはいない。白い扉のなかにかくれ鍵《かぎ》をかけると、矢野は狭い床に持参したボストンバッグをおいた。

ジキル博士がハイド氏に変るように、若者の姿に変身した彼がふたたび手洗所を出た時、店内の売子たちはそれに気がつかなかった。「まもなく閉店でございます。本日も有難うございました」

アナウンスの声に何人かの客が階段をおりていった。大学教授はまだエスカレーターのそばに立っているミミをじっと見つめた。

さきほどはドギマギしていた自分が、今はどんな恥ずかしいことでもできそうな気がする。服装を変え、鬘をかぶり口髭《くちひげ》をつけただけで人間はこんなに違った心を持てるものなのか。

（ふしぎだな。アランが何かに書いていたっけ。人間の精神は行動で左右される。怒ったから手をあげるのではなく、手をあげたから怒りの感情が発生するのだから）

彼はゆっくりと、自分を試すようにミミのそばに近づいた。近づいてくる彼をミミは上眼使いにチラとみたが、何も気がつかぬようだった。

「薬局はどこか、知りませんか」

「えっ」

「薬局はここにありますか」

肩をすぼめてミミは知らない、と首をふった。

「お茶を……つきあってくれませんか」

矢野は一気にそう誘った。うす笑いをうかべた彼女は、

「お茶？　お茶なんか、いや」

と答えた。

「じゃあ、何かを食べに行こう」

自分の口から、こんな大胆不敵な言葉が不意に出たのが矢野には嬉《うれ》しかった。若い頃でさえ彼には行きずりの娘をこうして誘ったことはなかったのだ。

「わたし、ケチケチしたところならつき合わないわよ」

そのくせ、彼が歩きだすと、ミミはツンとしてそのうしろからついてきた。

参宮橋駅のホームで特急が一台、風を残して通過していった。それを合図のようにゆっくりと学生風の男がベンチからたちあがって、ハナ子のそばに寄ってきた。

「君、矢野さん？」

彼女は警戒するように一歩、さがって、

「さっきの人ですか」

「そうか。見憶《みおぼ》えない？　俺のこと」

「ありません」

「この前の夜、会ってるんだけどなァ。俺、夜、たずねていったろ。あん時、玄関であんた、出てきたじゃないか」

思いだした。試験のことで父親に哀願にきたあの馬鹿《ばか》みたいな学生たち。あの一人な

のだ。あの時父親が吐き棄《す》てるように、

「ぐうたら学生が」

と呟いたのを憶えている。

「安心したろ。俺、山崎って言うんだ。そんな変な顔、すんなよ」

「父の学生なら……どうしてあんな手紙、くれたんですか」

「どうしてって、あんたのお父さん、教師の風上にもおけないからよ」

「なぜですか、あなたたち、逆恨《さかうら》みしてるんでしょ。及第させてもらえないから」

ハナ子の詰問《きつもん》に山崎は少し、しょげて、

「悪く、とるなァ。あんた、エノキ・ミサコの妹？」

「ちがいます」

「ならよ、そんなきついこと、言うんじゃないの。君のためを思って、したことだぜ。でも嫌ならいいんだぜ」

「嫌なんて言ってないでしょ」

「じゃ、仲良くしようよ。俺さ、悪い奴《やつ》じゃないんだ。学生運動なんか、これっぽっちも、やってないんだから」

「勉強もしてないんでしょ」

各駅停車の電車がきしんだ音をたててホームにとまった。扉があき、くたびれた男女が肩をすぼめてホームを流れていった。

「乗れよ。新宿に行くんだ」

と山崎はハナ子の肩を押した。

電車の吊皮《つりかわ》にぶらさがりながらハナ子はこの学生を少し馬鹿にしはじめていた。やくざ風の言葉を使っているが、当人がそれでイキがっているだけのことで、別にこわくも何ともない。要するに何処《どこ》にでもいる怠惰で無気力な大学生の一人にすぎないのだ。

「あんた、毎日、こんな生活してんの」

「こんな生活？　何だい、そりゃ」

「ぶらぶら、しているって言うこと」

「頭の悪さは父ゆずり。顔の悪さはハッハッハ……」

山崎は靴で拍子をとりながらテレビのＣＭを口ずさんでいたが、

「俺んちの犬よ。流行のトップいってんだ」

と急にしゃべりはじめた。

「急に下腹からポタ、ポタ、血が出るんで雌でもねえのに、おかしいなと思って獣医にみせたら性病さ」

「それが、どうしたの」

「どうしたって……揚句の果てがお珍々、手術で切られちゃってさ。とんだ性転換だァ。

犬だってカルーセル・マキみたいなことできるんだな。だから、俺の犬、流行のトップだろ」

新宿につくと山崎はハナ子をつれて歌舞伎町《かぶきちょう》に向う繁華街をおりていった。

「どこに行くのよ」

「いいってば。ついてこいよ」

今夜もまたこの通りには飲屋やスナック、飲食店に客があふれ、キャバレーの前では看板やチラシを持ったボーイが通行人に声をかけていた。パチンコ屋からは玉のながれる音がきこえ、電信柱を片手でかかえて酔客が食べたものを苦しそうに吐いていた。

「海の底」と赤いネオンのともったビルの入口にくると、

「ここだよ」

と学生はハナ子を促した。

「ここに、あんたの親爺さんが来るのさ」

「ここに」

「そうさ」

二人はセメントの臭いのする階段をおりて厚い木の扉の前にたった。扉をあけると、吹き出た熱風のようにロックの音と人いきれとがハナ子の顔に烈しくぶつかってきた。

はじめは何も見えなかった。眼がなれると、たくさんの客が床に坐《すわ》っていて、その奥に水族館の海草のように男女の群れがゆれ動いているのがわかった。

「よォ、つれてきたよ」

と山崎は隅の席に坐っている学生三人に紹介した。

「俺の仲間だよ。和田と古沢と林。それで来てんのか。あいつ」

「来てるさ」

林とよばれた学生はゴーゴーをおどっている男女の群れをあごで示し、

「あのなかで、御機嫌だぜ。驚いたなァ。まったく」

「あんたのお父さん」

と山崎はうすら笑いを浮べながらハナ子の耳もとで囁《ささや》いた。

「あのゴーゴーをやっている連中のなかにいるんだぜ」

茫然《ぼうぜん》としたハナ子は口を少しあけたまま、体を烈《はげ》しく動かしている若者たちを見つめた。

「うそ」

「うそじゃねえさ。よく、見ろよ」

ドラムの音がやむと、おどっていた連中がそれぞれの席に戻りはじめた。

「わかんねえのかい。若い恰好《かっこう》しているけどさ。今、あそこに坐ったろ。女の子と」

「ちがうわ。あれ」

「ちがわねえさ。口髭つけているのよ」

信じられなかった。鬘《かつら》をして、いや、それはたしかに自分の父親だった。その首のまげ方やうしろ姿は父親独得のものだった。

ハナ子は小声で泣きはじめた。悪夢でも見ているような気持だった。

「弱ったな。泣いちゃったよ」

山崎は当惑して、

「泣くなってば。これが人生さ。人生は耐えなくちゃいけないって言うだろ、俺たち、みんな、孤独なんだ」

「泣かせとけよ」

と林が引きとった。

「そりゃ泣くよ。わかるよな。信じていた父親があんな姿になって、女の子といちゃついてんだからよ。娘にとってはショックだなァ。俺だったら頭、おかしくなるもん」

学生の一人が彼女に自分のコップをわたして、

「飲めよ。そしたら、気分、晴れるから」

「晴れないわよ」

ハナ子は泣きじゃくった。さいわい彼女の泣き声もさわがしいロックの音に消されて周りには聞えなかった。

「なんで、こんなこと、わたしに見せるのよ」

「俺たち、悪かったかな」

と山崎は少し怯《おび》えた声をだして、

「だって、あんたの親爺、俺たちに落第点をつけたからよ。あんたに恨みがあったんじゃねえんだ」

泪《なみだ》をふきながらハナ子はあらためて異様な姿をした父親とつれの女の子とを眺めた。

（パパが……あんなことをしている。ママやわたしには黙って別の生活をしている）

なぜ、父親がこのような変装をするのか彼女には理解できなかった。今まで馬鹿にしていた父親がハナ子には急に怖ろしい、奇怪な人間のように見えた。

「おい、出ていくぜ」

矢野はミミに何か話しかけ、それから立ちあがって、ボーイに勘定を払うと出口のほうに歩いていった。

二人の姿が消えると、

「シラけるよなァ」

と林がつぶやいた。

「世のなか、どっか間違っているんじゃないのか。教授は教授らしく生活してもらわないと、俺たち困るんだよな、まったく」

「そうよ。これじゃ、尊敬できねえもんな」

「飲まして」

とハナ子は突然、山崎に挑むように、

「飲ませてよ」

「酒を？　いいのかい」

「いいわよ。わたし、不良になってやる」

彼女は山崎のわたしたコップを口にあてた。焼けつくように熱い琥珀《こはく》色の液体が咽喉《のど》にながれこみ、思わず咳《せき》こんだ。

（わたし、不良になってやる）と彼女は自分にくりかえした。（わたし、不良になってやる）

やがて彼等は少し足もとのふらついているハナ子を囲んで地下室の階段をのぼった。段階をのぼりきると、ネオンの赤い光が汗をかいたハナ子の顔にかがやいた。

「信じられないわ。わたし、信じられないわ」

さっきから彼女は譫言《うわごと》のようにこの言葉をつぶやいていた。

「こいつ、信じられないってよ」

と山崎がせせら笑った。

「今更、そんなことに気づくなんて遅すぎるよなァ。俺たちあ、餓鬼の頃からそんなこと、わかってたぜ。大体、今の世のなかで信じられるものがあんのかい。自分のほかに……」

「へえ」と林が驚いて、「おめえ、自分は信じてるのかァ」

「そういわれれば、そうだなァ。自分も信じていねえなァ」

私　バカよね　おバカさんよね

あきらめが　あきらめが　悪いのね

和田が小声で歌いはじめた。低音でいい声だった。

「面白いところ、連れてってやろうか」

「どこよ」

「そんな、こわそうな顔すんなよ。おめえ、さっき不良になってやる、と言ったろ」

ハナ子はいつの間にか皆にタクシーに乗せられていた。車の窓からネオンの色々な文字が見えて、消えていった。ダンス教室ハナブサ。キャバレー・ハワイ。靴はワシントン。イワキのメガネ……

今が何時で、ここが新宿のどこかも彼女にはわからなかった。ふしぎなことには酔った頭には母親の心配した顔も浮ばない。まして父親のことは……。父親はもう彼女にとって遠い存在になり、一人のみにくい男に変っていた。

「いらっしゃあい」

とスタンドの奥から愛嬌《あいきょう》のいい声が飛んできた。

「俺たちの仲間がやってんのさ。この店」

林にそう教えられて、

「そうォ」

とハナ子は幾分、つまらない顔で止り木に腰をおろした。もっと面白いところを見せてもらえる、と思っていたのに、ここは何の変哲もないスナックだったからである。

「この子はよォ」

と山崎がスタンドの奥に立っているボーイと女の子に、

「矢野大先生の娘だぜ」

「へえ」

青年はまじまじと彼女の顔を見て、

「似てねえなア」

と蓄膿《ちくのう》症のような声を出した。

「父を知ってるんですか」

「ハ、ハ、ハ」と山崎は笑って、「この二人、俺たちのだち公だと言ったろ。昼間は学生で、夜、この店、やってんの」

「じゃあ、あなたは女子学生？」

彼女はボーイのそばで水割りを皆に作っている女の子にたずねた。アイシャドーをこくつけ、髪を褐色にそめて、とても女子学生とは見えなかった。

「このお二人さん、同棲《どうせい》してんだ。なァ」

「そうさ」

とボーイはうなずいて、急に学生風に、

「もっとも日本共産党の方針によると、同棲は腐敗した生活だってさ」

「へえ。共産党までが」と林は素頓狂《すっとんきょう》な声をあげた。「そんなオッカねえこと言いはじめたのか」

「主婦たちの票がほしいからね。選挙が近いことだし。何もかも信じられねえよなァ」

くばられた水割りを飲んだハナ子は五体が心地よく痺《しび》れはじめるのを感じた。痺れを感じながら彼女はさっきの鬘《かつら》をかぶった父親の姿を思いうかべた。と、言いようのない悲しさと憎しみがまたこみあげてきた。何もかもが出鱈目《でたらめ》だったのだ……

「ギターくれよ」

和田はギターをとって、爪《つま》びきながらまた歌いはじめた。

　学校帰りの森蔭《かげ》で

　ぼくに駆けよりチューをした
　セーラー服の　おませな子
　甘いキッスが　忘らりょか　ソラ
「好きだなァ、おめえ、その唄《うた》」
「そんな純情時代もあったじゃん。でも今じゃ白けた大学生」
扉があいて酔った中年男たちが二人、入ってきた。彼等はハナ子たちを見ると軽蔑《けいべつ》したような表情を顔にうかべ、止り木に腰をかけ、
「何だね、この店は」
　と顔をみあわせた。
　目ざめの一ぷく　食後の一ぷく
　授業サボって　喫茶店で一ぷく
　風呂《ふろ》いって一ぷく　クソして一ぷく
「何だ。その唄は」
不愉快な顔をした中年男は和田のほうをふりむいて、
「もう少し、マシな唄が歌えないのか、君は」
「そんなこと言ったって、これ、スモーキン・ブギといって、かなり、いい線、行ってるんだがなァ」

いつのまにやら　歯のうら真黒
気がつきゃ　右手はまっ黄色
鏡のぞけば　おいらはまっ青
「やめろ」
中年男の一人が大声で叫んだ。
「俺たちがな、君たちの年齢の頃はそんな唄は決して歌わなかったぞ」
「ははァ、また、軍歌だな」
「そうだ。今日は海軍の同期生の集まりがあって、その帰りだ。そんな崇高な集まりの帰りに、君たちの軽薄きわまる唄をきくと、いかに世代の相違とは言え、残念きわまる。若い者の唄とはこういう唄を言うのだ」
花も蕾《つぼみ》の若ざくら
五尺の生命《いのち》　ひっさげて
国の大事に殉ずるは
我等学徒の　面目ぞ
ああ　紅の血は燃ゆる
中年男がそれを歌いおわらぬうちに、和田は強くギターをならし、
お国のためとは　言いながら

人の嫌がる軍隊へ
　志願で出てくる　馬鹿《ばか》もいる
とちゃかした。

「何だ。お前たちは」

真赤《まっか》になった男は和田の腕をつかんで、

「チャランポランすぎるぞ。もっと真面目《まじめ》になれ」

「やめてください」

スタンドの奥からボーイが叫んだ。

「ここは、みんな楽しく飲むところですから」

「楽しみかたにも色々ある。軽佻《けいちょう》浮薄すぎる。こいつらは」

中年男は和田の腕をつかんだまま、ズルズルと外に連れだそうとした。すごい力持ちらしかった。

ボーイのそばにいた女子学生がゆっくりとその中年男のそばによって、

「ね、お願い。静かにして」

「女の出るところではないッ。引っこんでろ」

「そうかね」

女子学生の声が途端にガラリと変った。

「でも俺たちァ、そんなことされると白けちゃうんでね」

その声に仰天した男は相手をまじまじと見ながら、

「お前……女か」

「男だ。それに用心棒でこの店に雇われてるんだ」

蹌踉《そうろう》として二人の中年男が店から飛び出すとハナ子を除いて学生たちは大声をあげて笑った。

「わかったろ」

と林がハナ子に囁いた。

「この二人はアベコベなんだ、ボーイが本当は女で、この女の子が実は男よ」

「それで二人は……同棲してんの」

「結局、同じことだろ。別にどうってこともないや。新宿には、もっと、もっと面白い店がいくらでもあるぜえ」

勝呂は尺八をやめて、ブザーの音に聞き耳をたてた。表に出した看板の診察時間はもうとっくに終っているのに、時々、こんな時間に飛びこんでくる患者がいる。

スリッパの音をたてながら彼は診察室を出て玄関の扉をあけにいった。今日も廊下の椅子には週おくれの週刊誌が散乱していた。いくらたのんでも看護婦はここを片づけようとはしないのだ。

「どなた」

「ごめなさーい」

妙な発音である。

扉をあけると、背のたかい、顔のながい男が立っていた。山芋のおばけのように間のぬけた表情をした外人だった。

「ごめなさーい。わたくし、ドクターに会いたいです」

「ドクター？　医者は私だが……」

「来てください。お腹《なか》いたい年寄りさん、いますです」

「往診かね。往診なら急患でない限り、午後五時までだが……」

外人は勝呂の日本語がよくわからなかったらしく哀《かな》しそうに微笑して、

「わたし、一緒に行きますです」

「ひどく、悪いのかね」

「吐きました。何、たべても吐きましたです」

「食あたりかな。あしたではいけないかね」

「年寄りさん。お腹いたい」

外人の哀しそうな微笑に勝呂は負けて、診察室に鞄《かばん》をとりにいった。注射のアンプルと注射針とをそのなかに入れて、彼はふたたび玄関に戻った。

「どこかね」

「遠くない。わたし、連れていきますです」

「あなたの知りあいかね」

「ふぁーい。ともだち」

表通りに出ると外人はそこを通りぬけて、また裏路《うらみち》に入った。すれちがった四、五人の学生風の若者が女の子をかこんで唄を歌っている。

授業サボって　喫茶店で一ぷく
風呂いって一ぷく　クソして一ぷく
「何もかも信じられないわ」と酔った女の子が泣き声でくだをまいていた。「わたし、何もかも信じられないわ」

ゴミ溜《ため》から猫がとびおり、水溜《たま》りのふちをたくみに走りぬけて、まずしいアパートの階段を駆けあがった。

「ここです」

まずしいアパートの階段に隣の旅館のネオンがあたっていた。御休憩、千五百円。御宿泊、三千円。

階段の上で管理人らしい女が二人を見おろしていた。

「駄目だねえ。お茶だって吐くんだから」

と彼女は外人にいらいらした声で、

「あれじゃ栄養失調で死んじゃうよ」

何の臭気か知らないが狭い廊下はひどくくさかった。ベニヤ板の扉を少しあけて、

「入ってください。入ってください」

と外人は勝呂を促した。

四畳半の部屋に雑誌と新聞がつみ重ねてあり、その横でカバーのない布団《ふとん》にくるまって、年寄りが横になっていた。

「お爺《じい》ちゃん、お医者さんが来たよ」

戸の隙間《すきま》から管理人の女が声をかけた。

「動かんで。動かんで」

起きあがろうとする老人を制して、勝呂は布団のなかに手を差しこんだ。肉のおちた腹部が指にさわった。

「どこが、痛む。ここか」

「へい」

「いつから吐くようになったかね」

「もう三日前から」

勝呂は眼をつむった。病名はもう彼にはわかっていた。

「注射を打っておこう。痛みがとれるようにな」

「先生、注射はいらねえ」

「なぜだね」

「いらねえ」

そう言って老人は白い髭《ひげ》ののびた顔を横にふった。その眼くそのついた眼から泪《なみだ》が流れて頬に伝わった。

「勘定のこと、心配してるんだろ」

と勝呂は静かに言った。

「勘定なんか、いらないよ、やがて治って働けるようになったら、払ってくれればいい」

彼はアルコールに浸した脱脂綿で病人の枯木のような細い腕をふいた。

「ちょっと、チクッとするよ」

注射をしている間も、老人の眼から泪が流れつづけた。勝呂はこういう風に泣く年寄りの患者をたくさん見てきた。彼が最初に主治医として大学病院で手がけた老婆《ろうば》もよく泣いた。あの患者《クランケ》の名も顔もまだ、はっきり憶《おぼ》えている。

「あんた、これから薬をとりに来てくれるか」

と彼はそばに長い脚を不器用に折って、日本式に坐《すわ》っている外人に顔をむけた。

「あんたが看病しているのかね」

「ふぁーい。でも日曜日にはキミちゃんが戻ってくるから」

「キミちゃん？」

「ふぁーい。この人の……ま、ま」

外人は言葉をさがして、

「孫です」

勝呂は布団をかけなおして立ちあがった。部屋の外にはさっきの管理人の女がまだ立っていた。

「食中毒かね。先生」

「いや、そんなもんじゃない。明日、もう一度、来よう」

彼は外人とふたたび、ネオンの光がさしている階段をおりた。

「入院できんかね」

「入院？」

「大きな病院に入院できるよう、手続きをしてもいいけどね」

「病気、わるい？」

外人はびっくりしたように足をとめて勝呂の顔をのぞきこんだ。

「手遅れだね。癌《がん》だよ」

「ガン？ なにですか。そのこと」

「カンサー。知っているだろ」

平手打ちでもくったように外人はよろめいた。

「カンサー。オー、ノン。ノン」

彼はとぎれ、とぎれの声で、

「死に……ますか。おじいさん」

「うん。手術しても、もう駄目だ。あれじゃ……」

「オー。ノン。ノン」

「みんな、死ぬんだよ。遅かれ、早かれ」

医者は自分に言いきかせるように、そう答えた。


医院まで戻ると勝呂は診察室の電燈《でんとう》をつけた。暗い光がカルテや聴診器《ステト》を放り出した机をてらした。

「まあ、坐んなさい」

医者は自分の椅子を外人に指さし、

「今、薬を作るから」

外人はうなだれたまま、古い回転椅子に腰かけた。

「本当を言うと、こげん薬じゃ何の役にもたたんよ。入院するのが一番よかとだがね」

診察室の隣の小さな部屋で勝呂は薬袋の音をたてながら、

「そうすれば、せめて苦しまずに死ねるかもしれん」

返事がないので診察室をのぞくと、うなだれた外人の馬のように長い顔は大粒の泪《なみだ》でぬれていた。この男は泣いていたのである。

「年寄りの名は何と言うのかね」

「ふぁーい。ナベさん、言います」

「ナベさん。それはアダ名だろ。本当の名は……」

「本当の名？　知りませんです」

本当の名も知らぬ年寄りのことで、この外人は泣いている。勝呂は少し奇異に感じて、

「長い交際《つきあい》かね、あんたたちは」

「オー、ノン。三カ月前、会いました、ナベさん。焼きいも屋さん。わたくし、焼きいも買いました……」

勝呂も時折、新宿の夕暮、横町で「やきいもーォ」というわびしい声を聞くことがあった。あのわびしい声を出していたのが、さっきの年寄りだったのかもしれぬ。

「それだけの交際《つきあい》で、あんた、ずっと老人の面倒みていたの」

「面倒みた？」

外人はこの日本語がわからなかったらしく、涙で赤くはれた眼でキョトンと勝呂を見あげた。

「あんた、日本に長かね」

「ふぁーい。一年」

「一年にしちゃ、日本語がうまいが……」

「わたくし、フランスにいました。日本人、たくさん友だち。上原さん。山田さん。村上さん。みなみな、友だち」

「ほう……フランス人か」

「ふぁーい。わたくしの名、ガストン・ボナパルト申します。どうぞ、よろしく」

ガストン・ボナパルト。何処《どこ》かで聞いた名だと思った。ああ、あれはナポレオンだったか。ボナパルトと言うのは……

「学生かい、あんたは」

「オー、ノン。わたくし、学生ない」

要するに日本にうろうろとしているヒッピーの一人だろうと勝呂は思って、

「ところで、あの病人の食事や洗濯は、誰が見てやるのかね」

「食べるもの、わたくし、持《も》ていきます」

「あんたが？」

「ふぁーい」

「毎日？」

「ふぁーい」

「なぜ？」

医者の少し強い声にガストンはびっくりしたように、

「わたくし、持《も》ていきませんと、ナベさん、可哀想《かわいそう》……」

急に勝呂は妙な恥ずかしさを感じて質問をやめた。なぜ恥ずかしさを感じたのか彼にもわからなかった。今日までの長い人生の間、医師の彼はあまりにたくさんの人間のエゴイズムや心のつめたさを見てきた。たまさか、善意ある者に出あうこともあったが、そういう善意はセンチメンタルな感傷や虚栄心や自己満足から生れていて長続きはしなかった。だから勝呂はそんな連中に会うと、妙な気恥ずかしさを覚えるようになっていった。それは清純や無邪気を装《よそお》っているカマトト娘を見ると、こちらが恥ずかしくなる――そんな気持によく似ていた。

「薬だよ」

と医師はぶっきら棒な調子で紙袋を外人にわたし、

「一日、三回、食後に飲ますといい。私は明日、注射をうちに行くがね。その時、当人に入院のことを相談しよう」

抗癌剤の種類を考えながら、しかしそんな薬も結局は役にたたぬことを彼は感じていた。レントゲンを撮らねば何とも言えないが、手でふれただけで老人の胃《マーゲン》の幽門部には大きなしこり《クレブス》がある。あれではほかの臓器に転移していることは確実だ。

ガストンはよごれたコールテン・ズボンの尻《しり》に手を突っこんで、くしゃくしゃの千円札を出し、

「あの……これ、足りませんでしたら、わたくし、明日、持《も》てきます」

「なにかね。薬代か。いらんよ。そんなもんは……」

「でも、ナベさん、病気。働けない。お金ない」

「だから、あんたが払うとかね」

勝呂は苦笑しながら、

「よしなさい。そげん無理は。無理は続かんよ。それに老人の癌検診は無料だ」

「ほんと？」

「本当だよ。だから今後も薬や注射代は払わなくていい」

「あんた、しんせつ」

外人は嬉《うれ》しそうに眼をまるくして医者に笑いかけた。心の底から感謝しているという

表情だった。

「私は別に親切じゃないね。そういうことはあまり好きじゃあない」

窓の外はもう真暗だった。親切とか善意というものを勝呂はとっくに信用してはいなかった。ひとりよがりの善意が相手を傷つけ、親切が他人の重荷になることを気づかぬような人間ほど始末の悪いものはなかった。善意や親切だけで、この世界の苦しみが救えるものなら、そんな簡単なこともなかった。善意や親切や思いやりは時には罪悪をつくることさえあるのだ。勝呂はこの時、夕暮に自分をそっとたずねてきて子供を堕《おろ》してくれと泣きながら頼む女たちのことを思いだしていた。その泪にまけて彼女たちの体内で育っている生命《いのち》を殺すことはやはり罪だった。しかし彼は、この診察室の隣の小さな手術室で、足をひろげた彼女たちと何度も罪をわけあってきた……

「じゃ、帰んなさい。明日、注射をうちにいくから……」

ガストンはグローブのような大きな手に小さな薬袋をもち、診察室を出た。廊下で彼はもう一度、ふりかえって、

「あなた、しんせつ」

と間のぬけた顔に笑いをうかべた。

「大将」

作業用の黄色いヘルメットをかぶった工夫が現場監督のところに走ってきた。

「大将。また、あの変な外人が来ましたぜ」

「大将というのはよせ。ちゃんと名を呼べ。どうしたんだ」

「あの変な外人。仕事をくれって」

監督は舌うちをして、

「仕様がねえな。お前、追払えよ」

「断ったんですが、帰《けえ》らねえんです。手伝わせてくれって言うんでね」

「しつこい奴《やつ》だな。よし、俺が行く」

作業着のポケットに手を突っこみ、くわえ煙草《たばこ》のまま、監督は工夫と一緒に車を片側通行にした横町の角まで出かけた。ガス工事をやっているその現場は灯をつけた電球に囲まれている。

「ヘイ」

部下の手前、監督は西部劇の親方のように横柄《おうへい》に話しかけた。

「ヘイ。あんたか。話があるというのは」

「ふぁーい。ボスさん」

外人はおかま帽をとって、それを大きな手でいじりながら、

「働くのこと、わたくし、ほしくあります」

「働くのことって……ここの作業、手伝いたいのか」

「ふぁーい。ボスさん」

「なんだ、ボスさんって言うのは。駄目だね。手が足りてるんだ。それに外人は使えねえんだ」

「わたくし、外人ない」

ガストンはおかま帽をしきりに引張りながら、

「わたくし、今は日本人。ボスさん、どうぞ、よろしく」

「なにが、どうぞ、よろしくだ。こいつ、少し、ぬけているんじゃねえのか。名はなんというんだ」

「ふぁーい。ガス、申します。ほんとの名、ガストン。でもガス、申します」

シャベルを持っていた工夫が笑いだして、

「ガスだからガス工事を手伝おうって言うのだな。内田さん。手伝わしてやりましょうや。そのほうが早く片附くよ」

「いいか。働いたって千円しかやらねえぞ。それでいいなら、やってみな」

「千円、すくない」

ガストンは悲しそうに、

「千五百円。ボスさん」

「だめだ」

監督は作業着のポケットに手をつっこんだまま、厳しい声をだした。その声に怯《おび》えたのか、ガストンは黙りこんだ。

「お前、こいつと作業を交代しろよ」

穴のなかでシャベルを手にしたまま、この問答を聞いていた二人の工夫に監督はそう命じた。

「半時間も働かせりゃ、こいつ悲鳴をあげてやめると言うわね」

不器用そのものの恰好《かっこう》で外人は穴のなかに体を入れてシャベルを受けとった。

「うめてあるガス管にぶつからねえようにしろよ。周りの土を上にあげるんだ」

「ふぁーい」

「みろよ。このヘッピリ腰。おい、おい、駄目じゃねえか。土くれをこっちに飛ばしちゃ」

「わたくし、大きな体。穴くるしい」

十回、十五回とシャベルを動かしてガストンは大きな溜息《ためいき》をついた。

「ボスさん」

「なんだ」

「わたくし、くたびれました」

「なに言ってんだ、馬鹿野郎《ばかやろう》。それで仕事になるか。じゃ、やめろ。金、払わねえから」

「オー、ノン、ノン、わたくし、やりますです」

幾分、意地わるな気持で監督も工夫も穴のなかで体を動かしている外人を見つめていた。終戦直後、横須賀《よこすか》の盛り場でアメリカ水兵にイヤというほど尻を蹴飛《けと》ばされた思い出のある監督は、今、外人がぶざまな恰好で働いているのを見て満更、悪い気持がしなかった。なにしろ日本はもう昔の日本ではなかった。この国は経済一流国であり、日本人が外人に発音のなまりを叱《しか》るテレビ広告も出る時代になったのだ……

しばらくすると、穴のなかが静かになった。シャベルが動いていない。

「ヘイ。クイントリックス」

と監督はなかを覗《のぞ》きこんで、

「どうしたんだ……」

返事はなかった。同じように穴のふちで身をかがめていた工夫が、

「内田さん。こいつ、泡《あわ》ふいていますぜ」

と叫んだ。ガストンは肩で息をしながら眼を白黒させていた。

「だらしねえなァ。おい、もういいよ。あがれよ」

監督が怒っているのを見て、心やさしい一人の工夫がそう、とりなしてくれた。彼は

手をさしのべて、ぐったりとしたガストンを穴から引きずりだすと、

「内田さん」

と監督に頼んだ。

「この毛唐。力仕事は駄目ですよ。旗をもたせて通行整理でもさせましょうや。なァ、できるだろう。お前」

「ふぁーい」

監督はまだブツブツ言っていたが、結局、ガストンは赤い旗を手に持つことになった。ガス工事の間、この裏路は車輛《しゃりょう》は片側しか通れない。それを整理するのである。

「なぜ、俺たちが、あいつの面倒みなくちゃならねえんだ」

路の端にたって、だらしなく旗を動かしている外人を遠くから見ながら監督は舌うちをした。

キャバレーや飲屋のはね時が来て、表通りは車輛があふれはじめた。クラクションをならしながら何台かの車がガストンの立っている裏路に迂回《うかい》してくる。

「おう、外人じゃァねえか」

懸命に旗をふっているガストンを見て車の運転者たちは窓から顔をだして、

「外人、頑張《がんば》れよ。間のぬけた面《つら》、してんなあ」

「ふぁーい。どうぞ、よろしく」

ガストンは得意だった。自分の指図に列をなした車が従順に従ってくれるのが嬉しかった。彼にはこんな経験はなかったからである。子供のように彼はこの作業をたのしんでいた。

　どこかでチャイムが鳴った。車の数は次第にへり、駅に向って流れていた人々の数も少なくなっていく。新宿に本当の夜や静寂を感じるにはあと一、二時間、待たねばならない。ネオンだけが光り、暗い路に酔客がしゃがんで胃袋のものを吐き、暗い屋台のそばで立ちんぼうの女がもの憂《う》げに立っている新宿の夜はそれから来るのだ。

「おい、もう、いいよ」

　くわえ煙草の監督は工夫たちに作業をやめさせると、ガストンに近よった。

「今日は仕事は早じまいだ」

　ポケットから千円を出して、

「約束の金だ」

「ふぁーい。ありがと」

「どうせ、シンナーに使うんだろ、お前。あんなもの吸っているから、穴を掘らせてもすぐ、へたばるんだ」

　監督はガストンを駅やその近くをうろついているヒッピーの一人だと思っていた。彼はこの外人がもう二日、ほとんど食べものらしい食べものをとっていないことを知らなかった……

「ボスさん」

「なんだ」

「あした、またね。働くのこと、わたくし、ほしくあります」

「もう結構だ。来なくていいよ」

だが、監督はガストンの大きな馬面《うまづら》が悲しそうにゆがむのを見ると、

「チェッ」

といまいましそうに舌打ちをして、

「仕様がねえなあ。仕方ねえ。また、旗ふりでもやんな」

Ⅲ

「飛行機はただ今、管制塔からの指示を待っております。もう、少し、お待ちくださいませ」

黒いマイクを口にあてて、笑くぼのみえるスチュワーデスが乗客にアナウンスをしていた。折戸《おりと》の席は入口のすぐそばである。

ゆっくりと滑走路に飛行機が向うと、そのスチュワーデスは折戸と向きあった席に腰をおろし、形のいい脚を斜めにそろえて、ベージュ色の制服にバンドを締めた。

（可愛《かわい》い子だな）

と彼は思ったが、相手をじっと見るのは照れくさかったから、思わず眼を窓にむけた。

飛行機は一時半頃、九州のＨ市に着く筈《はず》である。Ｈ市で折戸は支局の野口と会い、取材に協力してもらう手筈になっていた。三年前、このＨ市に近い海に流した工場の廃液で一つの漁村にたくさんの病人が出た。会社と患者との間には補償の折衝がくりかえされ、裁判に持ちこまれ、やがて判決がおりようとしている。この問題を現地でもう一度、洗い直すのが今度の折戸の仕事だった。

このほかに彼は別の取材も考えていた。あの新宿の医師の過去を調べてみることである。あの医師は、戦争中、Ｈ大の病院で助手をしていたが、その時、例の米軍捕虜の生体実験という有名な事件に加わっている。当時の情況や彼についてまだ記憶している人たちに会い、できれば話を聞いてみようと折戸は出発前から考えていた。

飛行機が滑走路から離れると、地上の建物や家がぐんぐん離れていった。東京湾が針をばらまいたように、きらきらと光り、漁船が何隻《せき》も走っている。

禁煙のサインが消えて、スチュワーデスが雑誌をくばりはじめた。

（きたない海だ）

東京湾も、工場から流された油でよごれている。H市の海もきっとこうなのにちがいない。

（大企業の犠牲となった漁民たち）

折戸は自分の原稿の書きだしの言葉を考えたがどうも陳腐だった。手あかによごれている。もっとフレッシュな文句を考えねばならない。

（その工場の幹部に会ったって、彼等は本心、良心の後悔などこれほども感じていないだろう）

と、彼のまぶたにあの勝呂のむくんだような顔がうかびあがった。あの医師も自分の過去にこれっぽっちの自責も持っていないようだった。折戸の質問をはぐらかすような答えや無責任な返事しかしなかったのだ。

（日本人て……ああいうものなのか）

折戸は義憤と功名心との入りまじった気持を胸に感じ、足もとにおいたアタッシェケースを膝《ひざ》においた。このなかに東京で調べたあの事件の資料が入れてある。

（この仕事は俺の仕事だ。やり甲斐《がい》があるような気がする）

毎年、特集記事の一番すぐれたものに局長から賞が与えられる。賞金はたいしたことはないが、やはり賞を受けた若い記者は認められた悦《よろこ》びを感じる。入社以来、折戸はその賞がほしかった。もしこの仕事がうまくいけば自分も局長賞がもらえるかもしれない。

「おしぼり、いかがでしょうか」

顔をあげると、さっきのスチュワーデスがにっこり笑いながら、おしぼりの束をのせた盆を彼の前にさしだしていた。ベージュ色の制服に「本藤」という名札をつけている。

「H市には何時につきますか」

「はい、順調に参りますと一時四十分でございます」

酒井和歌子に似ているな、こういう娘と恋愛したら楽しいだろうなと折戸は急にやさしい気持になった。

(仕事。仕事。仕事)

そのやさしい気持を追い払うように彼は仕事、仕事とくりかえした。彼は新聞記者であり、記者である以上、社会正義のために筆を使うのが仕事だった……

飛行機がつき、一列になった客にまじってタラップをおりようとした時、

「ありがとうございました。また、どうぞ」

とさっきのスチュワーデスに入口で挨拶《あいさつ》された。あわてて彼も不器用に頭をさげた。

待合室に入ると、支局の野口が迎えにきていた。この少し猫背の男とは三年ほど前、東京で一時、机を並べて仕事をしたことがある。

「やァ」

レインコートを着た野口は眼を細めて懐《なつ》かしそうに折戸を見た。

「荷物はそれだけかい」

「うん」

待たせてある自動車にのり、支局まで向う路《みち》で友人から色々な情報を聞いたあと、

「あのね、そのほかにもう一つ、頼みたいことがあるんだ」

「何だね」

「H市の大学医学部で戦時中、墜落した飛行機の搭乗員《とうじよう》捕虜を生体実験した事件があったろう。それに参加した助手で勝呂というのがいるんだが……その男のこと、少し調べたいんだよ」

「なぜ」

折戸が熱っぽい口調で自分の気持をしゃべりはじめると、眼をつむって聞いていた野口は、

「変らんなァ、お前は」

と溜息《ためいき》をついた。

「変らない？」

「張りきっているねえ。支局に追いやられた俺には、もうそんな張り切りはなくなったが……」

「協力してくれるんだろ」

「まあね。お前の出世のためにな」

支局に着いて支局長に挨拶すると、その日いっぱい、廃液問題の調査に飛びまわった。

折戸はまだ若く、疲れを知らなかった。

どうにか記事の目鼻がついて、その夜、野口とH市の繁華街の裏通りにある「お多福」という店で飲んだ。

「ここは魚が、うまいんだが」

「しかし、魚も危ないいんじゃないのかい。汚染された海でとれたんだろ」

折戸がそう言うと、はち巻をした店の主人が、

「大丈夫ですよ。東支那《しな》海の魚だから」

と嫌な顔で言った。

「そうそう」

野口はくわえ煙草《たばこ》で、ポケットからメモ用紙をとり出し、

「今日、たのまれたことな。当時のH大の外科にいた医者はもう一人も残っていない。みんな死ぬか、大学病院をやめているよ。ただふるい看護婦が一人、外来事務をやっている。そいつに会うかい」

「会う」

折戸はコップ酒をぐいと飲みながら、

「その看護婦は生体実験に立ちあった女かね」

「いや、どうも、そうでないらしいよ。ただ、その時、第二外科で勤めてはいたらしいがね。実験に立ちあった医者や看護婦は、刑期を終えたあとも病院には復帰していない。第一、あの事件は戦後まで米軍も知らなかったんだ。それが、ある投書によって発覚したんだからね」

これは折戸にも初耳だった。入院していた患者の一人が病院の待遇に不満をもち、それで投書をしたのが発端となったのだと野口は説明した。

「背後には色々な事情が介在していたらしいな。あの頃、第一外科と第二外科が勢力争いをして、第一外科は勢力を拡張するため西部軍のお偉いさんと結びついたという話だからね。あの実験も西部軍の要請で第一外科が仕方なしに引きうけたという話だ。勝呂というのは講師か、助教授だったのかい」

「いや、助手」

「じゃ下っ端《したっぱ》だ。上からの命令じゃ、断りきれずに実験を手伝ったんだろう」

野口はハマチの塩焼をつつきながら、同情的な声をだした。

「いや、ちがう」

店の板前がびっくりするような声で折戸は首をふった。

「そいつは、自分の意志で加わったんだ」

「どうして、わかる」

「当人が、そう言っていたもの。とにかく、これっぽっちも罪の意識さえないのさ。何て言うのかね。開きなおっているという感じだったな」

彼はあの夕暮の、自分と勝呂との一問一答を思いだした。自分が助け舟を出した時、あの顔のむくんだ医師は、はっきり「断ろうと思えば断れたんだが……断らなかった」と答えたのである。

「変だな。そんな返事を普通するかね。お前のききちがいじゃないかい」

と野口は首をかしげた。

翌日の午前と午後はまた工場の重役や患者たちと会って話をこまかく聞いた。五時ちかく市の郊外にある医学部附属病院で野口と落ちあうと、

「五時まで、彼女は外来事務をやっているからね」

よれよれのレインコートのポケットに手を突っこみながら野口は病院の時計台を見あげた。弱い陽ざしの当った病院の壁には看護婦組合の闘争デモのビラがよごれて残っていた。「強制夜勤制度の撤廃」「看護婦も女です」そんな字がかすれてはいるが読むことができる。

時計台の針が五時を示した時、野口は折戸を促して病院のなかに入った。ひろい待合

室にはもう外来患者の影はなく、長椅子《ながいす》で頭に包帯をまいてガウンを着た男が見舞いの家族となにか話していた。

「事務の伊藤テルさんはいますか」

外来とかいた窓口の一つをのぞいて野口はなかの若い女に声をかけた。

「伊藤さん、お客さんですよ」

すると向うの机で書類を片づけていた中年の婦人がこちらをふりむいた。彼女は老眼鏡をとって、それから事務室の硝子《ガラス》戸をあけて待合室に出てきた。

「電話でお願いしておいた野口です」

野口と折戸とが社名の入った名刺をわたすと彼女は不安そうに二人の顔を見くらべた。

「別に御迷惑、かけることじゃないんです。ここじゃ何ですから正門前の珈琲《コーヒー》店にでも行きましょうか。なにしろあなたはこの病院の最古参だそうですから昔の看護婦さんと今の看護婦さんのちがいみたいなことを話してくだされぼいいんですから」

野口はこういう相手から話を聞きだすことには馴《な》れていた。

安心したように伊藤テルは二人の新聞記者と珈琲店の椅子に腰をおろした。珈琲が運ばれても野口は折戸に眼くばせをして、彼女を安心させるために自分が痔《じ》で手術した時のことなどを滑稽《こっけい》にしゃべった。

「男だって若い看護婦さんに尻《しり》の穴をみせるのは恥ずかしいですな。あれは顔から火が出るようだった」

相手をしばらく笑わせてから、

「でもあなたが看護婦をされていた時は大変だったでしょう。戦争中だったし……食糧や薬も少なかったし……例のイヤな事件があったでしょう」

少しずつ円環を縮めて問題にふれていった。

「あの事件に勝呂という若い先生が加わっていましたね。今、東京にいるそうですよ。知っていますか」

「ええ、憶《おぼ》えとります。私は第二外科の手術台で働いとりましたから、手伝うたことはなかですけど……」

「第二外科でねえ。第一外科と第二外科は仲が悪かったと聞きましたが」

「さァ。上のことは、よう、わからんかったけど……。そげん噂《うわさ》もちょくちょく耳にしました」

「誰から？」

伊藤テルがためらうと、野口は笑って、

「もう三十年以上も前のことじゃ、ありませんか。話したって時効ですよ。誰から聞いたんですか」

「第二外科の若い先生たちから……。第一外科は腕が悪いと言うとったです」

「信じられないな。そんなこと。いやしくも大学病院の先生たちだから」

折戸は野口のうまい問いかたに感心していた。わざと相手の言う言葉を信じないふりをして話を引きだすというやり方である。

「でも大学の先生というても」と伊藤テルはその誘いにのって「時々は失敗ばするもんね。あの頃も、第一外科じゃあ、患者さんの結核成形手術に失敗したこともあったとですよ」

「へえ。その手術はむつかしいんですか」

「うちの医局じゃ自信ば持っていたけれどねえ。あげん失敗《しくじり》はせんと笑うてました」

「それじゃ、患者の家族は怒ったでしょう」

「怒りませんよ。今と時代のちがうですもん。それにあの頃、病院じゃ失敗したとは決して言わんですもんね」

「じゃあ、何と言うんです」

「手術は成功したが、手術後の状態が悪うて死んだと言いますよ。そうすれば先生の成績に傷のつかんとですからね」

よく、わからんなと野口が首をふると伊藤テルは少し声をひそめて、そういう時は手術室から死体をそのまま生きたように病室に運び、家族にも面会させず、翌日になって死亡したように言うのだと説明をした。執刀医や病院が非難を受けないためである。

「でも、戦時中ですよ。今はそげんことはもちろん、なかですよ」

言いすぎたと思ったのか彼女はあわてて訂正をした。

「その手術の時……勝呂さんも加わっとったのですか」

折戸が聞きたい質問をやっと野口が訊《たず》ねてくれた。

「加わっとったでしょ。あの頃は外科の先生の数の少なかでしたもん。みんな軍医にとられとったから」

そうだろう。勝呂という医師は過去にそんな経歴のある男にちがいないと折戸は思った。あの男は患者の命の尊さなど、みじんも感じていないような気がしたが、それはこの過去の出来事でもわかるのだ。その心がやがて捕虜の生体実験に進んで参加する気持につながっていったにちがいない。

「伊藤さんはあの事件、憶えてますか」

「それが、まったく、知らんですよ」

彼女は首をふって、

「あれは第一外科だけがこっそり、やったことですもんね」

「捕虜の姿を見ましたか。その日」

「見とりません」

「医学の進歩という名目でその実験はやられたんですよ」

と折戸は苦々しげに口をだした。

「どうだ。役にたったかね」

伊藤テルと別れたあと、H市の繁華街に戻るバスのなかで野口は折戸にたずねた。

「おかげで役にたったよ。勝呂個人のことは彼女、よく知らないらしいが、あの医者の育った医局の雰囲気《ふんいき》がわかっただけでも材料になるよ」

「そうだな。しかし、どこの医局だって、そんなもんじゃないか」

「だが、ひどすぎる」と折戸はきびしい顔になって「手術の失敗を誤魔化すために、手術死した患者を病室に運んで、家族にも嘘《うそ》をつくなんて……」

そういう医局で勝呂は助手を勤めていたのだ。医者としてのヒューマニズムとか倫理というものがいつか彼に欠如したとしても、それは決して不思議ではないのだと折戸はバスの窓を眺めながら考えた。

既に日は暮れかかっていた。バスが走っているのは戦災から焼けのこったH市の一画らしく、骨組みのしっかりとした黒ずんだ屋根瓦《やねがわら》の家々がいつまでも続く。いかにも地方都市らしいそんな風景に夕日が茜《あかね》色の色どりを与えている。なんとなく東京のビルとビルにはさまれた丸ノ内の大通りを思いだした。そこに彼の新聞社はあったからである。

「俺もこの街に来て二年になるよ」

と野口が急につぶやいた。

「住めば都でいいもんだ。しかし、あんたには無理だろうな」

「なぜ」

「あんたは働きもんだし、正義の味方だからな。明日、昼の飛行機まで何をする？」

「うん。伊藤テルが紹介してくれた昔の看護婦をたずねるよ」

「悪いが、俺はつきあえんよ」

「わかっている。そう、君にばかり、おぶさるわけにはいかんもの」

別れぎわに伊藤テルは戦争中、第一外科で働いていた同僚看護婦のなかで親しかった一人の住所を教えてくれた。森田敏江という名である。それを明日、たずねてみようと思った。

支局に戻って、資料部から戦争中の新聞縮刷版を出してもらい、H大の医学部に関する記事をひろい読みした。役にたつようなものは何もなかったが、ただ医学部に戦場医学の研究部門を新設という記事が眼についた。そして第二外科の権藤という教授の談として「戦場においては負傷した軍人の治療は緊急である。しかも有効なるものでなくてはならない。この研究は薬品や設備の充実しない前線で思いきった手術や治療ができるか、どうかを目的としている」という言葉が掲載されていた。

資料室の暗い電気の下でこの記事を眼にした時、ああ、これが捕虜の人体実験につながったのだな、と折戸は直観的に感じた。

折戸が調べたかぎり、あの実験の一つに輸血用の血液が足りぬ時、食塩水でどれだけ代用できるか、のテストが含まれていた。前線では負傷兵にたいする輸血が不足する時もあろう。その場合、食塩水を使ってどこまで有効かを調べる必要がある。捕虜たちがその研究のために使われたことは今や、折戸には、はっきりとわかった。

「断ろうと思えば、断れたんだが……」

あの夕方、勝呂医師はたしかに折戸の質問にそう答えた。その時の相手の表情もくたびれたような声も憶えている。そうだ。ふてくされて、開きなおったのだ。

戦争が終って三十年たったとは言え、そういう男が新宿で治療をやっている。折戸だって彼が医者を続けてはいけないなどとは言わぬ。しかし、開きなおって、昔のことに平然としている男は許せない。

厚い縮刷版を書棚に戻して彼は人数の少なくなった支局を出た。野口は何処《どこ》に行ったのか、姿がみえない。昨夜の飲屋に寄って一人で折戸は酒を飲んだ。

翌朝、森田敏江をたずねた。広江町という停留所でバスをおりると、眼前にきたない川が流れている。川岸に魚料理などという看板をかけた黒ずんだ家が二、三軒、残っているのを見ると、このゴミ棄場《すてば》のようになった川も昔は清冽《せいれつ》だったのかもしれない。

ひばり団地という団地はすぐわかった。亭主たちが出勤したあとの団地は閑散としていて、子供の手を引いた若い母親が小さな遊び場の前に立っていた。団地の前の路《みち》には「現地野菜直売」とペンキで書いたトラックがとまって若い男が二人、木箱をおろしていた。

森田敏江のアパートはわかった。郵便配達人がちょうどそのアパートの郵便受けの前にたっていたので教えてもらった。アパートのどの部屋からも、子供の泣き声がきこえてきた。ベルを押すと、すぐ扉があいた。

扉を半開きにしたまま怪訝《けげん》そうな顔をしているこの五十歳ぐらいの女性に名刺をわたし、

「伊藤さんの御紹介で来たんです」

伊藤テルの名を聞いてからはじめて安心したように彼女は折戸の名刺に眼をやった。

「御主人がお出かけのようですから、ここでお話をうかがいます」

彼女が部屋を片附けようとするのを折戸はとめて、

「昨日も伊藤さんから、色々、お話をうかがったんです。戦争中、第一外科に勤めておられましたね。あんな嫌な事件があってお話しにくいでしょうが、あの頃の看護婦生活はどうでしたか」

相手に不安感を与えないように、野口にならって、さりげなく切りだした。

「実は昔と今との看護婦さん気質のちがいを知ろうと思いましてね」

メモをとるふりをしながら彼は辛抱づよく相手の話が終るのを待った。

「あの当時の先生ともまだ、つき合っていらっしゃいますか」

森田敏江が首をふると、

「勝呂先生を憶えておられるでしょう。東京の新宿で開業されていますよ」

「東京で……」

彼女の顔に不安そうな影が走った。

「ええ、憶えておられますか。あの頃、どんな先生でしたか」

「さあ。目だたなかったです。温和《おとな》しゅうて、あまり口もきかん人だったから」

「患者さんの受けはよかったのですか」

森田敏江は当惑げな表情をみせて、

「ようもなければ、悪うもなかったでしょ」

「どんな思い出がありますか」

「あまり、ないです。なにせ、目だたん先生だったから」

それから一瞬、彼女はためらって、

「そう言えばあの先生、薬用の葡萄糖《ぶどうとう》ば、よう持っていかれたですねえ」

「持っていくと言うと？」

「私用に使われたのとちがいますか、あんまり、葡萄糖がへるので主任さんが怒っていましたけど。なにしろ砂糖なんか手に入らん時代でしたもんねえ」

「患者用の葡萄糖を砂糖のかわりに彼は持ちだしていたわけですか」

折戸が急にきびしい表情になったので森田敏江はあわてて、

「でも、そげんことはあの頃、皆、やっとったですよ」

と言いなおした。

「しかし彼は例の嫌な事件に加わったでしょう。あなたなんか、全然、知らなかったのですか」

「えっ」

「捕虜も見ませんでしたか」

「見ましたよ。作業着を着た捕虜がトラックで連れてこられましたもんね」

「あんたたちなんとも思わなかった？」

「健康診断で来たと先生たちは言うておられましたし、ふしぎに思わんかったです」

森田敏江はこのあたりから警戒心を起したのか、例の事件について話をしたがらなくなった。折戸は仕方なく話題を変えて、今の看護婦にたいする感想などをふたたび訊ねた。

アパートを出ると、さっきの母親が子供とまだ砂場で遊んでいた。森田敏江の部屋の窓から彼女がこちらを覗《のぞ》いているのを感じて、折戸は足早に去った。

帰りの飛行機で彼はあの本藤というスチュワーデスを何となく探したい気持になったが、もちろん姿はみえなかった。

くばられたおしぼりで顔をふきながら何気なく、斜めむこうの席をみると、どこかでみた記憶のある年輩の紳士が朝刊を読んでいた。

（どこで、会ったのかな）

取材で会った相手なのか、どうか、考えているうちに紳士は椅子《いす》をうしろに倒して眼をつむった。その眼をつむった横顔で、

（あっ）

と折戸は驚いた。

いつか、新宿の区役所通りで助けたあの男の——そう、何かにぶつかって気を失った顔が、今、眠っているその顔と同じだった。

空港待合室の雑踏を通りぬけると矢野はタクシーをつかまえ、運転手に大学の場所を教えた。

昨夜、H市で講演をすませたあと、主催者側の連中と飲みすぎたせいか、右の腹部に

鈍痛を感じる。体も妙にけだるい。この二、三年で疲れが翌日まで残るようになったのだ。

彼はうつろな眼で高速道路の周囲にひろがる工場やビルや大きな広告や、よごれた東京湾の海を眺めた。それらの風景は彼になんの興趣も起させなかった。それよりも彼は自分の肉体を蝕《むしば》んでいる老いのことをぼんやり考えていた。やがて確実に来るにちがいない死の思いはこの教授をいつも不安にさせるのである。

矢野は自分が死んだ翌日も、この高速道路には今と同じようにたくさんの車が走り、周りの風景も変りないのだと思った。すると、自分の今日までの社会生活や、教授になるための長かった努力もすべて無意味なもののような気がした。だが「意味のあるもの」が何なのかは漠然としていたし、そしてそれが摑《つか》めたとしても今更ふみ切る勇気のないことも彼は充分、承知していた。

タクシーが高速道路をおりて、やがて大学のある電車通りから正門の坂をのぼると、矢野は急にすました顔をして、坂に集まっている学生たちを眺めた。なんといっても彼はこの学生たちにとっては教える立場にある教授だった。

研究室に入ると秘書の女の子が、

「おつかれでした」

とお茶を持ってきて、

「講義がおすみのあと、雑誌社の人がお目にかかりたいと何度も電話がありましたが」

とメモをわたした。そのメモに眼を走らせて、

「いいだろう」

と矢野は机上の郵便物を手にとった。

郵便物のなかに粗末な茶色い封筒があった。差出人の名は書いていない。封をきると、なかには大学ノートをちぎった紙に金釘《かなくぎ》流の文字が書かれていた。

「先日、先生のお宅をたずねて採点のことでお願いした学生です。あれから、しばらくして、先生が新宿で気絶した時、医者のところまで運んだのもぼくらです。恩を売るわけではありませんが、あの時、見たことはぼくらは神士的にだまっています。しかし採点を書きなおしてくれないなら、ぼくらも考えがあります。文学部。林。山崎」

矢野は紳士的を神士的と書きちがえたこの稚拙な脅迫状を二度、三度、読みかえした。怒りと不安とがまじりあって胸にこみあげてきた。学生のくせに教授を脅かす。いや、そんなことは今の大学では日常茶飯事だった。二年前、ストライキを起した学生たちは法学部長を一室にとじこめて、こづき、罵声《ばせい》をあびせ、四時間、外に出さなかったのだ。

(あいつらだったのか。俺を医院に連れていったのは!)

彼はもしこの山崎や林という学生があの新宿の一件をばらしたら、自分はどうなるかを考えた。鬘《かつら》をかぶって若者の恰好《かっこう》をする変質教授という週刊誌の文字が不意に彼の頭

にうかんだ。

(別に道義的に悪いことをしているんじゃないんだ。変装して何がいけない)

と矢野は不安を静めるために自分に言いきかせた。しかし、それでも胸のざわめきは消えなかった。

「先生、講義のお時間ですけど」

秘書に注意されると、彼は急いでその手紙をポケットに入れて椅子からたちあがった。

四〇五番教室はいつものように学生で満員だった。学生が集まるのは彼の講義が面白いからではなく、スライドを使うため、暗い教室で男子学生と女子学生とは手を握りあったり、肩をすりよせたりできるからで、「桃色教室」とよばれている。その暗い教室で彼はバロック式とゴチック式との比較を説明したが、頭のなかではあの手紙のことばかり考えていた。説明を終えた教室に電気をつけるとあわてて女子学生から体を離した男子学生がいた。

「この教室に林君と山崎君とは来ていますか」

講義を終えた時、彼は何げない表情を装《よそお》って学生たちにたずねた。

「来ていたら、一寸《ちよつと》、来てくれたまえ」

するとさっき女子学生から体を離した男子学生が間のぬけた顔で立ちあがり、彼のそばに近づいてきた。

「君かね、山崎君は」

「いえ、林です」

林の頬には女子学生のつけたらしい口紅の痕《あと》が残っていた。

「口紅をふきたまえ」

「えッ。いけね」

「君かね。あんな手紙をよこしたのは」

「読んでくれましたか」

「あの手紙は文学部長に見せるつもりだ。君たちはおそらく退学だろうね」

相手の顔に驚きの色が走って、

「えッ。そんな。先生、無茶苦茶」

「どっちが無茶かね。ぼくは自分の行動を恥じとらんから平気だよ。新聞なり、週刊誌にでも売りつけたまえ。しかし君たちの脅迫状のことも同時にばれるが……」

「でも先生だって学校、やめさせられるよ」

「なぜかね、私生活は私生活だ。しかも私はそれによって他人に迷惑はかけておらん。私は平気だよ。ただ……」

ただ、と言って矢野は語調を柔らげ、

「もし、君たちが二度とあんな馬鹿《ばか》な真似《まね》をしないと約束するなら穏便にしてもいい。

採点も直してやろう、私だって当校の学生を徒《いたず》らに落第や退学させたくない。君たちの出かた、一つだ」

林は半泣きの顔をして、うなずいた。勝ったと矢野は思った。

「ともかく、口紅をふきたまえ」

研究室に戻ると、

「先生」

秘書の女の子が受付の前で彼をつかまえて、

「雑誌社の方が、お待ちですけど。部屋にお通ししてあります」

と客の名刺をわたした。

「どんな人？」

「まだ、お若い方です」

矢野は教授らしい威厳を顔につくると扉のノブをまわした。バネではじかれたように椅子から若い男が立ちあがった。

「どうぞ、どうぞ、そのままで」

愛想よく相手を坐《すわ》らせると、自分もその向い側に腰かけ、矢野は紙巻煙草《たばこ》に火をつけた。

「で、御用件は」

「この頃の若い女性の性意識についてお伺いしたいんですが」

するとと矢野は紙巻煙草を指にはさんだまま眉《まゆ》にかすかな皺《しわ》を寄せた。こういう表情をとると自分が誠実で真面目《まじめ》な学者にみえることを彼は承知していた。

「うん。それで？」

「最近、若い女性が妊娠すると、すぐ、子をおろす傾向がめだちますが、どうお考えでしょうか」

「ほう。そういう傾向があるんですか」

「ええ。若いオフィス・ガールや、女子学生のような未婚女性でも平気で子供をおろしています」

「それが本当なら」

と矢野は煙草をくゆらせながら、しゃべりはじめた。

「女性が母親になることを重要視しなくなったのですな。昔の女は母になることで、女が完成すると考えていた。ところが今はそうじゃない。逆に母親になることは時には女であることの妨害になると思うようになったのですな」

しゃべりながら彼は時々、窓のほうに眼をやった。こうした質問に答えるのは彼にとってムツかしくはなかった。別に考えなくても言葉はよどみなく口から出る。もっともらしい意見もまるで今川焼でもできるようにポンポンと頭のなかで巧みに組みたてられた。

「こういう傾向はいいことでしょうか」

「歓迎すべきことじゃないでしょうね。母性を放棄した女は、やがてそれによって復讐《ふくしゅう》されますよ」

彼は記者の反応をすばやく観察してから言いかたを変えた。

「しかし、それよりも未婚の女が母になることを白眼視する社会に問題があります」

「と、おっしゃると」

「スウェーデンなどでは未婚の女が母になっても人々から白眼視されません。生んだ子を保育する施設などもちゃんと、できています」

「なるほど。なるほど」

若い記者は満足そうにうなずき、

「要するに先生。日本は性にたいする考えが先進国より遅れているのじゃ、ないでしょうか」

「そう思いますね」

「すると、たとえば、先生のお宅ではお子さまにたいする性教育など、どうされているでしょうか」

矢野は微笑して煙草を灰皿にもみ消した。

「私のところでは娘などにも自然のなりゆきにまかせていますよ」

「と、おっしゃると、お嬢さんとボーイフレンドの交際も自由に認めておられますか」

「もちろんです。親と子との相互信頼があれば、そんなことは別に心配しなくてもいいのではないでしょうか」

彼は自信ありげに笑いを頬にうかべ、自分がいかに進歩的な父親であるかを語った。語っているうちに矢野は娘のハナ子に本当にそんな考えを持っているような気さえしてきた。

「有難うございました」

記者は礼を言って立ちあがった。

「この原稿、私が書きますが、一応、ゲラで御覧になりますか」

「いや、お任せしますよ」

記者が研究室を出ると、矢野は椅子にもたれて新しい煙草に火をつけた。彼の頭に細君が夫婦喧嘩《げんか》の時に吐きだすように言った言葉が甦《よみがえ》ってきた。

(あなたの言うことと、することとは、大違いですのね)

その夜、大学から自宅に戻ると細君はいたがハナ子の顔はみえなかった。

「あの子、どうしたんだ」

「電話があって出かけましたよ。何でも洋裁学校の友だちに誘われたって……」

「このところ、夜の外出が多いな」

矢野は不機嫌な顔をして和服に着かえながら、

「何も文句を言わんのかね」

「だって若いんだから、たまに遊びにいくのも仕方ないでしょ。あの子だって、もう子供じゃありませんよ」

細君はそんなにハナ子の外出に不安を感じてはいないようだった。

夫婦だけの夕食をすますと、彼は自分の書斎に入って書棚の裏からブランデーの瓶《びん》を出した。それから、例の学生の手紙を灰皿のなかで燃やした。炎は紙質のわるい紙と、そこに書かれた金釘流の文字を黒くなめていった。

ブランデーを飲みながら頼まれていた随筆の原稿を書きはじめた。時計はいつのまにか九時半をまわっている。

「あなた」

と書斎の扉を叩く音と細君の声がして、

「今、ハナ子から電話があったんですけど」

「うん」

「お友だちと一緒で遅くなるって。でも何だか、お酒でも飲んでいるみたいでしたわ」

「酒を？」

「ええ。バーらしく、うしろでお客の笑い声が聞えましたから。大丈夫かしら。女の子がそんなとこに行って」

「だから俺がさっき言ったろう。あいつはもう子供じゃないと安心していたのはお前じゃないか」

彼はいらいらとして椅子《いす》から立ちあがった。

「万一のことがあったら、どうするのかね」

「そんなこと、ないでしょうけど」

しかし細君も少し不安そうに、

「そのお友だちのお宅なら居場所がわかるかもしれませんから、電話してみましょうか」

「あたり前だ。年頃の娘がそんなに遅くまで遊ぶもんじゃない。すぐ、かけなさい」

細君が電話をかけている間、矢野は娘にたいする不快感をこらえながら書斎で待っていた。

「おかしいわ。江田さん……ハナ子と今日、お会いしていないって……」

戻ってきた細君はびっくりしたように書斎の入口にたって夫の顔をみた。

「江田さんって誰だ」

「ハナ子が今夜、御一緒だというお友だちの名ですよ」

「すると嘘《うそ》をついたんだな。いつから、そんな嘘をつくようになったのだ」

彼は妻の顔を睨《にら》みつけながら、まるで娘のことは自分に責任がないような言いかたをした。

「ハナ子のいるバーの電話も聞かなかったのか。お前は」

「さあ。新宿だって言っていましたけど」

急に不安が彼の胸を黒い雲のように横切った。さっき灰皿のなかで燃えていった手紙が頭に浮んだ。

「おい」

「なんですか」

「ハナ子に若い男から最近、電話がかかったことはないか。学生みたいな男から」

「学生みたいな男？　なにか心当りでもあるんですか。そう言えば、あの子が留守中に山崎さんという人から二度ほど電話がありましたけど」

「山崎？」

顔色を変えた彼は口にくわえた新しい煙草をもぎとって、

と言った。

夫婦は矢野の書斎の椅子に腰かけたまま、黙って向きあっていた。矢野はブランデーのグラスを何杯も重ね、やけに煙草をすった。

「あなたがいけないんですよ。あの子を可愛《かわい》がっておやりにならないから」

「あいつの不良になったことまで俺の責任にしようというのか」

夫婦は時々、口ぎたなく罵《ののし》り、それからまた、石のように沈黙した。

十一時すぎ、タクシーが門前でとまる気配がした。細君はすばやく立ちあがって玄関の扉をあけにいった。

「ハナ子？　ハナ子なの？」

「そうよ」

千鳥足《ちどりあし》で門から玄関まで歩いてきた娘は、

「ただ今」

と言って靴をだらしなく、ぬぎすてた。

「お前」

矢野は娘の前にたちはだかって、

「なんだ。このざまは」

「よしてよ。トイレに行かせて」

「トイレなんか、どうでもいい。お前、酔っているな」

「酔ったら、いけない?」

ハナ子は父親の顔を見上げて、唇のあたりにうす笑いを浮べた。このような表情をする娘を矢野は今日まで見たことはなかった。

「世間体を考えろ。嫁入り前の女の子が酔っぱらうなんて言語道断じゃないか」

「………」

ハナ子は壁にもたれたまま矢野を小馬鹿にしたように横をむいた。この子が親に反抗する時はいつもこんな顔をすることを父親は知っていた。

「そうよ」

矢野の細君も横から、

「お父さまの立場も考えなさいよ、大学教授の娘が夜おそくまで、いかがわしい場所で遊ぶなんて」

「じゃあ」

とハナ子は嘲《あざけ》るような口調で母親に、

「パパも新宿のいかがわしい場所に行っているじゃないの」

「お父さまは研究室の若い人たちと飲みにいっているんです」

「へえ。そうかしら」

うす笑いをまた浮べて娘は矢野の眼をじっと見つめた。

「ほんと？　ママはなにも知らないのよ。パパが新宿で何をしているか、言ってあげましょうか」

「パパはね。鬘《かつら》をかぶって、ピンクのシャツを着て、若い女の子と、遊んでいるのよ」

狼狽《ろうばい》した父親の姿をゆっくり楽しみながらハナ子は、

「なに言うんです」

細君は仰天したように夫をふりかえった。

「まさか、あなた？」

「嘘じゃないわよ。本当よ。わたし、この眼でちゃんと見たんだから」

矢野が蒼白《そうはく》な顔をして黙っていると、

「わたし、笑ったわ。おかしいじゃないの。うちでは年寄りだ、老人だと言って縦の物を横にも動かさないパパが、二十代のいい恰好をして……。二十代にばけて。みじめだわ。みじめすぎて、とっても可笑《おか》しくって……」

壁から崩れるように床にしゃがむとハナ子は両手を顔にあてて泣きはじめた。泣きながら、

「なにが大学教授よ。なにがインテリよ。言うこととすることが大違いなくせに、世間

じゃ先生、先生と尊敬されて。不潔だわ。それが不潔って言うのよ」

「本当ですか。あなた」

細君は突然、きびしい声をだした。

「あなた、そんな変態みたいな真似《まね》をしているんですか」

「ヘンタイ？　なぜヘンタイだ。そう。研究室の若い者と遊び半分でそんな仮装をしたこともあったさ。それがどうした」

あわてた矢野はそれでも素早く言逃れを思いついたが、妻の顔を直視することができなかった。

（あの学生たちめ）

今日の教室で自分を上眼使いで見ていた林という学生のオドオドした姿がうかんだ。

怒りで彼は気が狂いそうだった。

「おい。お前は林や山崎などと交際《つきあ》っているのか」

「交際っているわ」

ハナ子は泣きながら、うなずいた。

「あいつらに、くだらん嘘を聞いたんだろう。箸《はし》にも棒にもかからん不良だぞ、あいつらは」

「でも、パパのように偽善者じゃないわ」

「許さんぞ、今後、あの連中に会うのは」

「そう。でも、わたし、交際うわ。これからも」

ふたたび立ちあがり、強情に首をふったハナ子は、

「わたし、不良になる決心をしたんだから」

とはっきりと宣言した。それから父親と母親とをまったく無視したように二人のそばを通りぬけ、廊下をわたってトイレに姿を消した。

「一体、どうしたんです。わたくしにはわかりません。わかりません」

しばらく沈黙が続いたあと、細君は急にヒステリックに泣きじゃくりはじめた。

「ええ、ええ、何とくだらん」

書斎の扉を音をたててしめると、彼は革椅子にすわって、ブランデーをたてつづけに飲んだ。妻の泣き声はまだ聞えてくる。

「チェーホフだ」

突然、彼は若い頃読んだ露西亜《ロシア》の作家の名を口にだした。

「こんな愚劣な生活こそチェーホフが書いた短篇だ。俺の今はあの短篇の主人公と同じだ」

すると矢野には今日までの自分の人生がすべて愚かしく、くだらぬもののように思えてきた。

ブランデーの酔いがこの大学教授の怒りと不安とをやや鎮《しず》めてくれた。うつろな眼で彼は机の上においてある書きかけの随筆原稿を眺めた。

「現代に最も失われているのは人間と人間との信頼と理解ではなかろうか。われわれはその欠如を、社会に、職場に、いや、家庭のなかにも見いだすのである」

ずうずうしくも彼はそんなことを書いていた。自分がずうずうしいということは今の彼にもはっきり、わかった。

（ええ、かまうもんか）

妻のすすり泣きを扉ごしに聞きながら自棄糞《やけくそ》になった矢野は万年筆をとりあげてその原稿の続きを埋めはじめた。

「我々はこの欠如を埋めねばならない。ゲマインシャフト（社会）のなかでの理解の前に、自分たちの家庭を理解の基礎にしたいものである」


アパートの階段をのぼったところで勝呂は息をととのえた。こんな階段ぐらいで息が切れるのは一年前にないことだった。彼は軽い眩暈《めまい》を感じ、しばらくたちどまったまま、眼をつむっていた。

一年ほど前から勝呂はたびたび、疲れた時など頭痛をおぼえたり、今日のように眩暈に悩むようになった。医者である彼はその原因が血圧のせいであることを知っていた。看護婦に時々計ってもらったが、百九十と百二十からさがらない。

もし、患者がこんな症状を訴えてきたら、彼は仕事を半減して体をやすめるように奨めたにちがいなかった。

「もう、年齢《とし》だな」

彼はそう呟《つぶや》いて右手でゆっくりと自分の首をもんだ。

眩暈がようやく去ると、勝呂はよごれた廊下を歩いて、あの老人の部屋の前にたった。

「私だよ。医者だ」

彼は戸をあけて、寝床から起きあがろうとする年寄りを制した。

「どうだね。今日から入院だよ。あの外人はまだ、来ないかね」

枕元《まくらもと》にすわると鞄《かばん》から聴診器を出し、耳につけながら、

「入院すれば、もう安心だ」

「先生」

と年寄りは眼をつむったまま、

「入院、したくねえ。入院はいやだ」

「なにを我儘《わがまま》、言っているんだ。ここにいれば苦しくなった時、一人じゃ、どう仕様もないだろ。私のところでも入院さえしてれば、すぐ治療できる」

「先生。俺には入院代は払えねえし……」

「馬鹿《ばか》だな。今じゃ年寄りは、無料で大威張りで治療できるような仕組みになっているんだよ。あんたは世のなか、知らないからビクビクしているんだろうが、誰にも迷惑をかけずにすむんだ」

勝呂は病人の腹部をさわり、そのしこりにふれた。

「痛むかね。相変らず」

「ああ。体中、痛くって」

「そうだろう。同じ姿勢で長く寝ていれば体も痛むだろうよ」

しかしその痛みは既にこの老人の肉体を蝕《むしば》んでいる癌《がん》の転移によることはあきらかだった。これからは麻薬以外に病人の苦痛を和らげてやる方法はないだろう。

「遅いな。外人は」

ガストンには一時にここで落ちあう約束をしていた。時刻はもう一時半になっているのに、姿をみせない。

「昨日は少しは食べられたか」

「ああ」

勝呂はある外科手術のことをぼんやり頭に思いうかべた。末期の癌患者の苦しみをなくすために、頭部に手術を行う方法である。痛みを感じる神経を断ち切る手術をやれば、癌は治らないが病人は苦しまないですむ。そのかわり痴呆《ちほう》状態になって、自分では何もできなくなる。

もちろん、勝呂はこの年寄りにそんな方法を奨めるわけにもいかないし、自分がやることもできなかった。ただ、その手術が大きな病院で時々、行われていることを、ふと、思いうかべただけである。

「一寸《ちよつと》、寝ていなさい」

よごれた布団《ふとん》をかけなおして、

「外に行って見てくるよ。一時にあんたを、ここから運び出す約束になっているんだが……」

たちあがって部屋を出ると彼はまた階段をゆっくりとおりた。

路《みち》には子供が遊んでいるだけであのガストンとか言った外人は見えなかった。

(やっぱり……)

やっぱり、逃げだしたのかなと思った。いくら人がいいと言っても、あの男は面倒みきれぬ気持になったのだろう。たまたま知りあった日本人の年寄りを最後まで世話するような外国人が東京にいる筈はなかった。

(あたり前の話だ……)

それなら彼は自分でタクシーをよんでこようと思った。彼は人間のエゴイズムには馴《な》れていた。別にあの外人に幻滅を感じもしなかった。それが当然だし、それ以上のことをガストンに求めるのが間違っているのだ。

騒ぎがきこえた。誰かが怒っている声がする。

騒ぎは路の曲り角で起っていた。勝呂がそこに近づくと、ガストンがリヤカーを引いて、そのそばで商店の親爺《おやじ》らしい男が何か怒鳴っていた。

「冗談じゃねえよ。このリヤカーはうちの野菜をのせるもんなんだ」

「どうしたですか」

勝呂はそばに寄って親爺にたずねた。

「いやね。この毛唐が昨日、店の手伝いをしてくれたんだが、リヤカー、かしてくれって言うんだ。何の気なしにいいよと言ったんだが、今、きけば病人の布団を医者のところに運ぶそうじゃないか」

「その医者が……私だが」

親爺は一寸、たじろいだように勝呂をみて、

「医者なら、なお、わかるだろ。うちの売物の野菜をのせるリヤカーに、病人のバイ菌をつけられちゃ、たまらないよ」

「わたくーし。よく洗いまして、もて行きます」

「洗って返されたってな。気分の問題じゃねえか。なんの病気なんだ。その病人は」

「ふぁーい。ナベさん、お腹《なか》、いたむのあります」

「お腹が痛い？　じゃチフスか、コレラかもしれねえじゃないか。とに角、ごめんだよ」

「チフスやコレラじゃないよ」

と勝呂は首をふった。

「しかし、あんたの言う通りだ。この外人は善意でやったんだから許してやりなさい。こっちはタクシーで運ぶから」

「ねえ、先生。意地悪で言ってるんじゃないよ。しかし、こっちも客商売だからね」

わかっていると勝呂はうなずいた。騒ぎをきいて寄ってきた子供たちが指をくわえながら三人を見つめていた。

「私がタクシーをつかまえてくるから」

と医者はガストンに命じた。

「あんたは、病人が入院できるよう、支度を手伝ってやんなさい」

病室といっても壁はベニヤ板でしきった畳の部屋だった。よごれたうすいカーテンも、畳も西陽にやけて変色していた。

いつもは午前中の外来が終ると三時ごろまでは空虚な医院が、しばらく、ざわめいた。

不愉快そうな顔をしたタクシーの運転手は病人とガストンと大きな風呂敷《ふろしき》づつみを車から放っぽり出すと、扉をガタンとしめて車を走らせた。

やっとのことで年寄りを病室に寝かすと勝呂はカルテを作るために、看護婦に検尿と血液の採取を命じ、ガストンを診察室に呼んだ。

「病人の家族のこと、知っているかね」

「ふぁーい。ナベさん、奥さん、ない」

「死んだのか。子供はいないかね」

「子供の子供、いますです」

「孫だろ。子供の子供は」

「ふぁーい。キミちゃん、日曜日、時々、来ますです」

「じゃあ、連絡はしてほしいね。臨終の時は知らせなくちゃ、ならん」

「リンジュウ？」

「うん。死ぬ時だな」

ガストンは苦しそうに顔をあげて医師の顔をじっと見た。

「ナベさん、いつ、死ぬか」

「わからん。しかし、そう遠くはないだろ」

「…………」

「もう手遅れだ。あとは、できるだけ、痛まないようにして死なせてやるだけだな」

「薬で？」

「ああ。麻薬を使ってね。しかしその麻薬もある程度まで打つと、効き目がなくなるしね。たくさん、注射すると早く殺してしまう」

団扇《うちわ》のような大きな手でガストンは涙をふいた。リヤカーをいじったその手のよごれと泪《なみだ》とで、彼の間のぬけた長い顔は少し黒ずんだ。

「みんな、可哀想《かわいそう》……」

うつむいたまま、彼はそう呟《つぶや》いた。

「仕方ないさ。人間はそう、できているんだ。人間なんて不倖《ふしあわ》せになるために、この世に生れてきたもんだ」

勝呂は苦い気持で自分の心にいつも巣くっている言葉を口に出した。

「あんたは、人を助けるのが好きらしいが、人間が他人を助けるって、そう簡単にできるもんじゃない」

「そう……。わたし、知《し》ています。わたし、だから誰も助けることできなかった。ナベさんの病気、助けることできなかったです」

「だから、助けるのはいいが、諦《あきら》めることも大切なのさ」

勝呂はなぜ、自分がこんな哲学めいた話をしだしたのか、わからなかった。そんな話は長い間、決して誰にも言ったことはなかった。

「あの年寄りは、やがては死ぬよ。あんたはそれを覚悟しておいたほうがいいね。人が死ぬのも、馴《な》れれば、何ともなくなる。医者の私が病人の死ぬたびに騒ぎたてていれば仕事にならなくなる。大きな病院にいれば、毎日、誰かが死ぬのを見るからね」

それから彼はカルテを引出しに入れて、

「しかし、病人には、今のことは黙っていなさい」

「ふぁーい。わたくーし、言わない」

ガストンが部屋を出ていくと、勝呂は診察鞄から注射針やアンプルを取りだして机においた。注射針に窓から流れこむ陽があたって光っている。

注射針を眺めていると、突然、ひとつの声が耳にひびいてきた。

Ah! Ether, isn't it?（あ、エーテルだな）

それは背の高い、瘦《や》せた捕虜の声だった。草色の身に合わぬ作業服を着て、彼は手術室に入ってきた。椅子《いす》に腰かけさせて上衣《うわぎ》をぬがすと、破れた日本製のメリヤス・シャツを着ていた。破れ目から密生した栗色《くりいろ》の胸毛がみえた。彼をかこんだ医局員を困ったように見まわして、部屋に漂っている臭《にお》いを感じたのか、
Ah! Ether, isn't it?（あ、エーテルだな）

不意にそう叫んだのである。

その声を今でも、ありありと勝呂は憶《おぼ》えている。手術室に呼ばれたのは健康診断のためだと信じきっていた、あの子供っぽい顔。彼は二時間後に自分がこの部屋で殺されるのだとは夢にも信じていなかった。「あ、エーテルだな」と叫んだ声も無邪気で、むしろ嬉《うれ》しそうだった。

「先生」

看護婦の声に勝呂はうつむいていた顔をあげた。彼の額は汗で少し濡《ぬ》れていた。

「患者さんの血液も尿も採りました」

「まず血沈を計ってくれ。尿も糖と蛋白《たんぱく》を調べておきなさい」

彼は看護婦をそこに残して、スリッパの音を鳴らしながら階段をのぼった。

年寄りは細い右手を顔にあてて眠っていた。勝呂の気配を感じたのか、その閉じた眼をもの憂《う》げにあけて、

「ガスさんかい」

とつぶやいた。ガストンと間ちがえたらしかった。

「いや、私だ。体の痛みはどうだね」

「注射が効いて楽だよ。頭がぼんやりしている」

その麻薬もいつまで効果があるだろうと勝呂は思った。やがて転移がひろがれば、痛みを誤魔化す方法はなくなるだろう。

「それ、ごらん。だから入院をすればいい、と奨めたんだ」

「でも入院したって治らないんだろ。俺は」

「そんなこと、あるもんか。治らなきゃ治療の仕甲斐《しがい》もないよ」

「生きていたって誰の役にたつわけじゃないんし……。ガスさんや孫やみんなに迷惑かけるんだ。俺は」

「年とれば、誰でもそうさ。そんなこと気にせんがいい」

「先生」

年寄りは急に木綿布団の端を両手でつかんで、

「俺を……早く……死なせてくれねえか」

「馬鹿、言うんじゃない」

「そのほうが俺も、いいんだよ。みんなに迷惑かけていると思うと、申しわけねえし」

皺《しわ》のきざんだまぶたから泪が流れて頬をよごしていった。

早く……死なせてくれ。同じ言葉を勝呂は大学病院にいた時、第三病棟の大部屋にいる老人患者たちからどれほど、聞かされたことだろう。おばはんという名で呼ばれていた老女は垢《あか》じみたベッドの上で両手を顔にあてて何度も泣いた。住んでいた町を空襲でやかれ家族も全滅していて、警察からここに施療患者として廻されてきた女だった。両肺が侵されていて治る見込みはまったくなかったが、彼女は治りたくないといつも泣いていたのだ。生きていても、みんなに迷惑をかけるだけだと、この年寄りと同じ言葉をくりかえしていた。

「誰だって、生きているのは辛《つら》いんだよ」

勝呂は泪の流れつづける顔を見おろしながら、自分自身に言いきかせるように呟いた。

「あんただけじゃないよ。そんなことを言ったら、あの外人にすまんじゃないか」

「………」

「別に身寄りでもないのに、ああしてあんたのために一生懸命、駆けずりまわっている」

「ガスさんに……俺のこと、もう放っといてくれ、と……」

「そう伝えろ、と言うのかね。それであの男が、わかりましたと答えると思うかね。あの男は……」

あの男はあんたのために今、どこかで働いているのだよ、と言いかけて勝呂は口をつぐんだ。

一体、あのガストンとは何者なのだろう。なんのために、そうやってこの新宿にウロウロとしているのだろう。別に宗教家でも牧師でもないようだ。宗教家や牧師や神父のもっている善人ぶったいやらしさがあの男にはないのだから……。あれはやっぱりヒッピーにちがいない。

次の日の午前、勝呂は何人かの外来患者をこなした。数日前に酔っぱらって頭に怪我《けが》をした青年の抜糸をすませ、指にひょうそうをわずらった女の手当をした。いつになく、なかなか忙しかった。

昼ちかく和服のでっぷり肥《ふと》った男が診察室に入ってきた。どこかの商店の主人らしく、前をはだけて腰かけると、威張った調子で、

「四十分も待たされたな。ここは予約をせんのかね」

と不平を言った。勝呂は回転椅子をギイと鳴らし、

「予約はやらん。長く診ねばならん患者もおるから、何時に来いと決めるわけにはいかん」

と言いかえした。

不快な顔をして和服の男は胸が痛むと訴えた。聴診器《ステト》をその胸にあてると、かすかにラッセルが聞える。念のために別室でレントゲンの透視をすると単純な風邪で心配をすることはない。

「二、三日、寝てれば、治るよ」

「二、三日？」男は疑わしげに「わしの病気はそんな簡単なもんじゃないだろ」

「風邪だよ。心配はいらん」

「風邪の筈《はず》はない。はっきり言ってくれればいいんだ。かくされるより正直に話してくれたほうが有難いんだ」

勝呂は苦笑してカルテをしまいながら、

「何を、あんたは言っているんだね」

「俺は死ぬのはこわくない。毎日、経を二十回あげている。癌《がん》なら癌と言われても、これも仏の御心《みこころ》だと思うている」

こういう癌ノイローゼの患者は月一回は必ずあらわれる。自分が暴飲して胃が痛むと胃癌じゃないかと言ったり、頭部が重いと頭癌だろうと自分で主張してくる、頭癌などという妙な病名はないのだ。

男をやっと納得させて診察室から追いだしたあと、今度は十六、七の娘がしょんぼりと部屋に入ってきた。ツンツルテンのスカートから膝小僧《ひざ》を出してじっと立っている。

「どうしたね。どこが悪い」

勝呂の問いに娘は首をふって、

「わたし、病人じゃないです。あの、うちのお爺《じい》ちゃんが、ここに入院したと聞いて」

と言った。顔は既に半泣きだった。

「そうか。あんた、キミちゃんか」

あの年寄りにはキミちゃんという孫がいて、横浜で働いている、とガストンから聞かされていた。

「誰が連絡してくれた?」

「ガストンさん。電話くれました。すぐ飛んでこようと思ったけど、わたし店を休むことができなかったの……」

「うん、うん」

うなずいた医者に娘は、

「お爺ちゃん、どこが、悪いんでしょうか」

と顔をゆがめてたずねた。

「ああ。あんたのお爺ちゃんね」

本当のことを言うべきか、否《いな》か、勝呂は迷った。事実はやがてわかるだろうが、それを家族にうちあける時期がいつも問題だった。

「胃がただれていてね」

「ただれているんですか?」

「うん。かなりね」

娘は息をのんで、次の言葉を探しているようだった。その表情をみると勝呂は嘘《うそ》をつかねばならぬと思った。

「で……入院してもらったわけだ」

「治るんですか」

「治るさ。もちろん」

娘の眼に一瞬、あかるい光がさして、

「よかったァ」

と叫んだ。

「わたし、もう駄目か、と思って……昨晩も寝床で泣いたんです」

「大丈夫だよ。お爺ちゃんにはあんたのほか、身寄りがないのか」

「ええ。お母さんは死んだの」

「父さんは」

困ったように娘はうつむいて、

「行方がわからないんです。三年前、仕事さがしてくると言って家を出たきりで。それからわたしとお爺ちゃんと二人で生活したんです」

「病室は二階だよ。行ってあげなさい」

彼は看護婦に案内するように指図をした。

診察室を出る時、娘はクリクリとした眼で勝呂を見つめ、ピョコリと頭をさげて、

「先生。どうか、治してくださいね」

と言った。その言葉が彼女が階段をのぼったあと、勝呂の胸に重くのしかかった。無邪気なその声やクリクリした眼は、三十年前、

「あ、エーテルだな」

そう言って手術室を見まわした捕虜を急に思いださせた。食事を満足にとっていないために痩《や》せてはいたが、頬は薔薇《ばら》色で眼が青く、兵隊というよりはまだ少年のような若者だった。彼は今の娘と同じように勝呂たちの嘘に何も気づかず、指さされた手術台に素直に横になったのだ。

「麻酔マスクを用意してくれ」「バンドをしめるんだ。バンドを」「脈《プルス》が遅くなったぞ」

手術台をかこみ医局の連中が囁《ささや》くそれらの言葉のひとつ、ひとつを三十年たっても勝呂はまだ、はっきりと憶えていた。浅井助手、大場看護婦長、上田看護婦の一つ一つの動きも、思いだそうとすれば思いだせた。勝呂はその時、手術室の壁にもたれて茫然《ぼうぜん》とそれらを見つめていた。見つめていただけで、そこで行われている行為をとめようとはしなかった……

からす　なぜ　なくの
からすは　山に……

二時間ほどして勝呂が二階の病室をのぞくと、年寄りは眼をつぶり、いつの間に来た

のか、ガストンと娘とが小声で唄《うた》を歌っていた。

「たのしそうだな。みんな」

「いいえ。お爺ちゃんが、この唄、大好きだから、歌ってくれって」

「そうか。外人さんも歌えるのか」

「ふぁーい。わたし下手」

ガストンは壁に体をあずけて、長い膝を窮屈そうに両手でかかえながら、キミちゃんから童謡を習っていた。

「あれを、歌ってくれねえかなあ」

と老人は髭《ひげ》ののびた顔をむけた。

「あれって」

「お前が、よく歌ってたじゃねえか」

「赤い靴？ そうでしょ。わかったわ」

お爺ちゃんはこの唄が好きなんだから、と娘はみなに説明して歌いはじめた。

赤い靴 はいてた 女の子
異人さんに 連れられて いっちゃった
年寄りは眼をつぶって、聞いていた。ガストンも膝の上に長い顔をのせて、じっとしている。

柄になく勝呂はお世辞を言った。こんな団欒《だんらん》のなかに入れてもらうことなど、彼の生活にはたえてなかった。

「いい声だ」

「先生は唄は嫌いですか」

「嫌いじゃないね」

「じゃあ、何か歌って」

「駄目だ。尺八なら、なんとか吹くが……」

「しゃけはち」とガストンが「なに、それ」

「いい、いい、いい」

「しゃけはち、じゃないのよ。ガスさん、しゃくはちよ」

階段がきしむ音がして、看護婦が廊下から、

「先生」

と声をかけた。

「何だ。患者か」

「いいえ。この人が……もし良かったらお会いしたいって」

彼女がさし出した名刺は見憶《みおぼ》えがあった。ここに二度、来た新聞記者だった。

「そうか」

楽しかった気分が、今また、重い、憂鬱《ゆううつ》な感情に変った。

「用がすんだら、また、来てくれますか」

何も知らずにたずねるキミ子に、

「ああ、注射もうたねばならんからね」

と答えて勝呂は一足、一足、階段をおりた。

昼の陽のあたった玄関に糞真面目《くそまじめ》な顔をした青年がレインコートを肩にかけて立っていて、

「折戸です……」

「まだ、私に用があるのかね」

「ええ。お邪魔でなければ少し、お話を伺いたいんです。診察はもうすみましたか」

彼は勝呂のあとから診察室に入ると、

「この間はどうも」

と手にしていた四角い菓子箱をだした。

「いつかの取材のお礼です。つまらんものですが、九州から買ってきました」

「九州から」

「H市に行ってきたんです」

菓子箱は勝呂もよく知っているH市の銘菓だった。

「私のことを……調べに行ってきたのかね」

勝呂は煙草《たばこ》に火をつけ、その火口をじっと見つめた。

「いや、別の仕事です。しかし、そのついでに大学病院にも寄ってきました」

「なぜ、私にそんなに興味があるのかな、もう、あの出来事から三十年以上も経《た》っているのに……」

「ええ。そうでしょう」

折戸はうなずいて、

「好奇心や興味の問題じゃないんです。失礼な言い方かも知れませんが、あなたは裁判も受けられたし、服役もすまされたんですから。しかし、この事件が今のあなたのなかで、どう生きているか、それをぼくは知りたいんです」

勝呂は煙草の火口を見つめていた顔をあげて、新聞記者にうつろな視線を投げかけた。

「つまり、現在のあなたが、医師として、あの出来事を償うため、どんな心掛けでおられるか、話して頂けませんか」

「どんな心掛け……ねえ」

この言葉を他人《ひと》ごとのように呟《つぶや》いた医者は頰にうす笑いを浮べた。

「別に、特別な心掛けは、持っとらんが……」

「と言うと、あなたはあの出来事に罪の意識もないのですか」

沈黙がしばらく続いた。その沈黙に新聞記者はいらいらとして、

「じゃあ、繰りかえして訊《たず》ねますが、あの生体解剖に、あなたは進んで参加されたわけですね」

「進んで、と言うと？」

医師は困惑したような眼で相手を眺めた。

「あなたは、この前」と折戸はたたみかけた。「断ろうと思えば断れた、とおっしゃったでしょう」

「ああ」

「だから、進んで参加されたわけですか」

「そうじゃない。進んで、じゃない」

「それでは、何が、あなたを、そうさせたんです」

「もう答えたろう。あの時……くたびれていたからね。毎日の診察や空襲や雑務で疲れとったからね」

戦争を知らないこの青年に、あの日々の暗さ、あの日々の希望のない生活、あの日々の疲労、をどう説明したらいいだろう。いや、いくら話してきかせたところで、彼は決してわからないだろう。

「もう、どうでもよか、という気持で、加わったのかもしれん」

新聞記者はいらいらとした表情を露骨にみせながら、

「ねえ。ぼくが聞いたところではあの頃、あなたのおられた第一外科ともう一つの第二外科とは張りあっていたそうじゃないですか。そのため第一外科は軍部の援助を受けて戦場医学を研究しはじめたとか」

「ああ」

「その戦場医学の研究のため第一外科は捕虜を実験に使ったんでしょう。あなたもそれで参加したのではないんですか」

「君が……そう考えるなら、それでもいいよ」

勝呂は悲しそうに呟いた。

「しかし、あの頃、戦場医学など、どうでもよかった。私はねえ……故郷で村医者をやりたかったから医局にも残っていたのだし……」

「悪いんですが、ぼくには勝呂さんの考えや感情がどうも摑《つか》めませんねえ。村医者をやりたい人が、なぜ生体解剖などに参加したんだろう」

「じゃあ君がもし、あの時、私の立場にいたら、どうしたろ」

「断った、と思いますよ」

この若い新聞記者は自信をもって力強く答えた。

「ぼくは医者とは生命を殺すためではなく、救う者だと考えていますね」

勝呂は眼をつぶった。生命を殺すためではなく、救うための医者。しかし彼はうすぎたないこの医院に夕暮、そっとやって来る女たちのことを考えた。その女たちの体から生れてくる命を、数えきれぬほど自分は殺してきたのだ。それが彼女たちの生活をさし当り救う、ただ一つの方法だったから……

二階から、またガストンとキミ子の歌声がかすかに聞えてきた。

　からす　なぜ　なくの
　からすは　山に……

「だれか、入院しているのですか」

「ああ」

「あなただって、今はその患者を救ってやるつもりでしょう。だから入院させたのでしょう」

折戸は椅子《いす》から立ちあがって、

「それが本来の医者というもん、じゃないですか」

その患者はもう救えないよ、と言いかけて医師は口をつぐんだ。人が誰かを救う、そんなことが果してできるだろうか。人生をあまりにも単純に割りきっている青年を無駄に怒らせることはなかった。いや、勝呂は自分がこの記者を馬鹿《ばか》にする権利のないことを知っていた。ずっと、ずっと昔、まだ若い医学生だった頃、彼も苦しんでいる人間を救えると信じて勉強していた時もあったのだ。

Ⅳ

霧雨が降っていた。雨にけむった新宿はいつもより人が少なかった。タクシーのライトがにじんで見える。

「馬鹿」

傘を斜めにさして電信柱のかげに立っていた女が一台のタクシーに罵声《ばせい》をあびせた。水溜《みずたま》りの水を飛ばされたのである。

通りかかったガストンがびっくりしてふりかえると、

「馬鹿」

「ふぁーい」

女は間のぬけた顔で自分を見ているこの外人に、

「嫌になっちゃうねえ」

と人なつこく話しかけて、

「あら、あんたなの。そういえば、何度も見た人だわ」

「ふぁーい。はじめまして」

「変な外人だなァ。なに、やってんの。この新宿で」

「わたくーし、いろいろします。アルバイト、見つけます。働きます」

女は可笑《おか》しそうにガストンの長い馬面《うまづら》を眺めて、

「チンケな顔してるゥ」

とつぶやいた。

「ねえ。わたしと一緒にくまない」

「なに、ありますか」

「一緒に仕事しないか、と言っているのよ。ねえ、お客さん、連れてきてよ。そしたら一人について五百円、あげるから」

「五百円」

「そうよ。この奥の旅館に」

「あなたの仕事、なに、ありますか」

女はクックッと笑って、うつむくと、

「嫌だ。あんまよ」

「あんま？」

「マッサージよ」

「ふぁーい」

ガストンは嬉《うれ》しそうにうなずいて、

「あなた、あそこ、いる。わたくーし、お客さん、つれますと五百円」

「そうよ」

「六百円、だめか」

「だめ」

ガストンは、残念そうに肩をすぼめて霧雨のなかを去っていった。通りすぎるタクシーが彼にも泥水をはねたが、仕事を見つけた嬉しさのためか、気にもしない。

「ごめえください」

あかるく蛍光燈《けいこうとう》をつけた八百屋の店先に色々な果物がかがやいていた。傘をさした中年の女性がその一つ一つを手にとっていた。彼女はおかま帽から水をポタポタ落して自分のそばに立ったこの大男をギョッとしたように眺めた。

「あなた、くたびれ、ありますか」

「なんですって」

「マッサージ、うまい、うまい人、わたくーし、紹介します」

「いりませんよ」

にべもなく中年の婦人が断ると、ガストンは子供のように情けない顔をした。

「なんだろう、失礼な」

怒った婦人は、雨のなかに立って通行人たちの一人、一人を呼びとめているガストンを気味わるげに眺めた。

「女の人、マッサージ、しますです。行てください。あの旅館」

「なんだ、パンマか」

通行人たちは苦笑して、そのまま歩き出したり、ふりかえってガストンを見ては、

「狂人《きちがい》かな」

と呟《つぶや》いた。

レインコートの襟《えり》をたてた二人づれの男が同じようにつかまって、

「冗談じゃねえよ。おめえ、ポン引か」

とその一人がガストンをからかった。

「外人のポン引なんて、はじめて見たぜ」

「なにありますか。ぽんびき」

「笑わせるな」

二人づれの男たちは酔っていた。

「おい。おめえ、このあたりは俺たちの縄ばりだぜ、ここでポン引をやるなら、場銭を払ってからにしろよ」

とその一人がこわい声を出してみせた。

「わかったか」

「わたくーし、わからない」

ガストンはオドオドしながら、

「あなたの日本語、なかなか、むつかしい。わたくーし、ぽんびき、わかりません」

「わかるように撲《なぐ》ってやろうか」

「オー、ノン。ノン」

顔いっぱいに恐怖の色をみせてガストンが一目散に逃げだすと、二人の男たちは大声をたてて笑いながら横町に消えていった。

旅館の玄関のわきにある茶の間でパンマの女は女中と無駄話をしていた。すると硝子《ガラス》戸があく音がして、

「ごめえください」

と奇妙な日本語の発音がひびいた。

「はい。ただ今」

塩豆を口に入れた女中はあわてて茶の間から出ていったが、やがて玄関で、

「え。マッサージの人？　ああ。わかった」

という声がきこえ、

「まあ、あがんなさいよ。そんなに濡《ぬ》れてるじゃないの」

と誘っていた。

茶の間にガストンは恐縮したように入ってきた。ぬれたズボンをしきりに気にしながら、不器用に膝《ひざ》をまげ、

「ごめえください」

「ああ」

パンマの女はクスクスと笑って、

「どうだった。お客さん、つれてきた？」

「ふぁーい。みな、駄目と言いました」

「そうだろうなあ。しけた夜は何をやってもしけるんだし、そういうもんよ」

「ごめえなさい。わたくーしの日本語、へたでしたから、よく、わかりませんでした」

「なにが」

「ぽんびき、言いました。あなたのこと、パンマ言いました。パンマ、なに、ありますか」

女中と女とは口に手をあてて笑いを押え、

「変な外人」

「日本語、なかなか、むつかしい」

女中が塩豆を入れた鉢をわたしてやると、ありがと、と言って大きな口に一つかみ、パクリと入れる。馬が何かを食べているように口をモゴモゴ動かしている。

「とにかく、働いてくれたんだから」

女は横においたバッグから五百円札を出して、

「取っておいてよ、これ」

「オー。ノン、ノン。わたくーし、お客、みつけなかった。あなた、五百円。だめ」

「いいじゃないの。雨に濡れてくれたんだから」

おずおずと手をのばし、その五百円札をうけとると、

「あなた、しんせつ」

「それで帰りにウイスキーでも飲むんだね」

と横から女中が口を出して、

「でないと、風邪引くよ。傘もないようだから」

「わたくーし、酒、飲まない。この五百円、お爺《じい》さんのため、フルーツ、買います」

「お爺さん。あんたにお爺さんがいるの」

「いえ。日本人のお爺さん。病気で寝てますです」

玄関の硝子《ガラス》戸がまた、あく音がした。

「いらっしゃいませ」

女中は女とガストンとを茶の間に残して廊下に走り出た。男女の客らしく、ボソボソとした声がきこえた。

間もなく戻ってきた女中は、

「商売だから言いたくないけど、また、だまされるんだなあ。あの娘」

「今のお客さん？」

「そう。男のほうがね、うちには常連なの。でも、いつも、別の女の子を連れてくるんだから」

「へえ」

「いい顔しているんだよ。まだ若いんだけど、時代劇の俳優にでもしたい顔で。だから女にもてるんだろうけど」

電話がなった。女中はとびつくように受話器を耳にあてて、

「はい。ビールでございますか、すぐ持って参ります」

女中はビールとコップとを持って二階の部屋の前にたつと、

「ごめんくださいまし」

と猫なで声を出した。

「おゥ。入れよ」

山崎は浴衣《ゆかた》の胸をはだけたまま、襖《ふすま》の前に仁王だちになって、

「ここでもらう」

と盆ごとビールを受けとった。

小さな風呂場《ふろば》のすり硝子に女の影がうつっている。女中がたち去ったのを確かめてから、彼女も浴衣のまま、そっと部屋に入ってきた。

「いっぱい、飲むか」

口についた白い泡《あわ》を掌《てのひら》でぬぐいながら山崎は彼女のためにコップにビールをついでやった。

「変ったなァ。あんたも」

と山崎はうまそうにそのコップを空にした相手を見て、

「女って、だから怖《おそ》ろしいよ」

「そう。そうでもないんじゃない」

「親爺《おやじ》さん、どこまで気づいているんだい」

「さァ。話したことはないし、向うも訊《たず》ねるのをこわがっているみたい。わたしが不良になったと思いたくないんじゃない？　根が臆病《おくびょう》な男だから」

「だろうな。大体、文化人とか大学教授なんて、みんな、そんなものさ」

ハナ子はコップのふちを見ながら謎《なぞ》のような笑いをうかべた。

「なにが、おかしいんだ」

「臆病といえば、あんたたちだって同じじゃない。交際《つきあ》ってみて段々、わかったんだけど、あんたたち、やけに突っぱっているくせに本当は小心なんだわ」

「なに言ってやがる。知りもしねえくせに」

「だって口では悪ぶったこと言いながら、学校出て、社会に入れば結構、要領よくなるのが、あんたたち学生じゃないの」

「ふん。女だって、そうだろ。俺の知っている女の子、娘の時は俺たちと随分、寝たくせに、今じゃケロッとして子供一人いる若奥さまさ。PTAの役員にでもなりかねねえ顔しているよ」

山崎はそう言いながらハナ子の肩を引きよせた。別に抗《あらが》いもせず、はだけた彼の胸にもたれて、

「ねえ、わたし、本当はおかしいの」

「なにがヨ」

「ないのよ。あれが……先月から」

「あれって？　何が」

と急に気づくと、山崎はハナ子を放して、

「ほんとか」

「ほんとよ」

「だましてるんじゃねえだろうな」

「あんたの子よ」

「冗談じゃねえよ」

眼をパチパチさせながら山崎は心の動揺を必死でかくして、

「俺だけじゃねえだろ、あんたと寝たのは。林だって、和田だって、あんたを抱いたって言ってるぜえ。和田の子だよ。きっと」

「なぜ、わかるの」

「だって……あいつ、毎日、ニンニクと貝とを食べて、あそこを百回、叩《たた》いているって自慢してたからな。俺たちより精力つよいんだ。そうだ、和田だよ。和田の子だよ」

ハナ子は懸命にしゃべっている山崎の顔をうつろな眼でじっと見つめていた。

「どうして、そんな眼つきするんだ」

「やっぱり小心な男ね。あんたって」

「なぜ」

「子供ができた、と言うだけで、もうそんなにガタガタするじゃないの。嘘《うそ》よ、安心なさい。今、言ったこと」

「この野郎。人をだましやがって」

「もし、子供がわたしにできたら、どうするの」

「そりゃ……」

山崎はビールを一口のんで、気を鎮《しず》めると、

「責任とるけどさ。しかし、まだ俺、学生だからな。生ませて育てるってわけには、いかねえし……」

「都合がいい時、学生なのね」

「いいじゃねえか。そんなこと」

安心した学生は機嫌をとるように唇をとがらせ、ハナ子の耳にくちづけをした。耳から首、首から肩にかけて顔を動かしながら、

「な、俺、うめえだろ」

ハナ子は一点をうつろに眺めたまま、じっとしている。まるで義務か、仕事で男の愛《あい》撫《ぶ》を受けているようだった。

「なあ……たのしくねえのかヨ」

ゴクリと唾《つば》をのみこんで山崎が白眼をむいたまま訊ねた。よだれが口から顎《あご》をぬらしていて、学生の顔はひどく下品で醜かった。

「どうでもいいの。こんなこと」

「あんた、まだ、性の悦《よろこ》びがわかんねんだな。心配すんなって。俺がテクニックでよ、

目覚めさせてやっからよ」

「どうでもいいの、こんなこと」

「なら、なぜ、俺に抱かれるんだよ」

「関係ないでしょ、あんたたちに」

ハナ子は急に手を顔に押しあてて泣きはじめた。自分の今の気持を理解してくれるものなど、この世に一人もない。こんな学生たちは勿論《もちろん》のこと、母親だってわからない。父親は……もう、父親など、どうでもよかった。

先月、ハナ子は月のものがなくなっていた。今月、もし同じ状態が続けば、きっと妊娠したにちがいないのだ。彼女はこのことを誰にも黙っているつもりでいた。自分でまいた種は自分でかるつもりだった。

もしや、という疑念が矢野の細君をこの一週間悩ませていた。

小心というより夫と同じように世間体をすぐ考える彼女はその疑念を直接、娘に訊《たず》ねることができなかった。勇気がなかったからである。

彼女が洗面所でハナ子の何かを吐く声を聞いたのはもう八日ほど前になる。

首をしめられた家鴨《あひる》のようなその声を耳にして、

「あなた。どうしたの」

　と彼女はハナ子にたずねた。

洗面台に首をかたむけたハナ子の唇は唾と胃液とでよごれていた。

「何でもない。ただ一寸《ちよつと》……」

「お酒など、飲むからですよ」

　と母親は娘を叱《しか》った。

「母さんは黙っていますけどね。昨夜も何時に帰ったと思うの。いい加減にしなさい」

「うるさいなア。もう、子供じゃないのよ。わたしは……」

タオルで口をふきながらハナ子は不貞腐《ふてくさ》れた顔をした。

「あなた、変ったわね、前はこんな子じゃなかった」

「そうオ」

ハナ子は母親を無視するようにその前を通りすぎて、自分の部屋に姿を消した。

(一体、どうしたと言うんだろう)

すべての母親がそうであるように矢野の細君も子供の心理をつかみかねていた。一体、何があんなに良い子だった娘をこう、させたのだろう。

(友だちが、いけないんだわ)

すべての母親がそうであるように矢野の細君も子供の非行をその友人のせいにした。

しかし、その時は彼女は娘が妊娠までしているとは夢にも考えなかったのである。

家鴨が首をしめられたような声はそれからも二日おきぐらいに聞いた。ある日、二人っきりで昼食をとっている時、

「げッ」

げっぷのような音を口から洩《も》らし、その口を手で押えるとハナ子は茶の間から飛びだした。放りだした箸《はし》が茶碗《ちゃわん》にぶつかって、床に転がった。

この時、細君は脳天を棒で叩かれたような気がした。

（まさか……）

まさか、そんなことはない。ハナ子に限って結婚前にそんなことが起る筈《はず》はない。彼女は床におちた娘の箸をひろいあげたが、手が震えるのを感じた。

戻ってきたハナ子に、

「ちょっと」

と細君は言って、

「変なことに、なっているんじゃ、ないでしょうね」

「変なことって？」

ハナ子は平然として答えた。

「月のものは、あるの」

「嫌ぁねえ。あるわよ」

「本当ですね」

「本当よ。変な想像はよして頂戴《ちょうだい》」

娘にハッキリそう断言されると、ああ、よかった、と細君は胸をなでおろした。

「あんたが……まさか……と思ったの」

「まさか、だったら困るの」

「そりゃ、困りますよ。女の子がお嫁入り前に……お父さまの体面もあるでしょう」

「この家は体面しか考えないのね」

ハナ子はうす笑いを唇にうかべた。

「心配しないで。わたし、自分のしたことぐらい、自分で始末するから」

一時は安心したものの、その後の様子はやっぱり、おかしかった。ゲッ、ガッという吐き気の発作をそれから細君は何度も耳にせねばならなかった。

「変なんです」

「なにが」

細君に言われた時、矢野は娘の変化に何も気づいてはいなかった。気づいていないと言うより、このエゴイストは自分に迷惑のかかること以外は、家族にまったく関心がなかったのである。

「あの子が、時々、洗面所で吐いているの、知らないんですか」

「胃でも悪いんだろう。女のくせに不健康な生活をするからだ」

細君は情けない顔で夫を眺めた。結婚してもう長い歳月が流れたが、この男が自分や娘を心の底から心配してくれたことはただの一度もなかった。

「あの子が、そうなったのも、あなたのせいですよ」

「俺の？」

パイプの脂《やに》を掃除しながら矢野はわざと、とぼけた顔をした。

「俺が若者の恰好《かっこう》をしたことが、そんなにあいつの心を狂わせたのかね、それで胃病になったのかね」

「胃病じゃありません」

「じゃ、なんだ」

「あの子……」

細君はそこまで言って、夫の眼を窺《うかが》いながら、

「妊娠しているんじゃ、ないかしら」

「何だって」

パイプをいじっていた手が急に静止した。矢野の顔色が蒼白《そうはく》になった。

「妊娠？　あの子が」

「じゃ、ないかと思うんです」

「じゃ、ないか、じゃ、ない。大変なことだぞ、これは。俺の大学教授としての立場はどうなる。俺の文化人としての立場はどうなる」

「だから、わたしも心配で……」

矢野はオロオロとして茶の間のなかを歩きまわっていた。研究室や教室での威厳ありげな、とりすましたマスクからむきだしの素顔があらわれた。その素顔は小心で臆病で醜悪だった。日本の二流文化人やインテリが持っているあの本当の顔だった。

「心配じゃすまんぞ。相手は誰なんだ」

「まだ、聞いていません。それに第一、妊娠したとはあの子から聞いていないんですもの」

「当人がそういうことを言うものか」

「わたしには……とても、きけないんです」

細君は両手で顔を覆《おお》って、指の間から、かぼそい声をだした。

「あなた、訊《たず》ねてください」

矢野はパイプを握りしめたまま、彼女を睨《にら》みつけ、

「こうなったのも……お前の責任だぞ」

それから憤然として茶の間を出た。

娘の部屋の前までくると、矢野はしばらくためらって、呼吸を整えた。怒りが血圧を高めたのか、頭の芯《しん》が痛い。彼はまた死の不安を感じた。

「おい」

はな子は布団《ふとん》から顔を半ば出したまま眼をつぶっていた。部屋には女の体臭や化粧品の香りのまじった腐った果物のような臭《にお》いが充満していた。ねむそうにうす眼をあけて彼女は仁王立ちになっている父親をぼんやり眺めた。

「おい」

おい、と言って矢野は言葉が続かなかった。

「今頃から、なぜ寝ているんだ。病気なのか」

娘は返事もしなかった。身動きもしなかった。

「お前の近頃の生活は何だ」

「あっちに……行ってよ。だるいんだから」

不貞腐れた声でそう呟《つぶや》くと彼女は寝がえりをうって壁のほうをむいた。ベッドは壁ぎわにおいてあった。

「なんだ。その返事は」

矢野は娘の肩をつかんで荒々しくゆさぶった。ゆさぶりながら、子供を撲《なぐ》るような親は、既に親の失格である、といつか雑誌に書いた自分の随筆を思いだした。

「お前は……ニンシン……妊娠していると……いうじゃないか」

「痛いわよ。離してよ」

「妊娠しているのか。してないのか」

「してるわよ」

ハナ子はまるで、今日は、お早うと言う時のように抑揚のない声で答えた。

「してる？」

矢野は眼の前が真暗になったような気がして、

「誰の……子だ」

と叫んだ。

「誰の子でも、いい、でしょ」

「山崎か。林か。あいつらだろう。お前に子供を作ったのは」

「わたしも協力したわ」

「協力？　なにが協力だ。そんなことは、協力じゃァ、ない。ふしだらなことをして、お前は……俺の立場を……考えたのか。俺やママが世間に顔向けできなくなることを、考えたのか」

「でも……」

ハナ子は眠そうに、ゆっくりと答えた。

「誰だって、あんなことする時、何も考えないんじゃない？　パパは何か、考えながら、するんですか」

矢野は茫然《ぼうぜん》として、娘を眺めた。こんな答えをする彼女を見たことはなかった。まるで自分の知らぬ別の女がそこにいるようだった。

（そういう女は、出ていけ。この家を）

怒りにまかせてそう言いかけ、彼はこの言葉を咽喉《のど》にのみこんだ。もし娘がこの家を出ていけば事態はますます悪くなる。いや、そのために娘の醜聞が世間の噂《うわさ》にならないとも限らぬのだ。

「その男は……」

と彼はこみあげる感情を抑えながら、いぎたなく布団をあごに引きずりあげた娘をじっと見おろした。

「お前と結婚する、と言っているのか」

「結婚？」

「そうだ。もし結婚する、と言うなら、パパは反対せん。相手がたとえ、あの山崎や林のようなボンクラ学生でも」

「なぜ」

「なぜも何もないだろ。お前たちは結婚後やるようなことを先にやった。原因と結果が入れ変ったと考えればいい。鶏は卵を生むが、卵から鶏ができたのだと思えばすむ」

娘は石のように黙っていた。矢野は彼女がようやく自分の言うことに耳をかたむけはじめたと思ったが、ハナ子の頰にうかんだ薄笑いには気がつかなかった……

「どうなんだ」

「いいんです。わたし、自分でやっていきますから……」

「自分でやるって……その男は責任もとらんのか」

「責任なんか、どうでもいいでしょ」

ハナ子はベッドから上半身を起して、髪の毛に手をやった。

「子供ができたからと言って、その相手と結婚なんか、したくないの」

彼女は病人のようにノロノロとそばにおいてあるナイト・ガウンに手を入れた。

「それじゃ、お前は父なし児を生む気か」

矢野の顔はこの時、子供のようにベソをかいた。研究室の若い者たちや学生たちがそんな事実を知った時、ヒソヒソと取りかわす話がどんなものか、彼にはわかっていた。

「お前は……パパの一生を目茶苦茶にするつもりなのかね」

「パパの一生と、わたしの一生とは別でしょ。近頃そう思うことにしているの」

「俺は大学をやめなくちゃならん」

「別にやめなくても、いいじゃないの」

「世間はそんなものじゃ、ないのだ。世間はパパを指して笑うだろうよ」

ハナ子はガウンの襟《えり》を押えたまま、父親の狼狽《ろうばい》ぶりをじっと眺めていた。

「そうね。パパは、雑誌や新聞には、随分、かっこいいことを書いたり、しゃべっているものね。親子の間で一番、大切なのは対話だって。うちではおたがいに理解しあっているって。娘には彼女の選んだ人生を歩かせ、それを見守ってやりたいって」

「世のなかには本音とたて前があるのだ。パパだけじゃない。みんな、同じ……じゃないか」

いつもと違って彼の声は弱々しく、力がなかった。いつもと違って、娘が自分の何を恨んでいるかがわかった彼は、怒鳴りかえすこともできなかった。

「なあ、たのむ。馬鹿《ばか》な真似《まね》だけはしないでくれ」

と彼は娘に蚊のなくような声で哀願をした。

「パパやママのためにも、無茶はしないでくれ。パパがちゃんと始末だけは考えてやる」

「始末？」

「何もなかったように、何も起らなかったようにする始末だ」

「堕《お》せ、というのね」

「それが一番、いいじゃないか。そうすれば、お前も大手をふってお嫁にいける。世間は何も気づかないんだ」

襖《ふすま》のかげからすすり泣く声が聞えた。それは廊下で立ちぎきをしていた細君の声だった。

「そうだ。ママだって……」

矢野はその泣き声を聞きながら、

「ママだって同じ考えだ。お前の将来の倖《しあわ》せのためにも、そうするのが一番いい」

彼は娘のことでこんなに辛《つら》い目にあわねばならぬ自分や妻を不幸だと思っていた。

「誰にも知られずに、子供を堕してくれる医者がいる筈《はず》だ」

彼はいつか自分の手当をしてくれた勝呂という医師を思いだした。顔のむくんだ、くたびれたようなあの医者。あの男ならばこちらの身元もきかず、金だけですべてを解決してくれるかもしれない。

ハナ子は不機嫌にうなずいた。この娘も父親に復讐《ふくしゅう》さえできれば充分だったのである。子供を生んで、育てるなどという気は毛頭なかった。

特集「日本の戦犯、その後」は社の内外で好評だった。一刷りが出来た時、折戸はまるではじめて子供の出来た父親のようにこわごわと新聞をひろげた。こんな気持は記者になって初めてだった。

「おい。出だしがなかなか良いじゃないか」

いつもは苦虫を嚙《か》みつぶしたような表情の部長までが折戸のほうに笑顔をむけた。

新聞が出て二、三日たつと読者からも感想の手紙が次々と舞いこんだ。

「我々はあの終戦直後の苦い思い出や絶望感をあまりに早く忘れたようです。二度と出てもらいたくない人がふたたび日本の社会や政界で復活するのも当然のように見逃してきました。この連載を読んで我々は寛大すぎたとしみじみ思いました」

とある主婦が葉書に書いてくれた。

「戦争体験のないぼくらですが、日本人の意識構造が、戦争中も現代も一向に変っていないことを知りました。この連載の追及がその点を更に衝《つ》いてくれることを望みます」

という真摯《しんし》な高校生の手紙は折戸にはとても嬉《うれ》しかった。自分が新聞記者であることに悦《よろこ》びをこれほど感じた時はない。

「たいした反響だな」

ある夜、デスクが折戸を行きつけの飲屋に誘ってほめてくれた。デスクは折戸の大学の先輩でもあった。

「ひょっとすると、局長賞ものかもしれないぞ」

肩を叩《たた》かれて激励されると、折戸の顔は思わず、ほころんだ。

「お前も、狙《ねら》っているんだろう。それを」

「いえ。とんでもありません」

「いや、もらえるものなら、遠慮なく、もらっておけ。今の局長は将来、必ず重役になる人だから、彼に認められておくほうがいいぞ。出世のためにも」

「そんなもんでしょうか」

とぼけて折戸は首をかしげてみせたが、彼のような平《ひら》でも社の主流派に編集局長が属していることは知っていた。局長から賞をもらうことは、やがては出世コースの本道を歩く切掛けになるとデスクは教えてくれた。

「お前だって、昇進はしたいだろう」

「そりゃ、そうです」

「じゃ、この記事をその踏み台にするんだな。読者を飽きさせちゃ駄目だぞ。そのためには多少、センセイショナルな書き方をしたっていい」

「ええ。ぼくもそう考えています」

デスクに飲ませてもらって飲屋を出たあと、彼はまだ自分のアパートに戻りたくない気がして、

「デスク。生意気ですが、ぼくの行きつけの店に寄ってくれませんか」

「何か、あるのかね」

「いえ、別に何もありませんが、今夜はまだまだ飲みたいんです」

彼はデスクを誘って、新宿の例の店に出かけた。

なまあたたかい夜で、そのせいか、区役所通りはいつもより流れる男女の数も多い。春が近いのか、街路樹からも生命の匂《にお》いが漂ってくるようである。このあたりはあまり知らぬデスクは珍しそうにネオンの光や歩道でよびかけるサンドイッチマンをながめて、

「外人がやき芋の屋台を出しているじゃないか」

「ええ。十日ほど前から、奴《やつ》がこのあたりに出ているんです」

山芋のように長い顔をしたその外人は屋台を引きながら、

「やけ、いもウ」

と妙な声を出していた。

「売れるかね」

とデスクが訊ねると、相手はニタリと人のよさそうな笑いをうかべて、

「ふぁーい。ありがと」

「君は日本に長いのかね。なぜ、こんなやき芋商売をはじめたんだ」

新聞記者らしく、何でも取材の対象にするデスクの質問に、

「ふぁーい。わたくーしとやけ芋のお爺《じい》さん、友だち。お爺さん、病気。それでわたく

ーしが売ります」

「じゃァ、買ってやろうか。二つほどくれ」

外人はうれしそうに新聞紙にやき芋を包んでデスクにわたした。

「ふぁーい。五百円」

「五百円。たかいな」

「たかくなーい。ピーナツより高くない」

「この外人、なかなかずるいじゃないか」

「ずるくなーい。あなた、マッサージしないか」

「マッサージ？」

「ふぁーい。マッサージのうまい女の人、知《し》ています」

「いらないね」

デスクは苦笑して、

「こいつはポン引もかねているらしい」

と呟《つぶや》いた。

行きつけの酒場に行くとバーテンは既に折戸の「日本の戦犯、その後」を読んでいたらしく、

「やりましたね」

と水割りを二人の前におきながら、

「ねえ。誰なんです。元戦犯で今も新宿で開業しているという医者は」

と好奇心にみちた顔で訊ねた。

「さあね」

と折戸はとぼけた。

「しかし、そんな生体解剖を平気でやる奴の心って、どんなもんでしょう。どんな顔した医者ですか」

「少し陰気な男だよ」

「そうだろうな。やっぱり変な性格なんだろうな。そこに来る患者は、その医者の過去を知っているんでしょうか」

「さあ、知らないだろうな」

「知ってりゃ、とても治療を受ける気にはならないだろうなア」

扉があいて例の二人の学生が勢いよく入ってきた。

「やッ、先輩」

「あんたたち読みましたか、折戸さんのところの新聞を。いい記事ですねえ」

とバーテンが言うと、

「俺、スポーツ新聞しか読まねえし……」

と彼等は折戸を見て、困ったような顔をした。

バーテンは誇らしげに「日本の戦犯、その後」の内容を彼等に教えた。

「学生なら、あれを読まなくちゃ、駄目ですよ」

「でもサ、俺たちに何の影響もねえだろ」

と山崎は不貞腐れたように言った。

「別に俺、今、病気じゃねえからよ。医者に診てもらう必要ねえし、関係ねえじゃないか」

「嘘《うそ》つけ」

林がその横から茶化した。

「おめえ。この間から股《また》ぐらが痛《いて》えと言ってたじゃねえか、淋《さび》しい病気かもしれねえから、その医者のところに行けよ、その医者って……」

と彼は折戸のほうに視線を向けて、

「この間、俺たちが行ったあの医院の医者ですか？」

「あの医院？」

バーテンは更に好奇心を顔にあらわしながら、

「どこの医院ですか」

「あのよォ、この区役所通り、歌舞伎町《かぶきちよう》のほうにおりる途中に路地があるじゃん。あそこの、何と言ったっけなァ。カツグチ医院」

「馬鹿、カッグチじゃねえよ、あれはカツロじゃねえか。ねえ、先輩」

「スグロ！」

たまりかねて折戸は大きな声を出した。

「大学生のくせに、勝呂をスグロと読むぐらい、わからないのか」

「スグロだって、カツロだって、たいして違いねえよ」

と学生たちは冷笑した。

「デスク」

折戸はデスクに体を向け、

「この次はぼくに大学生と国語教育という特集をやらせてください。こいつらを徹底的にやっつけてやります」

「まァ、そう、いきりたつな」

とデスクは折戸と学生たちを見くらべながら、

「うちの社の受験生にもひどいのがいるぞ。国木田独歩の独を毒薬の毒と書いたり、永井荷風を永井ニフウと読むものはざらだからな」

「デスク。要するに教養がないんですよ、初歩的な。こいつらには」

「そんなら先輩」

と林は負けずに言いかえした。

「われらがアイドル、桜田淳子の本名を言ってみなよ、本名を」

「知らないよ。そんなこと」

「なあ、山崎、この人たちも教養がねえよな。初歩的な」

バーテン一人がコップを洗いながら独りごとをつぶやいていた。

「そうか、あの勝呂医院か。あそこの医者が、昔、そんな生体解剖をやったのか……。

皆に知らせてやろう」


「おう。やき芋か」

中年の人の好さそうな男がガストンの屋台の前で足をとめると、

「外人さんで、やき芋屋とは珍しいね」

ニコニコとしながら話しかけた。

「三つか四つ、もらおうか。受験準備をしている息子に持ってかえるから」

「ふぁーい」

釜《かま》のなかから、黒く焦げた丸い芋を一つ、二つ、新聞紙の上におきながら、

「八百円」

「八百円は高いよ。一つ二百円じゃないか」

「たかーくない。ピーナツはたかい」

ガストンはある酔客に教えてもらって丸憶《まるおぼ》えしたこの台詞《せりふ》を得意そうに口にすると、

「あんた、マッサージしないか」

「マッサージ。外人さんはマッサージもするのかね」

「わたくーしとちがう。マッサージのうまい人わたくーし、知ています。紹介します。ホテル教えます」

「ほう」

ニコニコとしながらその中年男の眼がキラッと光った。

「どこのホテルだね」

「あそこ」

ガストンはわざわざ屋台から離れて中年男に通りの一角を指さした。

「あそこの薬屋をまがって、ホテル、すぐわかります」

「そうか。あんたは、まだ、ここにしばらく、いるかね」

「ふぁーい」ガストンはうなずいて「わたくーし、働きますこと、まだ二時間」

やき芋を包んだ紙袋を受けとると中年男は肩をゆするようにして薬屋の角をまがった。

半時間ほど、やき芋を買ってくれる客はなかった。ガストンはコッペパンをかじり、牛乳を飲み、時々、

「やけ芋ー」

とやけ糞《くそ》のように叫んだ。

酔客が時折、彼のそばを通り、外人だと気づくと、

「ハロー」

と下手な英語で話しかけた。

「ハロー。ユア・ホット・ポテトはグッドかァ」

「ふぁーい。グッド、グッド」

「ノー、ノー。ユア・ホット・ポテトはバッドだァ」

「バッドない。バッドない。グッド。グッド」

「なんだ、この外人は英語もできねえ。クイントリックスと言ってみろ。なまっているじゃないか。英語、勉強しろよ。外人なんだから」

さっきの中年男がゆっくりと坂をおりてきた。ガストンの前にたちどまったが、あのニコニコとした微笑は消えていた。

「一寸《ちよつと》、聞くが」

と彼はガストンに静かにたずねた。

「営業許可証はとっているかね」

「なに？　エイキョ」

「ここで屋台をやる営業許可証だよ。でないと道路交通法違反になる」

「わたくーし、あなたの日本語、わかりませんです」

不安そうにガストンはこの中年男を眺めて、

「あなた、やき芋、買いますか」

「やき芋はもういらん、その屋台を持って、一寸、警察まで来てもらおうか」

「警察?」

「そう、無許可営業と、それから売春斡旋《あっせん》のことで話を聞きたいからね」

「あなた、誰でありますか、あなた、ポリス?」

「そう、刑事だよ。私は」

中年男はふたたび温厚な微笑をうかべてオロオロするガストンにわかりやすく説明をはじめた。二人、三人と通行人たちが足をとめ、その周りに集まりはじめた。

「さあ、行こう。人だかりがする」

「どこ、行きますか。わたくーし、困る。お爺さん、病気」

「お爺さんなど、いる筈《はず》がないだろ。嘘を言っちゃ駄目だよ」

刑事の顔からは微笑は消えなかったが、声は鋭かった。

「屋台を引いて、一緒にきなさい」

許してやれよ、外人じゃねえかという声が見物人のなかから聞えたが刑事は黙ってガストンが屋台を引くのを待っていた。

一時間後、警察署の廊下の長い椅子《いす》にガストンは真蒼《まつさお》になり震えながら腰かけていた。

取調べ室の扉があいて、いつかの女が婦人警官と出てきた。

「あれ、まア」

と彼女はガストンをみると、

「この人まで引っ張って、刑事さん。関係ないんですよ。この外人さん」

「いいから、いいから」

婦人警官に押されながら長い廊下を去っていく時、彼女は、

「ごめんね」

と声をあげた。

「はいんなさい」

取調べ室は机が一つ、椅子が二つ、それしかない暗い部屋だった。アルミの灰皿が机におかれ、ねじれた喫《す》いがらが二本、捨ててあった。

「あんた。あの女は知っているね」

「ふぁーい。知《し》ています」

ガストンは膝《ひざ》がしらをガタガタ震わせながらうなずいた。

「あの女が何をしていたか、知っていたね」

「ふぁーい。知ています」

「あんた、あの女から金をもらったのか」

「ふぁーい。お客、一人、つれますと五百円」

その時、扉があいて、別の若い刑事が取調べ室に入ってきた。鋭い視線でガストンを見つめると、彼は手に持った録音機を机上におき、年輩の同僚のそばに腰かけて訊問《じんもん》を聞いていた。

「もう一度、訊《たず》ねるが、あんたは、あの女の仕事を手伝っていたんだね」

ガストンがおどおどしていると、突然、若い刑事のきつい声が飛んだ。

「え、どうなんだ。日本語、わかるんだろ」

その声にガストンは縮みあがった。

「手伝ったんだな」

「ふぁーい」

「それで金をもらっていたんだな」

「ふぁーい」

「一人、連れてくれれば五百円をもらえたんだな」

「ふぁーい」

「それで、あんたはあの女の仕事がなにか知っていたのか」

「ふぁーい」

ガストンはこわさのあまり、次々とあびせられる質問にふぁーい、ふぁーいと答えた。

「知って、手伝ったわけか」

「ふぁーい」

「どういう風に女と知りあったんだ」

訊問はしばらく続いた。ガストンが眼を白黒させていると若い刑事のほうが、

「おい。なぜ答えん。日本の警察だと思ってなめているのか」

と拳《こぶし》でテーブルを烈《はげ》しく叩いた。テーブルが震えるたびにガストンの膝もガタガタ震えた。

「お前、在住の届け出はしているだろうな」

「ふぁーい」

「日本に来た目的は……」

「もくてき? なに、それ」

「なんのために日本に来たんだ」

「なにもなーい。ぶらり、ぶらり、来ました」

「何がぶらり、ぶらりだ。ヒッピーだな、要するに」

「わたくーし、ヒッピーない。ただの人」

「今井さん。こいつは少し頭が足りんのではないでしょうか」

と若い刑事は先輩にむかって自分の頭を指でさしてみせた。

「いや、わざと馬鹿を装《よそお》っている大物かもしれんぞ」

と年輩の刑事は苦笑して、

「まあ、いい、一晩、留置しておこうか。あしたでもゆっくり調べよう」

それからガストンにやさしく、

「今晩はここで泊ってもらうよ」

「泊る？　わたし。それ困る」

「困ることはないだろ」

「お爺《じい》さん、病気。わたくーし、毎晩、見舞いにいきます」

「嘘《うそ》をつくんじゃない。そんな手で日本の警察が……」と若い刑事は「だまされると思っているのか」

それから彼は録音機をとめると、

「さあ、一緒に来い」

とガストンを促した。

暗い電気のともった長い廊下を連れていかれた。廊下の端は厚い扉に遮《さえぎ》られていた。

覗《のぞ》き窓からこちらを見ていた警官が、

「御苦労さんであります」

と扉をあけて若い刑事に挨拶《あいさつ》した。

「外人のポン引だ。一晩、留置する」

「外人のポン引ですか。ポン引も国際的になりましたな。おい、バンド、時計、ポケットのもの、すべて、ここにあずけなさい」

と注意した。

「なに、ありますか」

「バンドをとりなさい」

「バンドとる。それ困る」

「なぜ、困る」

「ズボン、おちる。わたくーし、はずかし」

無理矢理にバンドをとられると、ガストンは片手で不器用にズボンを引きあげ、上衣《うわぎ》のポケットから次々に物をとりだした。

「なんだ。これぁ」

ビー玉。おもちゃの腕時計。それに小さな唄の本。「みんなの流行歌」と書いてある。

「ビー玉、一つ。玩具《おもちゃ》腕時計一つ。流行歌の本、一冊。これだけか」

「ふぁーい」

「日本の流行歌の本など、なぜ持っている」

「ふぁーい。わたくーし、瀬戸の花嫁さん好き。せとは、ひくれて、ゆうなめ、こなめー」

「静かにしなさい。刑事。こいつは少しイカれているのでありますか」

「俺にもわからん。今井刑事はひょっとすると大物かもしれんと言っておられたが」

「御苦労さまで、ありました」

「よろしく、頼むぞ」

警官は大きな鍵束《かぎたば》をぶらさげ、監房の一つをあけた。毛布を頭からかぶって寝転んでいた男たちが二人、上半身を起して、ガストンをじっと見つめた。

「便所に行きたければ声をかけなさい。それ以外は受けつけない」

警官はそう言い残すと、扉の端においてある机に戻り、ガストンの持物を大きな袋に入れはじめた。

「ねえ」

と小声で毛布にくるまった青年がガストンに声をかけた。

「あんた、外人？」

「ふぁーい」

「外人が何故《なぜ》、つかまったの」

ガストンは悲しそうに首をふって、

「わたくーし、わからない」

と答えた。

「そうだろ。なにもしていない者を摑《つか》まえるのが日本の警察なんだ」

「馬鹿《ばか》を言え」

とそばで寝ていたもう一人の男が、

「こいつは乱交パーティをやってあげられたのさ。そうだろ。お前」

「冗談じゃないよ。ぼくらは日本の古いモラルから性の解放を目指した集まりをやったんだ。性だって言論の自由と同じように解放されなくちゃ、ならないんだぜ」

「あほくさ」

と男は心の底から阿呆《あほ》臭いと言う顔をしながら、

「なにが性の解放だね。要するにおめえら、誰とでも寝たい、誰とでもやりたい助平な連中の集まりじゃねえか。それを性の解放グループなんて恰好《かっこう》つけやがって……デブの女をグラマーと言うのと同じさ」

「非知性的な奴《やつ》とは話したくないね。自分こそデパートの万引でつかまったくせに……」

毛布にくるまりながら二人の男は小声で罵《ののし》りあっていた。ガストンは壁に背をもたれさせて、長い膝《ひざ》を両手でかかえながら、悲しい眼で彼等をみつめていた。

病人のことが気になった。自分が今夜、行かなければ、ナベさんはどんなに淋《さび》しがるだろう。キミちゃんは土曜か、日曜でなければ見舞いにはこれない。だからそのほかの日はガストンは欠かさず、毎日、あの老人の病室をたずねていたのだ……

突然、隣の監房から大きな声が聞えた。

「警官。警官。便所。小便」

「静かにしなさい」

机にむかって何か書きこんでいた警官はあわてて椅子から立ちあがり、飛んできた。

「小便って、さっき行ったばかりじゃないか」

「水をくれ」

「静かに寝ていなさい」

「警官、君は恥ずかしいとは思わんか。なるほど我輩は酔っておる。酔うたためにここに連れてこられた。酔うことは犯罪か。しからば政府はなぜ、酒を売ることを許可し、それから酒税をとるのか」

「いいから静かにしなさい。あんたは酔って他人に迷惑をかけたから、連れてこられたんだ」

「何を言うか。警官。我輩が他人に迷惑をかけたというなら、全国の勤労者に大迷惑も大迷惑をかけておる国鉄の連中をなぜ摑まえん。我輩がかけた迷惑と彼等がかける迷惑を比較せよ。これはノミの金玉と大きな象ぐらいの差であるぞ。君たちはノミの金玉のみを捕え、象には怖《おそ》れをなして近づかん。この山田金太郎は今、声高くして言いたい」

「わかった。わかった。話はね、明日、ゆっくり聞くから……」

「聞くか。本当に」

警官はやっと酔っぱらいをなだめて、静かにさせた。

二人の男たちが軽いいびきをかきはじめたあとも、眠れぬガストンは、かかえた膝に顔をのせていた。

（わたくしーしは駄目。わたくしーしは何もできない）

と彼は自分の無力を嚙《か》みしめていた。いつも無力で、無能な自分。この世界はあまりに悲しみが多く、ガストンには何もすることができない。老人は今頃、彼が来ないので、どんなに不安がっているだろう。キミちゃんのほかは身寄りがない年寄りにはガストンだけが、ただ一人の友だった。その友のために命を棄《す》つるほど、大いなる愛はなし。ガストンはもし自分があの年寄りの身代りで病気になれるものなら、なってやりたい衝動を時々、感ずることさえあった。しかし臆病《おくびょう》な彼はやっぱり、それがこわかった。

うと、うとと少しまどろんで朝が来た。房内がひえて、毛布にくるまった男が咳《せき》をした。やがて起床のベルが鳴ると、ゴソゴソと彼等は起きあがり、毛布をたたみはじめた。笛がなって監房の前に一列に並んだ。洗面と用便とに引率されてその一列がのろのろと歩いた。

それから房内の掃除と朝食の配給があった。

「おい」

と警官が声をかけた。

「その外人だけ、取調べ室に行く」

「ぼくはまだですか」

とガストンのそばから乱交パーティを開いたという青年がたずねた。

「お前はまだだ」

「性の解放を弾圧する日本警察に抗議する」

ガストンは警官に連れられて昨日の取調べ室に行った。

「ここに坐《すわ》っていなさい」

廊下の椅子《いす》に二十歳ぐらいの娘が一人、足をくんで腰かけていた。おずおずとその横に坐ったガストンに彼女は小声で、

「あんた、見たこと、あるわ。わたし」

と話しかけてきた。

「あんた、よくキャバレーがはねた時、オードゥブルの余りをもらいに来てたでしょう」

「ふぁーい」

「やっぱり、そうか。あんたはウイスキーなんか持っていかなかったわね。オードゥブルの余りでも、売れるの」

「売る？」

「そうよ。あんなのも買ってくれる店があったら教えて。あたし一円でも儲《もう》けたいんだから」

彼女はガストンが何もきかないのに話しつづけた。

「貯金はもう大分溜《たま》ったわ。いつか、わたしも店、出すんだ。毎日、毎日、いくら溜ったか、調べるのが楽しみよ。あんたもそうでしょ。あのオードゥブルをどこかに売ってるんでしょ」

「わたくーし、売らない」

「売らないの。じゃ、あんたが食べるの」

「わたくーし時々食べる。でも病気のお爺さんのため、持ていきました、お爺さん、働けないから食べもの買えない。わたくーし、持ていきましたこと、あります」

娘は馬鹿にしたように横をむいて黙った。それから、しばらくして、

「それ、あんたのお爺さん？」

「いえ。友だち」

会話はそれで途切れた。昨日の年輩の刑事が向うからゆっくりとこちらに歩いてきた。彼は腰かけている二人の前にたって、

「おい、釈放だ。事情が判明した」

とガストンに言った。

「わたしは」

と娘がツンとした顔でたずねると、

「あんたはまだだ。被害届けが三つ、四つ出てるからな」

「わたし、何もしないわよ。食事を奢《おご》ってもらっただけじゃないの。それがなぜ、いけないんですか」

「しかし、別の疑いもあるからね。まあ、話はこれから聞こう」

それから刑事はガストンに、

「これからは、あんな女の仕事を手伝ったらいかんよ。あの女はマッサージをやっているんではないんだ」

「あの人、なに、していますか」

刑事は苦笑しながら、

「とにかく所持品を持って、この紙を二番の受付にわたしなさい」

と言って娘と取調べ室に姿を消した。

一人、残されたガストンは留置室に戻ると紙を警官にわたした。

「釈放か。よし。あずかっていた所持品を返す。ビー玉、玩具の時計、唄《うた》の本、バンド。ちがいないな」

その紙をふたたび受けとって、ガストンは教えられた通り、二番の受付に行くと、

「無許可で屋台を出したのか」

と係の背広を着た男が言った。

「これはね、道路交通法という法律に違反するんだから、許可をもらいなさい。それまで屋台はあずかるが、いいかね」

ガストンには何がなんだかわからなかった。あの屋台は自分のものではない。病気のお爺さんのものだと肩をすくめ、手をひろげ懸命に説明した。

「すると、その屋台を君は勝手に使って商売をやっていたのか」

「お爺さん、病気。働けない」

「じゃ、君はお爺さんの家族か」

「家族なーい。わたくーし、友だち」

「家族以外の者がそれを使って商売をやる以上は届け出が必要だ。法律は法律だ」

ガストンは何もわからず、何も理解できず警察署を出た。昨夜、ほとんど眠っていないために眼がショボ、ショボとして、頭も痛かった。彼が警察署の石段に腰かけて半泣きになっていると、

「こんなところに坐るな。ヒッピーか」

とまた警官に叱《しか》られた。

「先生」

と看護婦が困ったように相談に来た。

「内村さんがレントゲン写真をかしてほしいって……」

「写真を？　なぜ」

看護婦は少し口ごもってから、

「ほかのお医者さんに診てもらう、と言うんです」

その患者は三十歳ぐらいの女性で雨の日、階段から転んで、胸に鈍痛をおぼえるようになった。胸部レントゲンを撮ってみると右の第二肋骨《ろっこつ》にひびが入っていた。早速、湿布をして患部を安定させるように手当をした。

「いいよ」

勝呂は眼をしばたたきながら、疲れた声を出した。

「レントゲン写真をわたしてやりなさい」

石もて追わるるごとく、と言う言葉がふとこの医者の頭に浮んだ。こんなことは今度がはじめてではなかった。彼の過去がわかるたびにいつも患者たちはまるで怖ろしいものから逃げるように一人、去り、二人、去っていった。九州の田舎町で医院を開いた時もそうだった。海に面した地方都市の私立病院に勤務した時もそうだった。患者だけでなく病院の組合からも抗議文をつきつけられ、彼はやめねばならなかった。

「レントゲン写真、わたして、いいんですね」

「いいよ」

彼はあの折戸という新聞記者の怒った顔を思いうかべた。折戸の書いた記事はたしかに自分の名は英語の頭文字だけにしてくれてはいたが、そんなことは何の効果もなかった。暗い過去はいくら蓋《ふた》をしても、どこかの隙間《すきま》から臭《にお》いがただよってきた。

「先生」

と看護婦は言いにくそうに、

「もう、これで三人目ですよ。治療をやめたのは」

「仕方ないだろう」

「わたしまで、変な眼でみられます。わたしは平気だけど」

「やめたければ、やめてもいいさ」

看護婦は黙って薬局に姿を消した。勝呂は机においた尺八をとりだして口にあてた。

どこからか、太鼓の音が聞えてきた。神社の祭りが近くなったので、商店街の有志が太鼓の練習をしているのである。太鼓のうち方と同じように、勝呂の尺八も不器用で下手だった。

「手紙が来ています」

看護婦は薬局から顔を出して、一通の葉書を彼に手わたした。速達だった。

尺八を口にあてながら、彼はその葉書の字を見た。

「民主主義をまもる一婦人」

という長い名がそこに書かれていた。

「わたしたちは、わたしたちの子供をあなたの手で診察されることを拒絶します。罪なき捕虜を実験材料にしたその指で、わたしたちの子供にさわることはよしてください。わたしたちは民主主義の名において、あなたを批判します」

尺八の先でその葉書を床に落した。葉書は枝から力なく離れるようによごれたリノリウムの上に落ちた。

(それじゃ、あんたの指は……よごれていないというのか)

突然、言いようのない怒りが勝呂の胸に燃えた。誰が他人を勝ちほこって裁けるというのだろう。裁くこと、追及すること、そして自分たちだけが正しいと思うことが民主主義ならば、それはほかの主義とどう違うというのだ。

鋭い痛みが頭に走った。血圧が疲れや感情の起伏であがる時、この頃、頭痛をおぼえるのが癖になった。勝呂は眼をつぶって、右手の指で——子供にさわることも許されぬその指で自分のこめかみを押えた。

「わたしたちは民主主義の名において、あなたが当病院に勤務することに抗議します」

若い組合員が彼の前で声明書を読みあげ、その背後で団結と書いた鉢巻きをしめた男女の組合員が、そうだ、そうだと叫んでいた。あれは瀬戸内海に面した小さな地方都市の病院にいた時のことだ。

その都市にはじめて来た時、彼は夕陽のあたる海と島と錆《さ》びた造船工場とを坂の上から見おろしながら、自分にもやっと安住できる場所がみつかったと嬉《うれ》しかった。古い家と古い寺が多いその坂道は彼の心を憩《いこ》わしてくれるような気がした。

一年勤めて、彼はふたたびその都市を去らねばならなかった。その日、雨が寺の黒い屋根をぬらし、鳩《はと》の悲しげな鳴き声が聞えた……

病室に入ると、年寄りはひくい呻《うめ》き声をあげていた。

「どうした」

看護婦は年寄りのかわりに、

「さっき、二度、吐いたんです」

と洗面器にたまった黄色っぽい胃液を指さした。

「食事は何も受けつけませんよ。朝から」

「お茶や水は」

「飲むと、すぐ出すんです」

看護婦に手伝わせて聴診器を老人のやせこけた胸にあてた。脂肪がおち肋骨がひとつひとつ数えられるその体は、もう働いたり、愛したりする人間の肉体ではなかった。そこからは死の臭いが既に発散していた。

「心配いらんよ、すぐ良くなる」

勝呂は老人の心臓の音がまだ規則正しいのを知って、辛《つら》かった。心臓の強い癌《がん》患者ほど、こんな状態になっても、なかなか死なない。死なないかわりに末期《まつご》の苦しみは長びくだろう。

「注射」

彼はモルヒネのアンプルを注射器に入れる看護婦をじっと眺めた。

「すぐ気分がよくなるからね」

注射針が年寄りの細腕にさしこまれると、その動物的な呻き声は次第にひくくなり、おさまっていった。

「いいよ。私が、しばらく、ここについているから」

看護婦が病室を出ていくと勝呂は老人のベッドのそばであぐらをかいた。

「どうだね。楽になったか」

「先生、この痛みはいつ治るのかね」

「体が恢復《かいふく》すれば消えるよ。栄養をとって元気を出して、そうすれば胃もよくなるんだ」

「しかし……前より痛いんだよ。注射うってもらえば楽だけど、注射がきれると襲ってくるんだから」

太鼓を練習する音がまた聞えてきた。勝呂はわざと窓をあけて、

「祭りが近いな」

と教えてから、

「祭りがくる頃は、今よりは元気になっているだろう」

と年寄りに聞えるようにつぶやいてみせた。

「先生」

「なんだね」

「わしは知ってるんだよ」

「なにを」

「もう治らんことぐらい、わかっているよ。もし、そうなら、先生、わしを殺してくれんかな」

「何ば言うとね」

勝呂は窓をしめて、相手の訴えを聞きながした。

「キミちゃんを悲しますようなことば言うもんじゃなか。あの外人だって、あんなにあんたのために心配しとるんだぞ」

「わしはキミ子やガスさんにもう面倒かけたくねえんです」

老人はまた泪《なみだ》を流しはじめた。泪はよごれたその頬をつたい、ごま塩まじりの髭《ひげ》をぬらした。

「わしはもう何の役にもたたんし……生きとっても、みんなの厄介になるだけだろ。だから、死んだほうがましだ……」

「そうかな。死んだらキミちゃんはどげん辛いか。そう考えたら、どうだね」

「わしが死んだら、楽になるんだ。あの子は」

「病人は病気を治すことだけ心配してればよか。ほかのことは治ってから考えることだな」

窓から流れこむ陽ざしに立って勝呂は言いようのない辛さをかみしめた。医師である彼にはこの年寄りのこれからが手にとるようにわかっている。癌の激痛は一日、一日その間隔をせばめて老人に襲いかかるだろう。どうせ助からぬのなら、一日も早く、その苦しみをとり除いてやりたい。年寄りもそれを願っているのだ……

「わしはもう何の役にもたたんし……生きとっても、みんなの厄介になるだけだろ」

さきほどの病人の言葉はまだ耳に残っていた。自分がもし彼と同じ立場なら、やはり死を望んだにちがいないのだ。彼を安楽死させてやることが、もしただ一つの救いならば、なぜ、それを行なって悪いのだろうか。殺してやることが時には思いやりであるような病人を彼は今日までたくさん見てきた。

「さあ、しばらく眠りなさい」

勝呂は病人の布団《ふとん》を軽く叩《たた》いて部屋を出た。

床の上にはまだ、あの葉書が落ちていた。それをひろいあげて、勝呂はそこに書かれた礼儀ただしい文字をもう一度、読んだ。

「わたしたちは民主主義の名において、あなたを批判します」

ブザーが鳴った。看護婦が出てなにか話しあっていたが、間もなく、

「先生、女の人です」

「病人かね」

「いいえ、あれをしてほしいって」

彼は診察着をひっかけると、スリッパの音をたてながら玄関に行った。

「なんですか」

「できちゃったの」

女は照れくささを誤魔化すためか、わざとニヤニヤ笑いながら、

「おろしてもらいたいの」

と言った。頭を栗色《くりいろ》にそめて、はでな洋服を着ていた。

「ここ、おろしてくれるんでしょ。そう聞いてきたわ」

「どうして生まないのかね」

「冗談じゃないわよ、そんなこと、できるもんですか」

「私はおろさんよ」

勝呂は首をふった。

「ほかの医院に行きなさい」

「なぜ」

「なぜってイヤだからだ。よほど事情があるなら、それもやむを得んだろう。だがおろすのはやっぱり生命を殺すことだからね。それに母体にもよくないんだ」

女は顔をゆがめて、

「じゃ、あたしなら駄目だって言うの」

「そうだ」

「馬鹿にしないでよ、自分だって人殺しのくせに。ちゃんと知ってるんだから」

勝呂は黙って彼女に背を向けたまま、診察室に戻った。

人殺しのくせに、という言葉が耳の奥に残っていた。そうか。その俺が「生命を殺すな」と言う資格はなかった筈《はず》だと彼は苦笑した。

看護婦が薬局から顔を出して、

「先生、話があるんですが」

「いいよ」

「あの……考えたんですが、わたし、やっぱり、やめさせてもらいます」

勝呂は顔をあげて彼女をじっと見た。理由はたずねなくてもわかっていた。

「仕方がないね」

「すみません」

「しかし、代りが見つかるまで、いてくれんかね。入院患者もいることだし」

「ええ、そのつもりです。でも早く探してください」

「わかっている」

瀬戸内海に面したあの地方都市を去らねばならなかった日のことがまたまぶたにうかんだ。ふるい寺の屋根が雨にぬれ、その軒端《のきば》で鳩が鳴いていた。

胸にこみあげてくる怒りを嚙《か》みしめながら彼は机の引出しから、あの新聞記者の名刺をとり出した。それからそこに書かれている番号に電話をかけた。

「社会部の折戸さんをお願いします」

あんたの記事のおかげで、という言葉は咽喉《のど》にひっかかっていた。

「もし、もし、折戸です」

「私です。新宿の医者の勝呂です」

相手はしばらく黙っていた。

「新聞は拝見しましたよ」

「そうですか、御迷惑にならぬよう、配慮したつもりですが……」

「いや、いや、迷惑はしていません」

勝呂は急にわびしさを感じて心とは反対の言葉を口に出した。受話器の奥から、

「それで何か御用件でも」

「別に。ただ、どうしておられるかと思っただけです」

「元気でやってます。また、そのうち、お目にかかります」

新聞記者は早く電話を切りたいという気持を露骨に口調に出した。

受話器を切ったあと、彼はさっきの葉書を灰皿の上において火をつけた。炎はゆっくりと「民主主義の名において」という文字を茶褐色に消していった。

「あなたを批判します」という文字も見えなくなった。あとは白っぽい灰がそこに残った。

太鼓の音がまた遠くから聞えた。眼をつぶっているとそれは夜の波音を思いおこさせた。あのH市の大学病院で夜、屋上にのぼると、海の音が聞えてくるのだった。

V

よく晴れた日曜日だった……

車輛《しゃりょう》通行止めになった大通りをアイスクリームやポップコーンをたべながら家族や恋人たちの波が流れ、子供が手を放した赤い風船がゆらゆらと空に舞いのぼっていく楽しい日曜日だった。

ガストンは神社のすぐそばで、口をあけ、太鼓の練習を眺めていた。祭りが近いので町内の有志がバチを持った両手を懸命に動かしていた。

好奇心の強いガストンにはこの日本的な風景が珍しくて仕方がない。できれば連中にまじって太鼓を打ちたかったのである。

「えへん」

と彼は咳《せき》ばらいをしたり、時々、手をたたいたりして連中にこちらを向かせようとした。

「うまい、うまい」

汗をかいて太鼓を叩《たた》いていた有志の人たちが妙な顔をしてふりむいた。

「うまい、うまい、わたくーしも、やていいですか」

ガストンが太鼓を指さすと、青年が苦笑しながらバチを渡してくれた。ガストンがへっぴり腰で見よう見まねの恰好《かっこう》をすると、

「おい、おい」

と青年は困ったように、

「そんなに無茶に叩くなよ。太鼓の皮が破れるじゃないか。あんた、一体、どこの、誰だい」

いくらたってもガストンが夢中でバチをふりまわしているので、

「そのくらいでいいだろ。ぼくたち、練習を続けるんだ」

「わたくーし、だめか」

「駄目だよ。太鼓を叩くのは日本人の氏子ときまっているんだ」

「ウジコ。なにか。そのこと」

「外人じゃ、いけないんだよ、日本の祭りなんだ。これは」

有志たちはもうガストンのことを放ったらかして、ふたたび太鼓をならしはじめた。すごすごとガストンが歩きだすと、さっきから、そのやりとりを遠くで見ていた和服の男がゆっくりとそばに近づいてきた。

「外人さん」

彼は狎々《なれなれ》しく、

「面白い人だな、あんたは。日本の祭りが好きかね。太鼓うちたいかね」

「ふぁーい。あれ、いくら、もらえますか」

「幾ら？　金なんかくれないよ。神社の祭りだから氏子はただでやるんだ。あんた、金がほしいのか」

「金、ほしい。そのこと、あたり前」

男は懐手《ふところで》をしたまま、じっとガストンを見つめ、

「外人さん。拳闘《けんとう》をやったことがあるかね」

「拳闘、なにありますか」

男は両腕をあげてボクシングの恰好をしながら、

「これさ。わかったろう、今度、この祭りで小屋をかけるんだ。ショーをやるんだよ。それに出る気はないか」

「ショー？　わたくーし、ショーに出るのか」

ガストンの顔はたちまち喜色満面となって、

「わたくーし、唄《うた》、うたいます。せとはひくれてー、ゆうやき、こやき」

「もういい」

と急に不機嫌な顔をした男は、

「そのショーは拳闘、対、柔道のショーだ。柔道はもちろん日本人を出すが、拳闘のほうは毛唐じゃなくてはツマらない。あんた、出る気はないかね。なに、ボクシングの真《ま》似《ね》さえしてくれればいいんだ。どうせ、最後はあんたは投げとばされて負けることになっているんだから」

「わたくーし、負ける。それイヤ」

「負けなくちゃ、お客はよろこばないね。床に叩きつけられて、あんたは気絶してくれよ」

「そのこと、痛い。わたくし、困る」

「だから、こっちも一日、二万円、払ってやるよ」

「二万円か、それ、ほんと?」

ガストンは眼を丸くして、

「やりますです。やりますです。二万円くれるか」

「そうだ。一日、四回、ショーをやる」

「それなら、二万五千円」

「意外とずるい外人だな」

和服の男はにが笑いをして、

「二万円だ。それ以上は出さん。それなら、明日、ここに来てくれ」

大きな名刺をガストンに手わたすと、懐手をしたまま、たち去った。


犬も歩けば棒にあたる。やき芋屋の屋台を押えられて途方に暮れていた毎日だったからこの二万円のアルバイトは棚からボタ餅《もち》だった。

心も軽く、足、軽く、ガストンは勝呂医院に駆けていった。今日は日曜日。病人のところにはキミちゃんも来ている筈《はず》である。

医院にまがる角で、彼はそこにたっている紳士と娘とにぶつかりそうになって、

「オウ、パルドン」

咄嗟《とっさ》の時はやはり日本語より自分の国の言葉が口に出る。

ガストンが姿を消すと、その紳士は娘に言った。

「いいか。パパはホテルで待っているから、すべてが終って動けるようになったら、電話をかけなさい。車でここまで迎えにくるから」

娘は空虚な眼でよそを見つめていた。

「それから、名前を聞かれたら偽名を使うんだよ。決して本名を使ってはいかん」

「なぜ」

「なぜって……世間体があるだろ」

娘の頬に皮肉な笑いがうかんだ。

「心配することはない。パパの言う通りやれば、みんな解決するんだ。解決したら、このことは無かったことに思いなさい。そうすれば、お前も大手をふってお嫁にいける」

言うべきことを言うと、この年とった大学教授は何くわぬ顔をして通りかかったタクシーをとめた。

「ホテルに電話をかけるんだぞ」

晴れた日曜日だった。車輛の通行止めになった大通りをアイスクリームやポップコーンをたべながら家族や恋人たちの波が流れ、子供が放した赤い風船がゆらゆらと空をのぼっていった。

ハナ子は父親と別れると、細長い路《みち》に折れ、その左側にある勝呂医院の前にたった。

玄関はあいていたが、人の気配はしない。仕方なく呼鈴を幾度も押した。

スリッパの音が医院の奥から聞えた。

「休診だよ。日曜は」

尺八を手にして、むくんだ顔の医者が無愛想な顔であらわれて、

「急患でなければ、明日、来てください」

「明日は来れないんです」

「なぜ。どこが悪いんだね」

ハナ子はさすがに顔を赤らめて黙った。その表情で勝呂はこの娘が何をしてもらいたいのか、すぐ、わかった。

「私のところではね、それは、やらんよ。よほどの事情がなければ」

「…………」

「自分で勝手に遊んで、始末をしてくれというような虫のいい話はないからね」

「お金は……」

とハナ子は父親に教えられた通り、

「いくらでも払います」

「お金の問題じゃない。そういうことをすると、やっぱり母体によくないんでね、流産しやすうなる。生めるものなら、生みなさい」

「生めないんです」

とうなだれながらハナ子は答えた。

「結婚していないのかね」

「はい」

太鼓の音が遠くで聞えていた。昼さがりのあかるい病室でモルヒネをさっきうったばかりの老人はうとうとと眠り、長い足をかかえて壁にもたれたガストンはキミ子から漢字を習っていた。

「ガスさん。もう一度、読んでみたら」

「ふぁーい」

ガストンは子供向けの大きな本をひろげた。表紙には「小学生のためのイエス物語」と書いてあった。

「マリアとヨゼフの夫婦はベトレヘムにたどりつきましたが、どこの宿屋もいっぱいでした。しかたなく二人は町のはずれの馬小屋で一夜をあかすことにしました」

「読めるじゃないの。ガスさん」

「ふぁーい。星のきれいな夜でした。星はキラキラと寝しずまったベトレヘムの空にかがやいていました。マリアはその馬小屋で子供をうんだのです」

「ガスさん。クリスマスの唄、知っている？」

「わたくーし、知らないね。わたくーし、知っている日本の唄、せとはひくれて、ゆうやき、こやき」

「ちがうの。クリスマスの唄はね」

とキミ子は鉛筆をなめなめ「きよし、この夜」をガストンに教えた。

きよし　この夜
ほしは　ひかり

勝呂が手術室の支度をしている間、ガストンの下手な唄声が階下にも聞えてきた。星のきれいな夜、ベトレヘムの馬小屋で一人の赤ん坊が生れた。消毒薬の臭《にお》いのただようこの手術室で勝呂は今、赤ん坊となりつつある一つの生命を殺そうとしていた。硝子《ガラス》台の上にメスや金属の道具を並べながら勝呂はガストンの「きよし、この夜」に耳をかたむけた。

「こちらに入りなさい。これに着かえて、仰向《あおむ》けに寝てください」

彼はハナ子が着がえをすますまで、廊下にたった。

「痛いんでしょうか」

とおびえた声でハナ子はたずねた。彼女は壁をむいて体を折りながら下着をぬいでいた。

「我慢できぬ痛みじゃない」

きよし　この夜
ほしは　ひかり

勝呂は急に泪《なみだ》が頰に流れるのを感じた。いい年をして、今更、何を泣くことがあろう。しかし彼がこの年まで送った夜には、星々が美しくまたたき、救い主が生れるような夜など一度もなかった。助けてやりたいと思っている病人は死を望み、人々は雨のふる日に彼を町から追いだした。人間のいう正義がどんなものかを知ったのが彼の今日までの人生だった……

「ガスさん、次の頁《ページ》、読んで」

「ふぁーい。その時、この国の王さまであるヘロデは、救い主が生れたという話を聞いておびえました。自分の地位をその救い主になる子供に……うばわ……うばわ……うばわれる。なにか、これ」

「とられる、ということ」

「うばわれるのが、こわかったのです。そこでヘロデはすべての赤ん坊を殺そうと考えたのです」

「へえ。ほんとなの、その話」

「ほんと。わたくーし、その話、子供の時なんども聞いた。ヘロデは山のなかに赤ん坊を集めて、殺すよう家来に命令をしました」

勝呂の白い診察着にひとすじの血がついた。それは仰向いて両足をひろげているハナ子の子宮から出たものだったが、同時にまだ形をなしていない胎児の血でもあった。もしその胎児が陽の目を見たならば、紅葉《もみじ》のような手を伸ばして背のびをし、頬にえくぼを作って笑い、人々に倖《しあわ》せを感じさせる存在になったかもしれなかった。

（そうじゃない）

勝呂は手術室を出る時、自分に言いきかせるいつもの自己弁解を心のなかで呟《つぶや》いた。

（生きていることは辛《つら》か。重か。その辛さを俺がとり除いたと思えば、それですむ）

彼は血の気を失っているハナ子を起し、壁ぎわにある補助寝台に寝かせた。コップに水を入れ、そのなかに鎮静剤をとかして口もとにあてがいながら、

「しばらく寝てなさい。一時間もすれば大分、気分がよくなる」

そして診察室に戻ると煙草《たばこ》に火をつけ、首をもんだ。

階段から跫音《あしおと》がした。キミ子だった。

「先生」

「ああ」

くたびれた眼をひらいて彼は頬に笑いをつくった。

「あっ、血がついている」

彼女は小声で叫ぶと医師の診察着を指さした。

「うん。さっき手術をしたからね」

「先生」

キミ子は真剣な顔で、

「お爺《じい》ちゃんのことですけど、いつ頃、退院できるでしょうか」

「なぜ、そげんこと、聞くのかね」

「わたし、今、夜のアルバイトをしてお金、貯《た》めてるんです。ここのお支払いもあるし、それにもし退院したら、お爺ちゃんを伊豆《いず》の温泉まで一日、連れていってやりたいんです。お爺ちゃんは昔から一生に一度でいいから温泉に行って、ゆっくりお湯に入りたいと言っていたから」

「そうか、お爺ちゃんが退院できるのは……」

それは間もなく死が老人から苦痛を解放する時だよ、という真実を胸のなかで抑えて、

「あと一カ月か、一カ月半かかるかなあ」

キミ子の頬が薔薇《ばら》色にかがやいて、

「その時はもう、すっかり丈夫になっているんですね。先生」

「ああ……」

嘘《うそ》は勝呂の口のなかで苦い、哀《かな》しい味がした。人間には他人を不幸にせぬために嘘をつかねばならぬ時がある。キミ子の嬉《うれ》しそうな眼を見ながら勝呂は本当のことは言えなかった。

「温泉に連れていっても大丈夫でしょうか」

「いいとも。大丈夫だよ」

「そうか、楽しいなあ、ガスさんも一緒に行かないかなあ」

「私も一緒に行きたいね」

「ほんと、ですか。先生」

もし、それができるならば、どんなに良いだろうと勝呂は心の底から感じた。老人とその孫とあのガストンの三人ならば、決してこの自分を正義の名のもとで追放することはないだろう。しかし、それが不可能なことは勝呂自身が一番よく知っていた……


矢野はタクシーのなかで、じっと娘を待っていた。万一知りあいの誰かに見つかるのを怖《おそ》れて、うすいサングラスをかけ、新聞を読むふりをしていたが、眼は外に向いていた。

十分ほど待った。よろめくようにハナ子が横町から姿をあらわした。髪が少し乱れ血の気を失った蒼白《そうはく》な顔だった。

矢野は窓から手で娘に合図をした。と、ハナ子は足を曳《ひ》きずるようにしてタクシーにちかづいた。

「ホテルに戻ってくれ」

タクシーがホテルに戻る間、父も娘も黙ったまま坐《すわ》っていた。矢野が口をひらいたのは、タクシーからおりた時だった。

「パパと離れて、知らん顔をして歩きなさい。部屋は十四階の千四百十六号室だ」

それから彼は部屋の鍵《かぎ》をそっと娘にわたし、自分はまったく関係がないようにロビーの椅子《いす》に腰をおろした。

用心ぶかいこの教授は五分ほどたってから娘のあとを追って十四階までのぼった。ハナ子は服もぬがずベッドの上で両手で頭をかかえながら、うつ伏せになっていた。午後の陽が窓からさしこんでいる。矢野はその娘をじっと見おろし窓のそばに立った。眼下の路には自動車の列が流れ、豆粒のように人間の群れが歩いていた。毎日の生活の営みが今日も単調に続いていた。

これで、終ったと矢野は思った。

「あの医院で、お前、偽名を使ったろうな」

「偽名？」娘はものうげに「知らない。そんなの」

「使わなかったのか」

矢野は狼狽《ろうばい》して叫んだ。

「お前、本名を医者に言ったのか」

「言わないわ、向うが訊《たず》ねないんだもん」

「訊ねないというとカルテに名を書きこまなかったのか」

ハナ子はまた、ものうげにうなずいた。矢野はホッとして、

「じゃ、お前が、誰か、あの医師にはわからないですんだわけだな」

自分が一番、怖れていることが無事に解決したことを知って矢野は思わず、よかった、と心のなかで呟いた。

「私はこれからテレビ局に行くから、お前、気分がよくなったら家に戻りなさい」

それから彼は娘に一言《ひとこと》、何か言っておかねばならぬと思い、

「一生、今日のことは誰にも言わんことだぞ。お前の人生になかったことだと思いなさい。あとは世間が何も気づかなければ、もう心配することはない」

最後の言葉は自分自身を納得させるように言った。

放送局にむかうタクシーのなかで、矢野はこれで、すべてがすんだと何度も自分に言いつづけた。タクシーをおりた時、彼はまったく何もなかったような表情で受付に待っていたプロデューサーと言葉をかわした。

矢野が今日、よばれた番組は「若い世代は訴える」というもので、彼はそこで出席の若者たちに忠言を与える役目だった。

ひろいスタジオの隅には、本箱を背景に椅子をいくつか並べたセットがライトに照らされ、矢野に質問する青年男女が四人、緊張した面持で彼を待っていた。

「矢野先生です」

とプロデューサーは彼等に矢野を紹介して、本番前の色々な注意をした。

カメラの前に腰かけた時、矢野は教室でみせる、すました誠実そうな表情をつくって、ネクタイをしめなおした。

声のテストと簡単なリハーサルをやったあと、彼は四人の若者たちとしゃべりはじめた。

「ぼくたち、みんな、地方で働いているんですが、地方では若者が何かしようとすると、すぐ白い眼で見られるんです」

と一人の若者が訴えた。

「たとえば別に恋愛でもないのに女性と一緒に道を歩いているだけで、変な眼でみられます。女性たちと集まって会合を開いても噂《うわさ》になるんです」

「そういうことを君が怖れることが、もう世間体を気にしていることですよ」

と矢野はうなずきながら、

「若さの特権とはね、世間体とか世間の悪口を気にせず、自分の正しいと思ったことを主張することです」

「でも、わたくしの家などは父も母も、すぐ世間体が悪いと言うんですけど」

と一人の娘が言った。

「負けちゃ、いけませんよ。そんなことに」

矢野は半時間にわたって、しゃべりつづけたが、相変らず、自分の発言と自分の行動との矛盾を一向に意識しなかった。話しながら彼はハナ子のことを一寸《ちょっと》、思いだしたが、すぐ忘れた。言葉はなめらかに彼の口から流れ出た。

本番が終ると二階の調整室からさっきのプロデューサーがおりてきて礼を言った。

「みんな、勇気づけられましたよ」

「いや、いや」

と矢野は笑った。

新宿駅をおりて、暮れかかる空とネオンの光を見た時、折戸の心は何時《いつ》もより浮き浮きとした。久しぶりに忙しい仕事から解放されて思いきり飲めるという楽しみのためだったが、それよりも、彼には悦《よろこ》ばしい出来事があったからである。

今日、急に局長から呼ばれた。緊張した顔で編集局長の机の前にたった折戸に、

「坐りたまえ」

と局長は読んでいた早刷りの夕刊をおいて、そばの椅子を指さした。折戸は両足をきちんとそろえ、畏《かしこま》って、腰かけた。

「評判がいいね。君の記事」

と局長は胸のハンカチをぬいて眼鏡をふきながら、

「読者からも大分、手紙が来ているそうだが、昨日、パーティで東日新聞の浅井社長が

ね、ひどく、あれを褒めておられた。おかげでぼくも鼻高々だったよ」

東日新聞は折戸たちの新聞のライバルだった。そのライバルの社長までが自分の記事を読んでくれているとは意外だった。

「浅井さんは君を東日の社員にしたいと笑っていたよ。勿論《もちろん》、冗談だろうが、ぼくはとんでもないと断っておいた。うちの局長賞候補の記者を手放すわけにはいきませんとね」

そう言って局長は声をたてて笑った。折戸はすっかり緊《かた》くなり、身じろがず、その笑い声を聞いていた。

「専務にもこのことは話しておくよ。これからも頑張ってくれたまえ」

話はそれだけだった。一礼して自分の席に戻ったが、膝《ひざ》がしらがガクガクするくらい折戸は興奮していた。

興奮が静まると、局長の言葉の一つ一つが何かを暗示しているのに彼は気がついた。局長賞候補の記者と、当人を前にして言ったのはこの賞をお前にやろうという意味にちがいなかった。そして専務にこのことを話しておくよ、という言葉は、お前も今後は自分の下で専務の派閥に加えられるのだと指示したように思われた。

(自分は出世街道を真直《まっす》ぐに歩いている)

若い折戸の自尊心はたまらなくくすぐられた。なにも知らずに、何も気づかず周りで原稿に鉛筆を走らせている同僚を見ながら、彼は今夜、一人でひそかに祝杯をあげようと思った。

灰色にくれた新宿の空にビルが林のように浮んでいる。ビルの窓々には灯がともり、ネオンの文字が明滅している。それはいつも見なれた風景だが、今日の折戸にはすべてが新鮮で楽しかった。

ワシントン靴店の前を通りすぎ、彼は紀伊国屋《きのくに》書店の方向にむかって歩いた。新刊書を見ておこうと思ったからである。

若い連中の待ちあわせ場所になっている書店の入口で彼が二階売場にのぼるエスカレーターに乗ろうとした時、あら、という声をうしろに聞いた。

いつかのスチュワーデスだった。九州に向う飛行機で愛想のいい微笑をうかべて世話をしてくれたあの娘が、今日はベージュ色の制服ではなく、ジーンズとサファリ・ルックの上衣《うわぎ》を着て、買物袋をさげている。

「ほゥ」

と折戸も思わず叫んだ。

「あなたですか。本を買いに？」

「いえ。レコードです」

紀伊国屋書店の二階は大きな書籍売場のほかにレコードや楽器を扱っている部屋もあ

った。

「奇遇だなあ、レコードを買われたら、一緒にお茶でものみませんか」

「ええ。いいですわ」

エスカレーターをおりて彼女にわかれ、折戸は本の売場で二冊ほど新刊書を買った。レコード売場を覗《のぞ》くと、彼女もカウンターから出てくるところだった。三階の喫茶室でやっと空席を一つ見つけ、そこで向いあった。

「よく、ぼくのことを憶《おぼ》えてくれていましたね」

彼がはずんだ声でそう訊ねると、彼女は悪戯《いたずら》っぽく、

「スチュワーデスってね、若い、すてきなお客さまはチェックしているんです」

と笑った。

「ぼくだって、あなたの胸の名札をみて、お名前を憶えましたよ。本藤さんでしょう」

「ええ、本藤貴和子です」

「ぼくは新聞記者です」

「そうだろう、と思いましたわ」

と貴和子はびっくりしている折戸に事情を説明した。

「飛行機にお乗りになってから、三、四種類の新聞をすぐ比べあわせて見ていらっしたでしょ。だから、そんなお仕事じゃないかと、思っていたんです」

彼は本藤貴和子の唇のそばに可愛《かわい》い黒子《ほくろ》のあるのに気づいた。

「新聞記者って忙しいんでしょ」

「ええ。忙しいけど張りあいがありますよ」

「どんな仕事、なさるんですか」

折戸は嬉しそうに自分が今度やった仕事を説明しはじめた。

「ぼくがあの飛行機で九州に出かけたのはね」

女の子に自分の仕事や自分の情熱をしゃべるのはこれが始めてだった。

「しかし、ぼくはこういう元戦犯の意識構造を調べることが、今の日本の欠陥を分析することにつながると思うんです」

折戸は自分の心に本藤貴和子に認められたいという欲望がまじっていることに気づいてはいなかった。自分の発言に虚栄心や自己顕示欲や出世欲が重なりあっていることも感じなかった。

「結局、わかったんですが、彼等は――何も良心の後悔なんか感じていないんです。世間が過去を忘れてくれるのを待っていただけなんです。だから今、お話した医者のように開きなおって、フテブテしい発言をする男もいるわけでしょう。彼はぼくに皮肉っぽい電話をかけてきましたよ」

「まァ」

「一蹴《いっしゅう》しましたがね……こんな話、つまらんでしょう」

「いいえ」

「ぼくは野暮な男で酒を飲むことと仕事のことを考えるしか能はないんです」

「そんな男性、ステキだと思いますわ」

「そうかなあ。一向にもてませんけどね」

彼は珈琲《コーヒー》をスプーンでかきまわしながら嬉しいと思った。

「今度、ぼくの書いた、その特集の連載をまとめてお送りしますから、是非、読んでください」

「読ませていただきますわ。わたしには、ムツかしすぎるけど」

「自分の口から言うのも何ですが、評判がいいんです。読者からたくさん激励の手紙をもらったし……」

局長からも今日、よばれて褒められたのだ、と言いたかったが、さすがにそれは照れくさく口には出さなかった。

本藤貴和子が小さな紙に練馬の自分の住所を書いて彼にわたすと、折戸はすかさず、

「お暇の時、つきあってくれますか」

「フライトがない時でしたら」

今度は彼女が話す番だった。スチュワーデスは時には朝、五時半に起きねばならぬこ

ともある。迎えの車で羽田に行き、客よりも一時間前に待機し、三十分前に機内に入る。

「こわくはありませんか」

「墜落ですの。今はこわくありませんわ。仕事だと思っているせいもあるけど」

飛行機が一番、危険なのは上昇と着陸の時だと彼女は笑いながら教えてくれた。それから腕時計を見て、

「あら、もう六時半だわ。帰らなくっちゃ」

「用事があるんですか」

「うちのお夕食の後片づけをしなくちゃいけないんです。女の子って損ですね」

折戸は残念だったが伝票を持ってカウンターに行った。

本藤貴和子がそろそろ閉店時刻の迫ってきた書籍部の雑踏に消えるのをみて、彼はどうしても彼女と交際をしようと思った。

行きつけの店に行くため、交叉点《こうさてん》をわたろうとすると、一人の女の子が彼と肩をならべて歩きながらニッ、と笑った。ブーツをはき、大きな色眼鏡をかけた娘だった。

「あたし、今日、暇なんだけど」

と彼女はさりげないふりをして彼に囁《ささや》いた。

「暇だから何なんだ」

「一緒に御食事しない？」

「乞食《こじき》か。君は」

するとその娘はこわい顔をして、

「ふん」

と肩をそびやかすと足早に彼を追いぬいていった。本藤貴和子と会ったあと、こんな女の子に誘いかけられたのが折戸にはひどく不愉快だった。同じぐらいの年齢でも若い女には月とスッポンの違いがあるような気がした。

例の飲屋で彼は氷の音のカラカラと鳴るオンザロックをもらい、その音をたのしみながら自分のために一人、祝杯をあげた。自分はこれからも部長やデスクをアッといわせる記事を書いていこう。そして社会の不正と闘うのだ。あのスチュワーデスと交際して、もし二人が理解しあえたら結婚したい。

折戸の人生には何の迷いもなかった。それはハイウエイのように一直線に真直ぐにのびていた。彼には人間の悲しみなどは一向にわからなかった。うすよごれた人間の悲しみ。ごみ箱で野良猫《のらねこ》が食べものをあさり、病室ではまた老人が痛みにたえかねて声をあげ、勝呂がそれを慰めながら、モルヒネしか打てぬ苦しさを嚙《か》みしめているような、人間の悲しみを彼は知らなかった。

ポリ・バケツのおかれた階段をガストンは三階までのぼった。セメント臭い階段のおどり場から向い側の映画館の看板がみえた。裸の女が両手を胸にあてて悶《もだ》えている姿が毒々しく描かれていた。その三階の、

「アジア興業」

という五文字を書いたすり硝子《ガラス》入りの扉をそっとあけて、

「ごめーください」

おどおどとガストンは声をかけた。

椅子に腰かけたまま将棋をさしていた二人の男が、不審そうにこちらを眺めた。

「わたくーし……」

と言ってガストンは言葉を探し、

「ボ……ボクシングのこと、聞きましたです」

「ああ、そうか」

男の一人がニヤッと笑って、

「社長が待ってるよ。こっちにはいんなさい」

将棋の駒《こま》を机の上に投げすてると椅子から立ちあがった。狭いこの事務室にはベタベタと映画のポスターがはられ、よごれた黒板に色々な催物の予定が書きこまれていた。

和服の男が衝立《ついたて》のかげからラーメンのどんぶりをかかえたまま、あらわれた。

「社長、この外人が……」

「わかっとる。中田はどこにいる」

「表のパチンコ屋でパチンコやってます」

「なら、すぐ、中田にな、お鹿《しか》の二階で待つように言えよ。こっちは外人、連れていくから」

彼はラーメンのどんぶりを机におくと、和服の袖《そで》から煙草《たばこ》の箱をとりだして火をつけた。うまそうに煙を吐きだして、

「どうだ。今から試合の練習をやってみるか」

「ふぁーい」

「まじめに、やりなさいよ。多少は本気でやらんと、お客は怒るからね」

煙草を口にくわえたまま、彼はガストンを促して事務所を出た。

陽はまだあかるかった。ザラザラという玉の音がパチンコ屋から聞えてくる。パチンコ屋には今日も客がいっぱいだ。五軒ほど先の「お鹿」と看板を出した雀荘《ジャンそう》の硝子戸をガラガラとあけて、

「ごめんよ」

と社長は声をかけた。髪に金の輪をたくさんつけた女が青白い顔をだして、

「社長さんですか」

それから彼女はガストンをじろじろと見た。

「中田、来てるかい」

「二階で待ってますよ」

「そうか。少しの間、バタン、バタンと音をたてるかもしれんがな」

「いえ。まだ、お客が来てないから、大丈夫ですよ」

ガストンは社長の大きな尻《しり》のうしろから、二階にのぼった。のぼり口に柔道着を着た胸板の厚い日本人が腕組みをして待っていた。

「中田。お前の相手をする外人、連れてきたよ」

「へえ……拳闘《けんとう》やったことは？」

「ないらしいね、体をみれば、一目《ひとめ》でわかるだろ」

中田はニヤッと笑うと、

「よろしく、お願いしますよ」

と馬鹿《ばか》丁寧にガストンに挨拶した。

ガストンは急に恐怖を感じて立ちすくんだ。中田のニヤッと笑った今の顔に、なにか意地悪なものが走ったからである。

「まだ、あんたの名を聞いとらんね。名は何という？」

「ふぁーい。ガストン、申します」

「ガスか。屁《へ》みたいな名だな」

と馬鹿にしたように中田は呟《つぶや》いて、

「こっちにグローブは用意してあるぜ」

襖《ふすま》をとりはずした畳の部屋を指さした。

「あの……」

「なんだ」

「わたくーし、お腹《なか》、いたい」

ガストンは急に顔をしかめた。

「今日、だめ。わたくーし、帰る」

「今更、なに、言っているんだ。別にこわがることはないだろ。殺しあいをやるわけじゃねえんだから……」

そう言って中田は威嚇《いかく》するように両手の指をポキ、ポキとならした。それからたくましい腕をまげて、これ見よがしに力こぶをつくった。

「情けない体をしているな、この外人は」

うすぎたないランニングシャツになったガストンをみて、

「さア」

大声でそう叫ぶと日本人は両手をひろげた。

「さあ、かかってこいよ」

ガストンはおずおずと身がまえた。そのまま、じっとしていると、

「そんな恰好《かっこう》じゃ駄目だ、ぶん撲《なぐ》るんだ」

と社長が怒鳴った。

「わたくーし、ひと叩《たた》くこと、きらい」

「それじゃあ、試合にならんのだ。金をもらいたければ、真面目《まじめ》にやってくれ。中田。かまわんから投げとばせよ」

社長の声にニヤリと笑った中田はゴムまりのようにガストンの体にぶつかってきた。腰をぐっと入れて、足をかけるとガストンの体は大きな音をたてて畳の上にころがった。

「ギャッ」

ふみ潰《つぶ》された蛙《かえる》のような声をあげたガストンは、

「おー、ノン」

「なんだ、こいつァ」

中田は容赦しなかった。両手でガストンをひきずりあげると足払いをかけ、倒れるのをまた、かかえあげて背負いなげをくらわせる。

「オー。ノン、ノン、ノン」

「ほれ見ろ」と社長が叫んだ。「何かしないと、次々と痛い目にあうんだぞ。撲ってみ

ろ、相手を」

よろよろと起きあがったガストンは今度は水車のように両手をふりまわして中田を近づけまいとした。その二発か、三発が日本人の頭に当ると、

「その調子。その調子」

からかうように中田はわざと自分の顔を前にさし出してガストンに打たれるままにさせていた。打たれてもこの男は何の痛みも感じないらしく、

「ほれ、もう一つ、そら、もう一つ」

まるで子供を相手に角力《すもう》をとる大人のようにガストンを促した。

いい加減、こうして相手をあしらってから日本人は突然、強力な足ばらいを相手にくらわせた。宙にういて横転したガストンに飛びかかった彼はその首に太い腕をまわして締めつけた。グウ、とも言わずにあわれな外人が気を失うと、

「まあ、こういうやり方でいきたいと思うているんですが……」

冷やかに犠牲者を見おろして中田は得意気に社長に説明した。

「どうでしょう」

「そうだな。しかし、それにしても、こいつ、あまりに弱すぎるぞ。はじめからお前が勝っちゃ面白くない」

「そりゃ、何とでもなりますよ。こいつに顎《あご》をうたせて、一、二度、俺がダウンするっ

もりですよ」

「そうしてくれ」

奇妙な臭気がこの時、急に気絶したガストンの体から発散し、部屋に拡《ひろ》がりはじめた。

「いけねえ」

と中田がびっくりして叫んだ。

「社長、こいつ、気を失ったのはいいが、小便をたれ流してますぜ」

「え？ たれ流している」

「とんでもない野郎だ。すぐ息を吹きかえすと思ったのに」

ぼんやりと薄目をあけたガストンは、まだ意識が朦朧《もうろう》としていたらしく、あたりをキョロ、キョロと見ていたが、やっと自分のいる場所に気づくと、

「オー。ノン、ノン」

と捨てられた仔犬《こいぬ》のように悲しげな声を出しはじめた。

「わたくーし、やめます」

「なに、言ってるんだ」

「この仕事。やめますです。やめまーすです」

それから彼は自分のお尻が濡《ぬ》れているのを知って、ひいッ、ひえッと奇声をあげた。

「どうしてくれるんだ」

中田は居丈高に、

「小便はたれる、仕事はやめるじゃ、勝手すぎないかよ。お前」

「ごめーなさい。ほんとにわるい。小便さん」

「なにが、小便さんだ。バケツと雑巾《ぞうきん》をもらって始末しろ」

一時間後、足を曳《ひ》きずりながら雀荘「お鹿」を出たガストンは時々、電信柱にもたれて大きな息をついた。体のふしぶしが痛み、濡れたズボンは気持わるかった。鼻血も出ていた。

臆病《おくびょう》で弱虫なこの男は何よりも一番、暴力がこわかった。その暴力がこわい彼は自分がこれほど痛めつけられるとは思ってもいなかった。

「オー、ノン、ノン」

彼はもう二度とあの社長の事務所には行くまいと思った。いくら二万円の日当でも、投げとばされ、叩きつけられ、首をしめられ、気絶させられるのは、真平、ごめんだった。あの中田という日本人のうす笑いや指をポキポキとならす仕草もこわかった。
五、六歩、歩いてはたちどまり、鼻血をふき肩で息をしながら彼は自分の体がもう駄目になったのではないかと思った。
彼が勝呂医院までくると、医院の壁にベタベタと貼紙《はりがみ》がしてあった。

「反省なき、元・戦犯医師、追放」

「医者をやめろ」

「生体実験の医師、ここを去れ」

ガストンはまだ、むつかしい漢字が読めなかったから、その貼紙から何のショックもうけなかった。

玄関をあけると尺八の音がした。その尺八の音がピタリとやんで、

「だれ?」

「ふぁーい。わたくーし」

尺八を手にもったまま、スリッパの音をならして勝呂は姿をあらわした。

「ああ、あんたか」

それから彼はガストンをしげしげと眺めて、

「どげんした? 鼻血が出とるが……」

「ふぁーい、わたくーし」

ガストンは外を指さして、

「広告の紙、たくさん、かざってあります」

と教えた。

スリッパのまま、勝呂は玄関を出て、しばらく、医院の壁に貼りつけられた糾弾の文

字をじっと見つめていた。

「なに、ありますか」

「いや……」

勝呂はくたびれたように首をふった。彼はこの紙を剝《は》ぎとろうとも思わなかった。たとえ、それを剝いだところで、別の新しい紙がそこに貼られるだろう。貼られないとしても彼の背負ったものは、いつまでも消えないのだ。

「診察室にきて、鼻血をふきなさい」

ガストンは医師のあとから診察室に入った。勝呂は水をひたした脱脂綿を彼にわたした。

「すり傷も作っているようじゃないか。どうした」

「わたくーし、ボクシング、しましたです」

「ボクシング？　なぜ」

ガストンの話をきいて勝呂は悲しそうに笑った。

「じゃ、痛かったろう」

「痛い。わたくーし、この仕事やめますです」

「私もこの医者の仕事をやめるかもしれん」

と勝呂は寂しそうに言った。

「あの貼紙に何と書いてあったか、わかるかね。私は……あんたは知らんだろうが……むかし戦争の時に米国の兵隊を生きたまま実験にした医師の一人だよ」

一気にそう言うと彼はガストンの裁きを待つように眼をつぶった。

「そんな男にはやはり医者を続ける資格はないのかもしれん。あの貼紙にもそう書いてあった。それに……看護婦もやめたし……」

彼は眼をあけてガストンを見た。ガストンは辛《つら》そうに勝呂を見かえした。

「可哀《かわい》そう……」とガストンは呟いた。

「あなた、苦しい。それ、わたくし、困る」

「別に困ることはないさ。これは私、一人の問題だよ」

勝呂は苦笑して椅子《いす》から立ちあがると、

「さあ。お爺《じい》ちゃんの病室に注射に行こう。一緒に来るだろう」

と誘った。

アンプルと注射針とを用意して、彼はガストンと二階にのぼった。病人は寝台のそばのリンゲルの瓶《びん》から垂れたゴム管で点滴を腕に注入されたまま、眠っていた。

「よく、眠っている」

勝呂は溜息《ためいき》をついた。

「モルヒネとリンゲルとで保《も》たせているんだが……」

老人は口をあけたまま、かるい鼾《いびき》をたてていた。そして突然、

「キミ子」

と孫の名を呼んだ。

「キミ子。お祭りの着物な、買《こ》うてやるからな。お祭りの着物……」

「この頃、あればかり、譫言《うわごと》で言っとるね。太鼓の練習の音が聞えると、祭りを思い出して……」

と勝呂はその寝顔を覗《のぞ》きこみながら、注射針をとりだして、アルコールで消毒した。

「孫に着物を買ってやりたくなるんだろう。さあ、注射だ」

注射の針がその乾いた、肉のない腕の皮膚にささると老人は眼をうっすらとあけた。

「キミ子……お祭りの着物な」

「ああ、わかったよ。悦《よろこ》ぶだろうよ。あの子は」

勝呂はうなずきながら、泪《なみだ》を眼ににじませた。

壁にもたれていたガストンは顔をそむけ、それから二人をそこに残して階段をおりた。

彼はもし大声をあげて泣けるものなら泣きたかった。神さま。あなたの創《つく》ったこの世界はあまりに悲しみが多すぎる。あの老人はもうすぐ死ぬというのに、孫娘のために祭りの着物を買ってやりたいと言っています。その着物をあの老人にやってください。

(さあ、その着物のお金をつくるために)

とガストンは誰かがやさしく、肩に手をおいて囁《ささや》くのを聞いた。

(お前はあの日本人とボクシングをやらねばならないよ)

(それ、困る)とガストンは頭を強くふった。(それ、痛い)

(痛いから、行くんだよ)

その人はガストンに言った。

(わたしも痛かったんだから。手と足とに釘《くぎ》をうたれた時は……)

ガストンは商店街を歩きながら呉服屋をさがした。

よく磨かれたショーウインドーのなかに、マネキン人形がすばらしく奇麗なふり袖《そで》を着ていた。ふり袖という名も、それが、どんな時に使うものかもガストンにはわからなかったが、彼はショーウインドーの硝子《ガラス》に額をあてて、口を少し開いたまま、それに見《み》惚《と》れていた。

彼のまぶたには、この着物を受けとった老人の笑顔が浮んだ。間もなく死んでいくあの病人の顔に今一度、倖《しあわ》せな笑いをつくりたい。ガストンは人が苦しんでいるのを見るのが何よりも辛い。子供が笑っている時、娘が微笑《ほほえ》んでいる時、母親が幸福な悦びに顔をかがやかせている時、彼の心はゴムまりのようにはずむのだ。

「なにを、お求めでしょうか」

キミちゃんと同じぐらいの年頃の女店員が店の外に出て、ガストンにたずねた。この妙な外人がさっきからショーウインドーの前で身動きもしないのが少し迷惑だったからである。

「ふぁーい」

とガストンはマネキン人形を指さして、

「いくら、ありますか」

「あのふり袖でございますか。三十二万円でございますが……」

「オー、ノン、ノン」

仰天したガストンは一歩、二歩、うしろに退《さが》ると、思わず手をふって、

「わたくーし、買えないよ」

「あら」

女店員は困ったように笑うと、

「おみやげでしたら……もっと安い、別なものが、ありますけど」

「別なもの、いらない。二万円の着物、売《う》てください」

「二万円の着物？　そんなのは……」

と彼女は考えて、

「小さなお子さまのものなら……」

「子供ない。大人の着物」

「それは無理ですわ」

女店員はこの外人の間のぬけたような馬面《うまづら》が急にくしゃくしゃと歪《ゆが》むのを見て、

「でも四万円ぐらいでしたら小紋の着物がありますけど」

「コモン？　なにか、それ」

彼女は説明をしたが、ガストンはキョトンとして、さっぱり、わからないようだった。

「それ、着物、ありますか」

「もちろん、ですわ」

「四万円？」

ガストンは考えた。彼がもし祭りの見世物に出れば、一日、二万円もらえる。それで着物の代を支払えるだろう。

「わたくーし、買いますです」

「今、ですか」

「今、ない。あとでお金、持《も》てきますです」

急に元気づいた顔で駆けだした外人を見送りながら女店員は、あとでお金、持てきますという言葉を信じてはいなかった。あんなヒッピーのような外人が約束を守る筈《はず》はない。

「ひやかしよ」

店内で彼女は同僚の女の子につまらなそうに説明した。

駆けだしたガストンは裏町に入ると足をとめた。既に夕暮だった。夕靄《ゆうもや》に店々の灯がうるみ、八百屋や肉屋では買物籠《かご》をさげた主婦たちが集まっていた。さっきと同じようにパチンコ屋から、ジャラ、ジャラという玉のながれる景気のいい音が聞えて流行歌が流れている。入口近い端の台で中田は煙草《たばこ》をくわえたまま、眼をほそめて、指を動かしていたが、すぐそばに大きな体が近よってきたので顔をあげて、

「あれ、さっきの外人じゃねえか」

と叫んだ。

「ふぁーい。中田さん。ボスさん、どこですか」

「ボスさん？　社長か。うしろの台に腰かけてるだろ」

ふりむくと、和服の前をはだけパッチを見せた社長が台と向きあって、これも熱心に玉をはじいていた。

「さっきの外人ですぜ。社長」

「それがどうした。何の用だ」

不機嫌な表情で社長は手をとめると、ゆっくり、袖に片手をつっこんでチリ紙をだし

た。大きな音をたてて鼻をかんでから、

「お前、やめたんだろう」

「わたくーし、やりますです」

とガストンはおずおずと頼んだが、

「駄目だね」

にべもなく社長は首をふって、

「おまえ、嫌と言ったじゃないか」

「ふぁーい。しかし、また、やります気持、もちましたです」

「何を今更、言っているんだ。投げつけられるのはごめんだと逃げやがったくせに」

「かまわないよ。中田さんはわたくーし、投げますこと、オーケ」

「なぜ、気が変ったんだ」

「わたくーし、お金いりますから」

ガストンは長いその顔に、少し哀《かな》しそうな笑いをうかべた。


山崎と林とはさっきから一人の娘のあとをつけていた。

娘はジーンズを着て、ショルダー・バッグを肩にかけていたが、時々、靴屋やアクセサリーの店の前にたち、品物を眺めるようなふりをして、山崎や林をチラッと見る。

それはまるで、

（なぜ、早く、声をかけないの）

と誘っているようだった。そのくせ、この二人の不良学生がニヤ、ニヤッと笑ってみせると、ツンとした横顔をみせる。

「こんにちあ」

と二人は彼女のそばに並んで、

「お邪魔します。お邪魔しますの、お邪魔虫」

と話しかけてみせた。

びっくりしたように娘は顔をあげ、うるんだ眼で二人を見あげた。

「へ、へ、へ、へ」

山崎はがらになく、照れた奇妙な笑い声をたてて、

「ね、一寸《ちょっと》、つきあわない」

と誘ってみた。娘が黙っているので、

「なァ。いいだろう。飲むだけだから」

「でも……」と彼女はうつむいて、「お母さんに叱《しか》られる」

「叱られるもんか。まだ、五時じゃねえか。一時間ぐらい」

「そうね」

と娘はあどけなく、コックリ、うなずいた。林と山崎とはわからぬように眼くばせをすると彼女を両側からはさむようにして歩きはじめた。

「奇麗な店でないと、イヤなの」

と彼女は急に言った。

「チェッ」

舌打ちをした林は、

「ぜいたくだな」

「じゃ、帰る」

「いいって、ことよ」

二人は仕方なく小奇麗な煉瓦《れんが》づくりのスナックに連れていった。

「水割りでいいんだろ」

椅子に腰かけてから、そう言うと、

「水割りはきついからイヤ。ブランデーがほしいの」

「ブランデー？」

と林も山崎も驚いて顔を見あわせると、

「女の子のくせに、ブランデーを飲むのか」

「うちでもパーティでも、ブランデーしか飲まないの」

二人の学生は苦虫を嚙《か》みつぶしたような表情になったが、

「じゃ、ブランデー一つ。水割り、二つ」

と注文した。すると、

「ブランデーは何にしますか、国産でいいですか」

バーテンの声が意地わるくはねかえってきた。国産でいいさ、と林が答える前に、

「ナポレオンがほしいの」

と娘はあどけなく答えた。

この野郎、と林も山崎も心のなかで考えていた。ただで飲まれてなるものか。あとでたっぷり礼はしてもらうからな。

「ずいぶん、ぜいたくな育ちかた、しているじゃないか」

「そんなんじゃ、ないけど」

「親爺《おやじ》さん、なにをやってるんだい」

娘はうつむいた。うつむいて寂しそうな眼を窓のほうに向けている。

「どこかの社長か」

「言いたくないの」

「なぜ」

「ブランデー、もう一杯、もらっていい」

外の夕陽が夕靄に変りはじめた。二杯目のブランデーを飲んでも娘は一向に酔った気配はない。

「なぜ、言いたくないんだ」

「言うと、みんな、離れていくの」

「離れていく？　そんなにあんたの親爺さん、ひでえ仕事しているのか。ひでえ仕事というと、ピーナツたべた代議士か」

「ちがうの。でも、みんな離れていくの」

「俺たち」

と山崎は林にサインを送り、

「そんなことねえよ、なァ。親爺は親爺、娘は娘。はっきり区別してらあな。あんたの親爺が総理大臣でも、つきあってやらあな」

「ほんと？」

娘は嬉《うれ》しそうに笑うと、

「でも、信じられないわ」

「嘘《うそ》じゃねえさ」

「わたしの父、宇土会の会長なの」

山崎は鳩《はと》が豆鉄砲をくらったような眼をして娘の顔を見つめた。それから怯《おび》えた声をだして、

「本当か。そりゃ」

「やっぱり、イヤになったのね」

娘は幻滅したようにしらけた顔をして、

「みんな、そうだわ、やっぱり」

それからショルダー・バッグをつかむと、

「わたし、帰るわ」

と言って丸椅子からたちあがった。山崎も林も黙ったまま、止めもせず見送った。

「ハッタリ、かましやがって」

しばらくして林が口惜《くや》しそうに言った。

「なにが、宇土会の会長の娘だ」

「いや、ハッタリじゃねえかもしれねえぞ」

宇土会というのは有名な暴力団の組織だった。麻薬やピストルの密輸などで新聞記事をにぎわしている。

「もし、そうだったら、ヘンなことしてみろ。指の一本、二本、折られるんだぜ」

「俺、嘘だ、と思うがなァ」

「嘘か、どうか、わかんねえが、もしものこともあらァ。あんな娘に手、出さないほうがいいんだ」

バーテンが手わたした勘定書はナポレオン二杯のために、ベラ棒に高かった。泣きつらに蜂《はち》の顔で店をとび出ると二人は、

「畜生」

と叫んだ。

「この頃の娘、みな、タチが悪いや。教育家はなにをしているんだ」

「そうよ。道徳も地に落ちたなあ」

浅田ミミはその頃、ペロリと舌を出し、涼しげな顔をして大通りを歩いていた。二杯、飲んだブランデーの酔心地はたのしかった。男って、みんな馬鹿《ばか》だわ、と彼女は思った。今晩の夕食はまた、この大通りをうろうろとしている紳士たちの一人が奢《おご》ってくれることになるだろう。

一方、山崎と林とは、

「なんでえ」

「馬鹿にしてやがる」

言葉にもならぬ言葉をブツブツつぶやきながら夕暮の横断歩道をわたったが、

「痛《い》てえ」

突然、横町からあらわれた外人にぶつかりそうになって思わず足をとめた。

「痛てえじゃないか」

べつに体が当ったわけでもないのに、外人にそう因縁をつけたのは相手が背だけは高いが、いかにもオドオドとした間ぬけづらの男だったからと、はけ口のない怒りを何処《どこ》かにぶつけたかったためである。

「なんだよォ。なぜ、ぶつかるんだよォ。おめえ。アメ公か」

「わたくーし、アメ公ない。ごめえなさい」

「ここは日本だぞ。日本なら小さくなって歩け」

相手が怯《おび》えた眼をしているので、ツケあがった二人がその上衣《うわぎ》を引張ると相手はヨロヨロとした。その時、

「おい」

そう言ったのはこれら不良学生ではなかった。うしろからあらわれた和服姿の年輩の男と、筋肉のもりあがった若者が、外人をかばうように立ちどまって、

「おまえたち、この外人に何してるんだ」

「いや、別に」

林は急に尻《しり》ごみをして、

「こいつ、俺たちにぶつかったからよォ」

「ぶつかったぐらいで、お前ら、喧嘩《けんか》を売るのかね」

「そういうわけじゃないけど」

「中田。このチンピラ学生を少し痛い目にあわせてやれ」

年輩の男が若者にそう命ずると、中田と呼ばれたたくましい若者は嬉しそうに指をポキポキとならした。

「ヤアッ」

鋭い声がひびいた時、山崎は膝《ひざ》に焼火箸《やけひばし》をあてられたような痛みを感じて思わず、しゃがみこんだ。

つづいて同じ気合いの声と共に林が仰むけざまに尻もちをついた。

「大きな顔さらして、新宿を歩くな」

若者はそう言うと、仰天している外人を引張って年輩の男と悠々《ゆうゆう》と去っていった。うなりながら山崎は立ちあがり、足を投げだしてポリ・バケツにもたれている林に、

「どうなってんだ、こりゃ」

と情けない声を出した。

「あんまり、じゃねえか」

「そうだよ」と林も「暴力、ふるうなんて、あんまりだ」

「おめえ、血が出てるぜ」

「交番に届けようか」

「馬鹿。そんな権力の手先の世話になれるか。俺たち学生だぞ。学生の誇りを持て。医者に行くんだ。お前、歩けるのか」

山崎と林とは勝呂医院のブザーを幾度も押したがなぜか返事はなかった。

「患者、ほったらかして医者が出かけてんのか」

「こういうことだから、日本の医療も駄目ってことよ」

彼等がノブをまわすと、玄関の扉はすぐに開いた。山崎は、

「ごめんください。お邪魔しまァーす。お邪魔しますの、お邪魔むーし」

返事はなかった。待合室には暗い灯がついているが、ガランとしている。

「おい」

と林は山崎に小声で、

「誰もいないようだぜ」

「うん」

「なら、診察室に入って、何か、かっぱらってやろうか」

二人は耳をすまして何の物音もしないのを確かめると待合室にあがり診察室を覗《のぞ》いて

みた。

診察室も電気がつけっ放しだった。古びた回転椅子《いす》と机と、それに診察用のベッドとが、その暗い灯のなかで、おとなしく主人の帰りを待っていた。机の上には血圧計や丸められた聴診器《ステト》やカルテが置かれている。

そのカルテを二、三枚、ぱらぱらとめくった林は今度は引出しをあけて、なかを調べていたが、

「みろよ、山崎」

「なんだ」

「こんなこと書いてあるぜ」

と一枚の葉書をとりだした。

——ある人からあなたのことを聞きました。あなたは、おそろしいことをしたそうですね。生きた人間を医学の実験にして殺したなんて許せません。どうか、もう医者をやめてください。お願いします。「民主主義を守る一女子高校生より」

「なんだ。これは」

山崎は急に不安そうな顔をして、

「ここの医者、誰かを殺したのか」

「そうらしいぜ」

「ここで殺したんじゃ、ねえだろうな」

彼はこわごわと診察室のなかを見まわした。さっきまで何でもなかった血圧計や聴診器までが薄気味のわるい道具のように眼にうつった。そして隣につづく真暗な薬局には二人の知らない毒薬がいっぱい並んでいるような気さえした。

「おい、帰ろう」

「帰ろう、ったって、お前、俺の胸、どうなるんだい。さっきから胸が痛いんだ」

「馬鹿、殺人をした医者なんかに……」

そう言った時、山崎は背後に気配を感じて、ふりむいた。くたびれきった顔をして医者はそこに立っていた。

「お、俺たち」

と林は震え声で、

「ブザーは何回も押したんだが、灯がついているんで、待ってたんだから……」

医者は林をながめ、開いた机の引出しに眼をやり、それから山崎の手に持っている葉書に視線を移した。

「何の用、だね」

と彼はしずかに言った。

「怪我《けが》。俺たち、怪我したもんだから」

「どうして」

「悪い野郎にからまれたんだ。こっちは暴力ふるうの嫌だから相手に投げられても我慢してたんだ。本気だせば……あんな野郎、一発で……」

「いいから、傷を見せなさい」

勝呂は回転椅子に腰をかけると、自分の前に突ったっている山崎の手から葉書をとり、黙ったまま、引出しにもどした。

「たいしたことはない。内出血しているだけだ」

「俺は胸が痛くなったんだけど」

と林が訴えた。

「胸が痛い？　じゃ、裸になりなさい」

林が上衣《うわぎ》をぬぎ、うすよごれたスポーツ・シャツをとると、勝呂は痛む部分に手をあてた。

「痛てえッ」

「痛いか。肋骨《ろっこつ》が折れているのかな」

「肋骨が？　どうしよう、ぼく。お母さん」

「叫ぶんじゃ、ない。レントゲンをとるからこっちに来なさい」

「先生、俺、死ぬんだろうか」

勝呂はレントゲン台に林をたたせて息を吸いこませた。現像してみると、やはり第五肋骨に黒い糸のような割れ目が入っていた。

「ギプスをつくることもないだろう。安定させておくと骨はつながる。二週間ぐらい、包帯で胸をしばるがね。注射を一本、うっておく。今夜は痛いかもしれんから眠り薬をやろう」

「注射？」

林がギクッとしたので勝呂は、

「いやかね、注射は」

それから、あることに気づいて、

「安心しなさい。別に毒を入れるわけじゃないんだから」

と言った。

引出しからカルテを一枚とり出し、名前と年齢とをたずねた。

「二十二歳？」

二十二歳。どこか、まだ少年のような無邪気さを残していたあの捕虜も二十二歳だった。

彼は林の腕をアルコールで消毒しながら眼をつむった。あの日、軽い麻酔の注射をその捕虜の腕にうって暴れないようにするのが彼の仕事だったのだ。

注射針を手にもって、林の右腕を引きよせ、勝呂はその時のことを思いだして突きさした。

「すんだよ。脱脂綿で、よく、もんでおきなさい。今は何時だ。九時半頃、もう一度来なさい。その経過で眠り薬をわたすから」

山崎と林はそそくさと診察室を飛び出て帰っていった。

看護婦がいないから、夜は彼は一人ですべてをやらねばならなかった。八時に病人の尿をとってやり、モルヒネをうった。これで少しは眠るにちがいない。

そのあと、勝呂は妙な男の訪問を受けた。

妙な男はまるで通夜《つや》にでも行くように灰色の陰気な服に灰色のネクタイをしめ風呂敷《ふろしき》包みをかかえて玄関にたっていた。

「私は基督《キリスト》教の信者ですがね」

と彼は押しつけがましい声で、

「御迷惑でなければ、しばらくお話したいんですがね」

「なんの話ですか」

勝呂は当惑した眼で相手を見た。

「この聖書と私の教会で出しているパンフレットを読んでください」

こわきにかかえていた風呂敷包みを出して、男はなかから黒表紙の小さな聖書とパンフレットを何冊か取りだした。一冊のパンフレットの表紙は安っぽい桃色の紙で、「神を畏《おそ》れよ」という五文字が書かれていた。

「御厚意は有難かですが……」

と勝呂は尻ごみをして、

「どうも……宗教には興味のなかですから」

男は陰気な顔をあげて、じっと医者を見つめた。あわれむような笑いがその頰のあたりに浮んだ。

「私は、あなたこそ、宗教を考えるべきと思いますがね。失礼だが、あなたが過去におやりになったことは、知っています。だから神を畏れてもらいたいのです」

勝呂は不快な顔をして、一度は手にとったパンフレットをそのまま、男に戻して、

「しかし、神など信じとらん者には、畏れるも、畏れんも……」

「神の罰が怖《おそ》ろしいですよ。たとえ、社会があなたを許しても、あのようなことをなさったことを神はいっさい御存知です。私はあなたのためを思って」

「思って……来てくださったわけですか」

「そうです。聖書に書いてあります。今にして悔い改めねば救われないと……」

男の口が動きつづけるのを勝呂はぼんやりと眺めていた。基督教の信者特有の、押し

つけがましい、独善的な口調が嫌だった。

「しかし……それは」

男がやっと、しゃべるのをやめた時、彼は首をふって、

「こっちのことで……、あんたたちとは何の関係もなかでしょう」

「我々はみな神の前では兄弟ですからね。聖書のなかにも迷える一匹の羊を探しまわる羊飼の話が出ています」

「私は別に羊じゃないです」

灰色の洋服に灰色のネクタイをしめたその男は不満げに頭をさげると、そのまま玄関を出ていった。

静寂が残った。勝呂は黒表紙の聖書とパンフレットとを床から取りあげて、それを待合室の椅子にちらばった芸能週刊誌の上に放り出した。

尺八を口にあてていると、不意にさっき男の言った「救われる」という言葉が心に蘇《よみがえ》ってきた。

「なにが……救われるだ」

彼は舌で唇をぬらし、尺八を吹きはじめた。音は割れて、どうしてもいい音色にはならなかった。

九時頃、尺八を吹いていた勝呂は急に耳をすませた。

かすかに犬の遠吠《とおぼ》えのような声が聞える。声は時には長く、時には短かった。

勝呂は尺八を机におくと、聴診器をわしづかみにして診察室を走り出た。階段を駆けのぼり、病室にとびこむと、老人はベッドから転げおちて、胸を両手で押えながら呻《うめ》き声をたてていた。

「どうした」

訊《たず》ねなくてもわかっていた。この呻き声は癌《がん》末期のすさまじい痛みのためにちがいなかった。

「待て。すぐ、治してやるから」

勝呂は急いで診察室に戻るとモルヒネと注射針とを手にもって病室に引きかえした。

病人は転げまわるようにして痛みと戦っている。

少しずつ、その呻き声が静かになっていく。勝呂は脈をとりながら、すべてが鎮《しず》まるのを待っていた。

「キミ子……」

と病人は呻きながら、孫娘の名を呼んでいた。

「キミちゃんは、明後日《あさって》、来るぞ。明日は……」

と勝呂は背中をさすってやりながら、

「新宿は宵祭りだからな」

そう。明日は宵祭りの筈《はず》だった。太鼓の練習の音が昨夜おそくまで聞えていたが、なぜか今夜は静かである。勝呂は病人の背中をさすりつづけながら、意味のつかめぬ譫言《うわごと》を聞いていた。彼は悲しかった。もう助けられぬとわかっている病人のそばで、なすすべもなく坐《すわ》っているのは悲しかった。しかし悲しみはそれだけではなく、もっと根ぶかいところから生れていた。

「苦しいよう。辛《つら》いよう」

病人は突然、はっきりとこの言葉を口にした。

「苦しいよう。辛いよう」

「そうだろうなあ」

勝呂はうなずいて、

「苦しかろなあ。しかし、苦しか者《もん》はあんただけじゃなかとね。このわしも苦しか」

「せんせえ」

と病人は顔をこちらにむけた。いつものようにその目糞《めくそ》のついた眼から、ひとすじの泪《なみだ》がながれ、肉のそげた頰をつたった。

「なんだ」

「俺を……死なせてくれんかね。たのむよ、せんせい」

勝呂は黙っていた。黙ってはいたが病人のその気持は手にとるようにわかっていた。助からぬ命。ただ痛みに耐えるために生きているような毎日。意味もない。価値もない。希望もない。

(俺の毎日だって、同じだ。どこに行っても、どこに逃げても、許してもらえない生活なんだから)

「たのむよ。せんせい」

「ああ」

「死なせてくれるのか」

「ああ」と勝呂は悲しそうに言った。

「死なせてやるよ……」

「いつ」

「そうだな。祭りの日にでも」

なぜ、祭りの日を選んだのか、勝呂にもわからなかった。祭りの日という言葉はこのむくんだ顔の医師の疲れきった唇から小さな石のように、こぼれ落ちたのだった。

「ほんとかね」

「ほんとだ」

老人はうなずき、大きな溜息《ためいき》をついた。医者はその体をだきあげ、ベッドに寝かせた。

瘦《や》せた足をそろえてやり、

「小便をするか」

尿器をあてがって用をすまさせた。

便所でその尿器の始末をして病室をのぞくと、病人はもう静かになっていた。なぜか知らぬが、勝呂の眼からも泪があふれ出た。

階段をおりると、けした筈の待合室の灯がついていた。二階にあがっている間に誰か来たらしかった。そう、あの不良学生たちにまだ痛むようだったら薬をとりにこい、と言っておいたのを思いだした。

黒表紙の聖書が床に落ちていた。そのかわり、芸能週刊誌の裸体の女優の頁《ページ》が開かれたまま、椅子に放りだしてあった。

「ここに、十二年、血漏を患《わずら》える女ありて、あまたの医師にかかりて、さまざまに苦しめられ、かえって悪《あ》しかりしに、イエスのことを聞き、雑踏のうちを後より来り、その衣服にふれたり」

暗い灯の下で、ひろいあげた聖書にそう書いてあるのを勝呂は読んだ。「あまたの医師にかかりて、さまざまに苦しめられ」という一行が彼の心を更に重くした。もう十時をすぎていた……

VI

「新宿の紀伊国屋《きのくに》に六時？　ええ、結構ですわ」

受話器から聞える本藤貴和子の声に無邪気な悦《よろこ》びを感じとって、折戸は嬉《うれ》しく、

「フライトはないんですか」

「今夜も明日もお休みなんです」

と彼女はたのしそうに答えて、

「折戸さんは土曜日でも大変ですわね」

「ええ。頑張っていますよ。でも六時からあなたと会えると思うと、頑張り甲斐《がい》があります」

「あら」

貴和子は照れたような声を出して、

「じゃ、さようなら」

と言った。

頑張ると、約束はしたものの、午後、あまり仕事に身が入らない。鉛筆を投げだして

彼はひろい窓のほうに向きながら、スチュワーデスの制服を着た貴和子の笑顔を思いだしていた。

五時になった時、向い側に腰をかけている清水という同僚が、

「今夜、雀荘《ジャンそう》に行かないか」

と誘ったが、

「いや、田舎から親類が来ているので」

と嘘《うそ》をついた。

六時五分前、うきうきした気持で新宿駅をおり、ながい地下道をぬけて、紀伊国屋に入る出口を出た。

たくさんの男女が待合わせ場所に集まっている正面のエスカレーター前で先に来ていた貴和子は折戸を見つけると手をあげて、

「二分、遅刻」

と言った。

「きびしいですね」

「でしょう。スチュワーデスは時間を気にするんですもの」

「それにしては、ぼくが乗るたび、飛行機は延着ばかりしますがね」

二人は紀伊国屋のすぐ近くにある「秋田」という店で秋田料理をたべた。

「少しは飲めるんでしょう」

彼は太平山という秋田の酒を貴和子にもすすめ、塩汁《シヨツツル》の魚や豆腐を皿にとってやった。その時、彼の脳裏にチラッと、この娘と結婚できた時の夜の食事がうかんだ。

「ああ、あつい」

二杯ぐらい盃《さかずき》を口にして彼女は火照《ほて》った頬に両手をあて、

「顔が赤くなってませんか。恥ずかしいわ」

「別に赤くないですよ。それにお酒で顔が赤くなるのは、胃腸が丈夫なんだそうです」

「あら、イヤだ」

「ぼくはね、この頃、ついているんです」

と箸を動かしながら折戸は得意そうに言った。

「ついていることは、二つ、あります」

「なんですの」

「一つは」

と彼は貴和子の顔をじっと見つめて、

「あなたと再会できたことです。そして、こんな風につきあえることとです」

貴和子が思わず、うつむくと、

「そのうえ」

折戸は真面目《まじめ》な顔をして、

「ぼくは賞をもらうことになったのです。賞と言っても、局長賞という社内の賞ですが、一番、読者に人気のあった記事に与えられるものなんです」

「ほんとですか」

「ええ。ぼくが書いた元戦犯たちのその後というルポは今年、一番反響も多かったんです」

二、三日前、彼はデスクから小声で、

「おい」

とよびとめられ、

「決ったぞ。局長賞が……、一週間したら発表になる」

茫然《ぼうぜん》としている彼にデスクは厚い手をだして、

「おめでとう。これで君も局長派だ」

と言ったのである。

「だから、そのことを、あなたにも悦んでもらおうと思って……乾杯してくれますか」

「ええ、悦んで」

貴和子は彼の盃に酒をついで、

「おめでとう、ございます」

と微笑《ほほえ》んだ。

「嬉しいでしょ」

「そりゃ、嬉しいです。賞をもらったことも嬉しいですが、それよりも正しいことを書いたという悦びがこみあげてきます。ぼくは性格的にも間違ったことが嫌いなんです。間違ったことや不正はぼくの闘志をかきたてるんです。今度の仕事だって、その気持からやりつづけたんですが……」

「男って羨《うらや》ましいわ」

と貴和子はしんみりと言った。

「御自分を仕事のなかで主張できるんですもの」

「主張しない男だっていますよ」

男がすべて、そうじゃないんだ、自分は特別だ、ということを折戸は彼女にわかってもらいたかった。

「そんな男には、ぼくはなりたくありませんね」

「秋田」を出ると二人は雑踏にまじった。折戸は彼女の腕をとったが、貴和子はそのままにしていた。

ながれに従って、歌舞伎町《かぶきちよう》の方向にむかいながら、

「祭りかな」

折戸はその一角に提燈《ちょうちん》の流れを見つけて足をとめた。

「行ってみましょうか」

「ええ」

宵祭りは始まったばかりで、神社の境内には露店がならびだしていた。盆栽を売る夜店の前では中年の夫婦たちがたちどまり、金魚すくいの水槽《すいそう》をかこんで子供がしゃがみこんでいた。しかし、そのほかの店はまだ準備にかかったばかりだった。

折戸は子供たちにまじって、おばさんから輪に紙をはった小さな道具をもらうと、

「何匹、とれると思いますか」

貴和子にたずねた。

「二匹」

「いや、三匹、とってみせますよ」

彼はもし、自分が三匹をつかまえられたら、彼女と結婚できる、と心のなかで占いながら紙をはった輪を動かした。

気力のない黒い出目金がまず、ひっかかった。紙が少し破れたが、二匹目の小さな金魚もなんとかすくえた。紙の半分はもう穴があいていたので、彼はおばさんの目をごまかして、すばやく掌《てのひら》で三匹目をコップに放りこんだ。

ビニールの小さな袋に三匹の金魚を入れてもらって、それを貴和子にプレゼントした。

太鼓が鳴りはじめた。やがて夜店もすべて準備がととのい、境内には客があふれはじめた。やき烏賊《いか》の匂《にお》いがながれ、綿飴《わたあめ》をもった恋人たちが珍しい箱庭の道具を売る店の前にむらがっている。

神社の奥手ではベルの音が鳴りつづけている。呼びこみが集まってくる客に声をかけていた。

「ボクシングが勝つか、柔道が勝つか。アリと猪木《いのき》の戦いよりも、もっと面白い世紀の大試合」

小屋の入口にはたくましい体をした黒人ボクサーと、小さな日本人の柔道家の向きあった姿を描いた看板が三枚、飾られている。

「柔道家は姿三五郎六段。誰もが知っている姿六段。ボクサーの名はガストン・ボナパルト。これまた有名」

学生アルバイトらしい呼びこみの青年はでまかせに口上をのべながら、折戸と貴和子に、

「入りませんかァ」

「どうせインチキ試合でしょうが、見ていきましょうか」

彼は貴和子の腕を持ったまま、左手で金を出し、木戸銭を払った。

急づくりの小屋は真中にマットをしき、そのまわりを縄でかこんでリングを作り、見

物人はチクチクとする筵《むしろ》の上に坐《すわ》らされた。まだ混《こ》んでいなかったので、折戸と貴和子は縄のそばのマットに近いところに場所をとれた。

「ひどい席だな。痛くありませんか。足が」

「わたしは大丈夫。たのしいわ」

彼女はさっき貰《もら》ったビニールの袋を大事そうにぶらさげていた。

「死なないかしら」

「大丈夫ですよ。死んだら、また、とってあげます」

客席に三分の二ほど客が入った時、長い間、鳴っていたベルがとまり、赤い蝶《ちょう》ネクタイに白い上衣《うわぎ》を着た男がマイクを持ってリングの真中にあらわれた。

「お待たせいたしました。お待たせいたしました」

彼は人形のように片手をあげ、

「それでは、ただ今から、世紀の決戦、姿六段と、ボクサー、ガストン・ボナパルトの一本勝負を行います、時間は無制限、相手がギブ・アップをするまで試合は続けます。では選手を御紹介します」

それから二、三度、咳《せき》ばらいをして、

「赤コーナー、日本講道館六段、姿三五郎。青コーナー、元フランス、フライ級五位、ガストン・ボナパルト」

そこだけ、一段と妙な声をはりあげた。

その声に応じて小屋の両側から柔道着を着た日本人と、ガウンをはおった背の高い外人とが駆け出てきた。彼等はリングの真中までくると、蝶ネクタイの男から指示をうけ、左右に別れた。

客席から失笑とも苦笑ともつかぬ声がひろがった。姿という柔道家はとも角、ガウンをパッととったガストンというボクサーは、ひょろりとした貧弱な体で、とても拳闘家《けんとうか》とは思えなかったからである。のみならず、こちらを向いたその顔は馬のように長く、間がぬけていた。

「あれ」

と折戸は首をのばした。

「あいつは……焼芋屋の外人じゃないのか」

そう、いつか、区役所通りで焼芋を売っていた妙な外人、あいつとそっくりだ。いや、おかま帽をかぶったあの男にちがいない。

試合開始のゴングが鳴った。外人が不器用な恰好《かっこう》で柔道家の周りを飛びまわると、客席から、また失笑が起った。

柔道家は相手を摑《つか》まえようとジリジリと進んだ。時々、足払いをかけようとする。外人がジャブを出す。そのジャブが柔道家の顔に一発、二発、あたった。客席の失笑がやんだ。

柔道家は外人の奇妙なダンスのような動きについていけない。彼はむなしく手を出すが相手の上半身が裸なので、つかむところがない。

一発をチンに受けた。柔道家はよろめき、片膝《かたひざ》をついて耐えている。

「ワン、チュー、ツリ、ホー」

赤い蝶ネクタイの司会者はいち早くジャッジにかわって、カウントをとっている。ようやく起きあがった柔道家が頭をふって眩暈《めまい》からさめようとしている時、もう一発をボディブロウの形で腹部に受けた。両手で腹を押えて彼はその苦痛を怺《こら》えた。

「ひどいわ」

と貴和子は思わず顔をそむけた。客席はすっかり静まりかえり、固唾《かたず》をのんでリングを注視している。

「インチキですよ」

と折戸は小声で貴和子に教えた。

「みんな、芝居なんです。今に柔道家がたちなおって勝ちますよ」

折戸の言ったことは本当だった。苦痛を怺えていた柔道家が突然、猛烈な足払いを外人にかけたのである。

バッタが飛ぶようにボクサーの体は宙に浮き、仰向《あおむ》けに転がった。

「そうだ。いいぞ」

客席から大きな野次がとんで、

「やれ、もっと、やれ」

たちあがろうとした外人はふたたび足払いをかけられ、横転した。それを引きずり起して柔道家はみごとな一本背負いで相手をマットに叩きつけた。

「鼻血が出てるけど、あれもインチキですの」

「ええ、そうですよ。血糊《ちのり》を使うんです。ショーです」

折戸にショーだと教えられると貴和子は安心した。今は、苦しげに顔をあげた外人を見て可笑《おか》しくなって、

「随分、芝居がかっているんですね」

「ええ。馬鹿《ばか》な外人だな。もっと、まともなアルバイトを見つければいいのに」

折戸は軽蔑《けいべつ》した眼で投げられては転び、転んでは投げられる外人を眺めていた。

鼻血を流しながらガストンは肩で息をするのがやっとだった。彼はもう立ちあがる気力も体力もないように思えた。

「おい。たてよ」

汗くさい腕をガストンの首にまきつけながら中田が客にわからぬように囁《ささや》いた。

「今度は俺が撲《なぐ》られて、倒れなくちゃ、客は満足しないぜ」

「ふぁーい」

「ふぁーい、じゃねえよ。仕事だぜ。怠けるなよ」

ふらふらと体を左右に動かしながらガストンはたちあがった。もう先ほどのようにジャブを出したり、フット・ワークをする余力は体のなかには残っていなかった。油の切れた風車のように彼はゆっくりと腕を動かすだけだった。中田はわざとその腕にぶつかって、苦痛の表情を装《よそお》ったが、急に彼の体を引張って寝業にもちこんだ。

「どうしたんだ。一体」

「わたくーし、もう、だめ」

ガストンは鼻汁と泪《なみだ》を流しながら遠くなる意識のなかで、病人の頰肉のこけた顔を思いだしていた。ゆるしてくださーい。わたくーし一所懸命しましたです。キミちゃんの着物のお金、つくりたいです。しかし、だめ。もう、だめ。

柔道家はたちあがった。気を失ったガストンはマットの上に長々とのびていた。赤い蝶ネクタイをしめた司会者が駆けよってきて、柔道家の片手をあげた。パチパチとまばらな拍手が客席から起った。

「馬鹿馬鹿しいですね」

折戸は舌打ちをしながら貴和子と顔を見あわせた。

「でも、面白かったわ。あの外人、まだ、寝てるけど」

「芝居気たっぷりだなあ」

彼等は出口に向う客たちにまじって手をとりあった。二人は倖《しあわ》せだった……


日曜日は朝から晴れていた。

その晴れた青空で豆のはじけるような花火の音がした。うちあげられたボールがわれて、なかから小さな落下傘《らっかさん》が三つ、四つゆっくりと歩行者天国で賑《にぎ》わう大通りに舞いおりてくる。アイスクリームをなめていた子供や若い恋人たちが笑い声をあげながら、その落下傘を拾いに走った。

花火の音は勝呂医院の診察室にまで聞えてきた。

太鼓の音もする。もうしばらくすると町内の若い者たちがかつぐ御輿《みこし》も出るだろう。神社の周りには露店がずらりと並んでいる。色とりどりの風船やお面を売る店、飴細工の店、鯛《たい》やきの店、イカを焼く煙。綿あめがどんどん大きくなっていく。

「はぐれるなよ、トシ子」

押しあう人ごみのなかを小さな男の子供が妹の手をしっかり握っている。

「ねえ。あの指輪、買って」

と娘が恋人にたのんだ。

「ガラスの指輪じゃないの」

「いいの。ガラスでも。あなたが買ってくれるなら……」

彼女はキラキラとかがやく指輪の一つ、一つをとりあげて、自分の指にはめてみた。娘にはまるでそれが彼の贈ってくれる婚約指輪のような気がする。祭りの日、だれもが楽しそうに、幸福そうに歩いている。

だが勝呂医院の周りだけは寂しい。通行人の姿も見えない。

勝呂は診察室で尺八を吹いていたが、二階がひどく静かなのに気がついた。病人が眠っている時の静寂とはどこか違う。

そっと二階の階段をのぼった。病室をのぞくと老人はベッドから転げおちて、痩《や》せた両足をむきだしにしたまま、うつぶせに倒れていた。その首から寝巻の紐《ひも》がベッドの一部にくくりつけられていた。

「何をする」

勝呂は声をあげた。震える手でその紐を解いた。老人は白眼をむき、舌を出し、涎《よだれ》であごをぬらしていた。窒息寸前だった。

人工呼吸をした。酸素マスクを病室に運んでおいたのも好運だった。やっと息をふきかえした病人はしばらくすると、

「やめてくれ、死なせてくれ」

といつもの言葉を勝呂にくりかえした。くりかえしながら、また泣きはじめた。

「死なせてくれ。約束じゃないか」

「約束はせん」

「いや、日曜日には死なせてやると、言った」

太鼓の音がまた聞えてくる。この世のなかには祭りのある者と祭りのない者がいるのだ。

「祭りだよ。聞きなさい」

勝呂は老人の手をとり、気持をほかにそらせようとした。そうするより、今は何をしていいのか、わからなかった。

「日曜日だから……キミちゃんも来るぞ。キミちゃんが来る日に、なにも死にいそぐことはないじゃないか」

「キミ子には……先生、もう、会いとうないよ。会うと辛うてねえ」

「だからさ」

「つかれたよ、先生。痛《いと》うて、痛うて、もう、つかれたよ。体がな、包丁でえぐられるようなんだから」

「だから注射をうてば……」

「注射が切れれば、すぐ痛みがくること、先生よう知っとるだに……」

豆のはじけるような花火の音。みんなの歓声。街に御輿が出たのだ。

「見えるか」

父親は子供を肩車してやった。むかし、自分が小さい時、同じようにこの子の祖父から肩車をしてもらって御輿を見たのを思いだしながら。

「綿飴《わたあめ》って、たよりないわね。舌のうえですぐ、なくなるんだもの」

と指輪を買ってもらった娘は恋人に言った。その指輪をはめた手に綿飴の棒を持ち、恋人に寄りかかりながら、人ごみのなかを景気よく上下する御輿を彼女は眺めていた。

「戦争の頃の新宿のことを考えると、夢のようだなあ」

と年輩の男が細君に言った。

「俺はまだ学生だったが、ここが空襲で焼けた頃、何度も通ったことがある。なにもかも無くなってね、一面に焼野が原になっていた。こんなに復興するとはあの時、夢にも思わなかった」

「戦争なんか、もう、とっくに終ったわ」

「でも、俺には、まだ、昨日、今日のような気がする」

老人はまた泣きはじめた。その嗚咽《おえつ》の声を勝呂はもう何年も聞き続けた気がする。そう、彼が副手だった頃、担当させられた施療患者の老婆《ろうば》もこのような声を出して泣いた。空襲で焼けだされたおばはんと呼ばれたこの女は、死んだ時、棺のかわりに蜜柑《みかん》箱につられて雨のなかを運ばれていった。おばはんは彼の最初の患者だったのだ……

泣き声が急に呻《うめ》き声に変った。麻薬が切れて、癌《がん》特有の痛みがまた襲ったのである。普通の患者なら昏酔《こんすい》状態を続けるのに、この老人は心臓が強いせいか、まだ痛みをすぐ感じるのだ。

「痛みがはじまったか。よし、すぐ注射しよう」

彼は病人の寝巻の紐をとりあげると、診察室に注射器とアンプルの箱とを取りにいった。

呻き声と泣き声とは階下まで聞えてくる。この状態があと何日、続くのだろう。恢復《かいふく》の見込みもないのに、ただ苦しむために生きつづけている老人の毎日。それは今の勝呂の人生に似ていた。

「死なせてくれえ」

老人の声はまだ耳に残っている。あの苦痛からすべて解放してやるためには麻薬を多量にうてばいいのだ。そして昏酔させたまま、死なせてやる。

勝呂は注射針とアンプルとを持って病室に戻った。三日ほど前から彼はモルヒネのほかノボカインも使っていた。むき出しの細い足を両手でかかえ、老人は体を折って泣き声と呻き声とをあげていた。

「よし、よし、注射だ。注射だ」

彼は老人の枯木のような腕に針をさした。もう何十本もの注射や栄養剤とリンゲルの点滴でその腕の皮膚は固く、しこっている。太鼓の音や街のざわめきが、開いた窓から伝わってくる。祭りを楽しめる人間たちがいる時、そこに近よれぬ自分やこの老人。勝呂は注射針をじっと見つめた。注射針の先は鋭く、光っている。黒い血のついた脱脂綿からはアルコールの臭《にお》いが漂ってきた。すべてがあの捕虜に麻酔をうった日と同じだった。

「わかったよ」

と勝呂はくたびれた声で老人に語りかけた。

「約束は日曜だったな。忘れてはおらん。楽にしてやるぞ。いつまでも……」

呻き声は次第に小さくなり、

「約束だ、先生」

という低いくりかえしの声にかわった。

「ああ」

と勝呂はうなずいた。

「死なせてやるよ」

人々の笑い声のなかでガストンはなげ飛ばされ、足ばらいをかけられていた。転ぶと中田は荒々しく彼を引きずりあげ、背負い投げをくらわせた。

「本気でやっているのかしら」

と指輪を買ってもらった娘は恋人にこわそうにたずねた。恋人の青年は昨夜の折戸と同じように嘲笑《ちようしよう》を頬にうかべながら、

「ショーにきまっているよ。プロレスと同じなんだ」

「じゃ、痛くないの。あの外人」

「痛くないさ。わざと大袈裟《おおげさ》に顔をしかめたり、苦しそうにしているんだよ。ピエロ役なんだから。あいつは」

ピエロはもう疲れきっていた。早く、この三回目の試合を終えてもらいたかった。しかし三十分は試合を続けることが二万円の報酬の条件になっていた。

「どうしたんだ。俺にむかってこないと、困るじゃないか」

羽交締めの恰好《かつこう》をしながら中田はガストンを叱《しか》った。

ショーだと教えられた娘は安心して笑いをうかべた。ピエロ役の外人が間のぬけたその顔を汗と涎とでぬらし、烈《はげ》しく、くるしげに肩で息をしているのも芝居だと思った。

勝呂は二本目のアンプルを切って注射針をその中に入れた。貧しい、あわれな病人たちを救うため彼は、医者になった筈《はず》だった。しかしその彼が今日までしたことのなかには、生れたばかりの生命《いのち》を消すことも含まれていた。それだけではなく、彼は生きた捕虜を手術室で殺す手伝いさえしたのだった……

「もう、すぐ……」と勝呂は呟《つぶや》いた。

「もうすぐ……」

もうすぐ、すべてが終る。

花火がまた鳴っている。うちあげられたボールが割れて、落下傘が二つ、三つ、ゆっくりと舞いおりてくる。もうすぐ、すべてが終る。勝呂は注射し終ると、聴診器を耳につけ、老人の心臓の鼓動をたしかめた。冷静に、静かな心でその死を待った……

何分かが過ぎた。にもかかわらず、その何分かは勝呂に長い、長い時間のように思えた。彼は今、一人の患者を殺そうとしていた。その老人を希望のない人生や無意味な苦痛から解放してやるためとは言え、それはひとつの命を彼の手で消すことだった。

すべては三十年前と同じだった。あの時、捕虜は彼や医局の連中にかこまれて手術台の上に仰向けになっていた。捕虜は日本製のメリヤス・シャツを着て、その破れ目から栗色《くりいろ》の胸毛をみせていた。

彼の先輩で浅井という助手が麻酔マスクを捕虜の顔にのせ、綿と油紙とを重ね、エーテルの液体をたらした。捕虜が左右に顔をふってマスクをはずそうとすると、二人の看護婦がのしかかるように手術バンドでその足と体を縛った。第一期《グラード》、という声がした。犬の遠吠《とおぼ》えのような呻き声が、長く、途切れ途切れにマスクの下から洩《も》れる。浅井助手は懐中電燈で捕虜の瞳孔《どうこう》を調べている。角膜反射がその瞳孔から消えた時、捕虜は既に生命の半分を失っていたのだ。

勝呂は老人の胸に聴診器をあてた。窓の向うから太鼓の音がひびいてくる。老人の心臓の音は力を失っているが、まだ耳のなかに伝わってくる。病人はまだ死んではいなかった……

三本目のアンプルを勝呂は震える手で切りはじめた。突然彼は、言いようのない怖ろしさを感じた。二本目の注射をする時、なぜか心は平静だった。だが今、三本目の注射をその腕に打とうとしながら、勝呂は自分が永遠に地獄に——もし地獄というものが存在するならば——行くにちがいない人間だと思った。

「やめなさい」

とひとつの声が耳もとで必死になって彼をとめていた。その声は彼には誰のものか、わからなかった。ひょっとすると、それはあのガストンの声かもしれなかった。

「それ、いけない。そのこと、いけない」

「しかし、こうせねば、この病人はもっと苦しむんだから。私はその苦しみを見ておれんのだ」

「オー・ノン、ノン。お爺《じい》さん、わたくーしの友だち。どうぞ、殺さないでください。どうぞ、殺さないでくだ……」

勝呂は声を追い払うように首をふり、注射針を直角に、強く、老人の腕に突き入れた。オー・ノン、ノン。ガストンの悲鳴にも似た泣き声が耳に聞えた。わたくーしの友だちを、殺さないでください。おねがいしまーす。おねがいしまーす。そのまま注射針を膝《ひざ》においた。勝呂の禿《は》げた額には汗がういていた。すべてが消える瞬間を。じっと待っていた。すべてが終る瞬間を。

「好きよ」

指輪を買ってもらった娘は恋人の手をしっかり握りしめながら彼に聞えぬよう心のなかで呟いた。

(好きよ。ケン坊のこと、わたし、本当に好きなんだから。いつも考えているんだから)

聴診器には年寄りの心臓の音はもう伝わらなくなった。口をあけ、うすく眼を開き、万歳でもするように両手を頭のほうにあげた老人は呻き声も泣き声も口からもう洩《も》らさなかった。この一カ月の長い苦痛から今、やっと解放されたのだ。

身じろがぬ遺体にむかって勝呂は手をあわせた。彼は神も仏も信じてはいなかったが、老人に別れを告げるために手をあわせた。あとはこの老人にせめて新しい寝巻を着がえさせてやり、枕元《まくらもと》に花の一本、線香の一本も立ててやりたかった。

彼は病室を出て、ゆっくり階段をおりた。日曜日だが、どこかの店が開いているにちがいない。

　診察室に入って机の引出しから財布を出そうとした時、突然、釘《くぎ》を打ちこまれたような頭痛に襲われた。血圧が今、急激にあがったのだ。

　彼は歯を食いしばり、その痛みを怺《こら》えた。そして波が引くようにその頭痛が退《ひ》いていくのをじっと待っていた。

「ひとつ」と彼は数えた。「ふたーつ。みっつ」

　いつもなら十か十五を数えるころに、この頭痛は和らいでいく筈だった。眼をとじ、首をもんだ。

「先生」

　彼はその声に頭をあげた。診察室の入口にいつか、始めてここに来た時のように膝っ小僧を出してキミ子が立っていた。

「先生、どうかしたんですか」

「いや。何でもない」

「お祭りなんですね、新宿は。お爺ちゃんの部屋に行っていいですか」

　勝呂は黙って首をふった。キミ子は急に不安そうに、

「お爺ちゃん、悪いんですか」

　とたずねた。

嘘《うそ》はつけなかった。しかし嘘をつかねばならなかった。この娘にすべてを理解させ、納得させることはむつかしかった。それは人間の、どうにもならぬ悲哀について教えることだったが、勝呂はその方法《すべ》を知らなかった。

「お爺ちゃんはそんなに悪いんですか」

「ああ」

「死ぬんですか。お爺ちゃんは……。先生は治ると言ったのに……」

大粒の泪がこの娘の眼からポロ、ポロとこぼれはじめた。

「先生は治ると言ったのに。ね、そう、言ったでしょ。温泉にも行けるって」

勝呂は自分が嘘を言ったことを憶《おぼ》えていた。この娘を一瞬でも悦《よろこ》ばせてやるために、嘘を言わざるをえなかったのだ。

「だから……治して。先生。お願い」

彼は二階に横たわっている老人の遺体を思いうかべた。あのみじめな光景をこの娘に見せるわけにはいかなかった。彼女の眼にふれる前に、あたらしい寝巻に着がえさせてやり、花を飾っておきたかった。

「キミちゃん」

と彼は引出しの財布をとりだして、低い声でたのんだ。

「お爺ちゃんの着がえの寝巻がなくなっている。新しいのを買ってきてくれんか」

「わたくし、今日、洗濯したのを持ってきてます」

「いいんだ。これは私が買《こ》うてあげるんだから。それから……病室が陰気だといかん。花もついでに探してきてもらえんとね」

彼がさしだした一万円札をキミ子はオズオズと受けとって、

「すみません、今、行ってきます」

そしてくるりとうしろを向いて診察室を出る時、彼女はもう一度、

「先生。お爺ちゃんを治して」

と叫んだ。

彼女の姿が見えなくなると、医院のなかは静寂になった。太鼓の音や祭りのざわめきは相変らず伝わってきたけれども、この静寂はそんな雑音とは関係のない静寂だった。勝呂はこの医院に自分とあの死体しかないことをはっきりと感じた。この静かさはひょっとすると死体のまわりの沈黙が少しずつ拡《ひろ》がり、医院全体を包んだためではないかと思われた。その静寂のなかで勝呂は一人ぽっちだった。彼はもう自分が救われない人間になってしまった、と思った。

なぜか知らぬが、嗤《わら》いが咽喉《のど》からこみあげてきた。自分の殺した死体と二人っきりで、祭りの日曜日、この医院のなかでじっと腰かけている。五十数年の人生のあと、自分がたどりついたものは、結局、これだったのだと勝呂は可笑《おか》しかったのだ。

キミ子は大粒の泪《なみだ》をポロポロと頰にこぼしながら祭りの街を歩いた。今日はどの商店もしまっている。デパートまで行くより仕方なかった。

区役所通りを真直《まつす》ぐのぼると、太鼓の音がひびいてきた。たくさんの人々が表通りに集まっている。警官が要所、要所にたち、笛をふいて御輿《みこし》が通りすぎるまで交通規制を行なっている。

(治ると言ったのに。温泉にも行けると言ったのに)

彼女は泪を掌《てのひら》でふきながら、この言葉を心にくりかえして人ごみの背後にたった。御輿は今、通過するところだった。若い衆たちは自棄糞《やけくそ》な声をあげながら、運動不足の弱い肩には重すぎる御輿を上下にゆらしていた。胸に晒《さらし》をまいた女の子もその周りでかけ声をあげていた。

ポカンと口をあけ、その女の子たちの肉づきのいい胸に見惚《みと》れていた山崎と林とは、すぐそばで、しゃくりあげるように泣いている一人の娘に気がついた。

(あれェ、こりゃ面白いぜ)

林に眼くばせをして、山崎はそばに寄ると、

「どうしたの」

猫なで声をだした。

「どうしたのさ」

泪をいっぱいためた眼でキミ子は二人の学生に、

「ここ、通れないんでしょうか。買いものをしたいんです」

「一寸《ちょっと》、駄目だよなァ。なに、探してるんだ」

「寝巻と花とです」

「寝巻と花？　あんたのもの？　じゃ、可愛《かわい》いネグリジェのほうがいいじゃないのか。スケてみえるのなんて悪くないぜ」

「わたしのじゃないんです。お爺ちゃんのです。病気で入院しているもんですから」

「ふうん」

指をポキポキならしながら山崎はキミ子を見つめた。こいつ、まだ、まったく男を知らぬ小娘だな。いっぱつ、やってやるか。

「花屋と寝巻を売っている店、ないでしょうか」

「こいよ。教えてやっからよ」

山崎と林とはキミ子を両側からはさむようにして歩きはじめた。

「お爺ちゃん、どこが悪いんだい」

「胃です」

「ふうん。それで、君が看病してるのか」

「日曜日しか来れないんです。わたし、働いているから」

「立派だなァ。ぼくちゃん、感心ちまちたよ」と林はニヤニヤ笑って、「じゃ日曜日によ、その医院に行けばよ、君に会えるわけか。医院って近くかい」

「ええ、ここをずっとおりたところの勝呂医院です」

林と山崎とはギクッとしたように顔を見あわせ、足をとめた。

「今、なんて言った？　病院の名」

「勝呂医院ですけど」

「そこの医者……顔色のわるい、頭の禿げあがった男だろ」

「そうですけど」

とキミ子はふしぎそうに、

「どうか、したんですか」

「どうも、こうもないぜ。その医者。人殺しなんだぜ。俺たち、ちゃんと知ってんだ。そいつあ、むかしアメ公の捕虜をよ、生きたまま解剖して戦犯になった医者だぜ」

びっくりしてキミ子は二人の顔を見あげた。

「ちがいます。先生はそんな人じゃ、ありません」

「なんにも知らねえんだなァ。そればかりじゃねえよ、俺な」

林があることを言いかけようとすると、山崎は眼で仲間を抑えた。このナオン、怯《おび》えているぜ。もうおどかすなよ。こわがって逃げるじゃねえか。と彼は林に耳うちをした。

「呉服屋はこの右を曲ったところにあるから、行ってこいよ。俺たち、ここで待ってるからよ」

キミ子は急いで教えられた方向に歩いた。親切そうにみえた二人の学生が、急にこわくなったからである。あの先生が人を殺したなどとはとても信じられなかった。

ネルの寝巻をやっと手に入れ、彼女は彼等の待っている方向とは反対側に姿を消した。

医院に戻ると、勝呂はまだ一人、診察室に腰をかけていた。

「花は買えなかったんです。どの店もお祭りでしまっていたんです」

「いいよ。夕方になれば店は開くだろう。私が買ってくるよ」

「お爺ちゃんは」

「眠っているさ。少し安静にしておいたほうがいい。私がいい、と言うまでは二階に行かず、ここで待っていなさい」

勝呂は寝巻を受けとると、それを持って自分だけ階段をのぼろうとした。老人の遺体をみじめなままで孫娘には見せたくなかった。キミ子が買物に行っている間、彼は遺体をふいてやり、口と鼻とに綿を入れておいた。

「先生」

と背後からキミ子が言った。

「イヤな人にあいました」

「どこで」

「買物に行く途中で。学生さんみたいな人たちでしたけど、先生の悪口、言うんです」

「どんな」

黙っているキミ子を見て、勝呂は彼女が何を耳にしたかを理解した。

「私にはね、色々な噂《うわさ》があるさ」

病室に入ると仰向けになった老人は手を胸においたまま、少し白眼をあけていた。その眼をとじてやり、よごれた寝巻をネルの新品に着かえさせてやった。

たった二時間前には、呻《うめ》き声をたてていた病人がもう身じろがぬ。すべての苦しみから解放された筈《はず》なのに眉《まゆ》の間に、ほのかな翳《かげ》がある。そのために品のよい年寄りの顔にさえ見える。

布団《ふとん》を遺体にかけると、勝呂は周りをみまわした。窓から流れこむ陽が畳にあたり、その畳に血のついた小さな脱脂綿がひとつ落ちていた。さっき、うった最後の注射に使った脱脂綿である。この血は老人の血管から出た最後の血だった。勝呂は、その脱脂綿をひろいあげ、診察着のポケットに入れた。

ゆっくりと、階段を軋《きし》ませながら廊下におりた。キミ子は待合室の椅子《いす》に腰をかけて、月おくれの芸能週刊誌を読んでいた。ひらいた頁《ページ》に郷ひろみの大きなグラビヤがのぞいている。

「キミちゃん」

と勝呂はかすれた声で言った。

「二階にあがってもいいよ」

気絶したガストンは中田と蝶《ちょう》ネクタイをしめた司会者の手で小屋の奥に運ばれてきた。

「少し、手荒く、やりすぎたかな」

中田は首をかしげた。

「いいさ。最後の回だから迫力つけなきゃ。客も悦《よろこ》んでいたじゃないか」

と司会者は筵《むしろ》の上にガストンを寝かせて、

「だらしねえ外人だな。小便、もらしてやがる」

「いつも、こうなんだ。尻《しり》ぐせ、悪いよ」

中田はガストンの上半身を抱きおこすと膝《ひざ》をその背中にあてて、ウッと力を入れた。

鳩《はと》が豆鉄砲をくらったような顔をしてガストンは息を吹きかえした。

「気がついたか」

「ここ、どこ。どこ、ここ」

「小屋だよ。あんた、気を失ったんだ。わるかったな。最後の回だから、思い切り叩《たた》きつけたのが悪かった」

「痛い。痛い」

「なんだ。この野郎。もう大丈夫だと思ったら、急に泣きごと言いやがって」

「わたくーし。骨、折れた。痛い、痛い」

「折れてなんか、いねえよ。安心しろ。歩けるんだろ」

「金、いつ、くれるか」

ガストンはキョロ、キョロとあたりを見まわし、顔をしかめて立ちあがった。

「金、金、言うなよ」

と蝶ネクタイをしめた司会者は、

「今から事務所に行けば、ボスが払ってくれるからよ。行ってこいよ。まァ、御苦労さん」

ガストンは立ちあがったが足がよろめいた。彼は片手で小屋の柱につかまりながら、その足を引摺《ひきず》ってやっと外に出た。

「あっ、拳闘家《けんとうか》じゃないか」

小屋の外にむらがっていた子供たちが叫んだ。

「こいつ、いつも負けるんだぜ。負けるために雇われてんだ」

したり顔で小学生がガストンを指さして言った。

日は既に暮れかかっていた。祭りはもう終ろうとしている。綿飴《わたあめ》屋も焼いか屋も店をたたみはじめ、お面や風船を売っていた老婆《ろうば》は店ごと既に姿を消していた。客の散らしたゴミや紙が風に吹かれて舞いあがっていた。祭りのあとは人生に似てわびしく哀《かな》しかった。

ガストンはパチンコ屋の玉の音を聞きながら事務所にのぼった。相変らず二人の男が向いあって将棋を戦わせていた。

「終ったのか」

歩《ふ》を動かしながらその一人がガストンに声をかけた。

「社長から、あずかっているぜ」

あごで机の上の封筒を示すと、彼は、

「受け取りに拇印《ぼいん》を押しておけよ」

と言った。

「ふぁーい」

そう答えて封筒のなかみを調べたガストンは、

「五千円、たりませんです」

「馬鹿《ばか》。パンツや靴の貸料を差引いてあるんだ。あたり前だろ。それに洗濯代もある」

「洗濯代？　なに、それ、ありますか」

「お前、撲られるたびに小便、もらしたじゃないか」

「ふぁーい」

「だからその洗濯代だ」

情けない顔をしてガストンは封筒をもぞもぞとポケットに入れると、

「二千円、まけないか」

「駄目だ。拇印を押したら帰れ。指で判をつくんだよ。日本語をもっと勉強しな」

追いだされるようにガストンが事務所を出た時は、灯が街にともる時刻だった。もう朝からなっていた太鼓の音も、豆のはじけるような花火の響きも、御輿のかけ声も、群集のざわめきも聞えなかった。祭りはまったく終り、日曜日の新宿の空虚さと静かさが戻っていた。

封筒の金をみてガストンは病人の笑う顔を思った。これでキミちゃんのキモノを買い、病人の枕《まくら》もとにそっとおいてやる。眼をさまして年寄りはびっくりするだろう。それがキミちゃんのためのキモノだと知ったら、病人はあのゴマ塩まじりの不精髭《ひげ》をはやした口をもぐもぐさせて嬉《うれ》しがるにちがいない。

ひとが倖《しあわ》せな顔をしている時ほど、ガストンにも幸福な瞬間はなかった。ひとが哀しい、暗い顔をしている時ほど、彼が辛《つら》い時はなかった。彼は子供たちの暗い顔をあかるくするために村から村へ、町から町へと歩きまわる道化師に似ていた……

ガストンはショーウインドーの前をうろうろとしながら、いつかの女店員の姿を探した。

「あら、あの外人がまた、来ているわ」

と同僚の一人が目ざとくガストンの姿をみつけて、彼女に教えた。

「よほど、日本の着物がほしいのね」

女店員はたちあがって店の外に出た。外人の眼のあたりは何かで撲《なぐ》られたように黒くなっていて、その上、唇のあたりに血がついていた。

「まァ」

とびっくりして、彼女は言った。

「転んだんですか」

「だいじょうび。何もないのこと」

ガストンはその血のついた唇をなめながら首をふると、

「わたくーしは、お金、もてきました。あのきもの、まだ、ありますか」

「小紋ですわね。ちゃんと、ございますわ」

彼女はガストンを店内に入れると、同僚に手伝ってもらって、いくつかの小紋をガストンにみせた。

「これ、きもの、ない。まだ、きれいだけ」

「仕立てるんですの。でないと体に合わないでしょ。いくつぐらいの方へプレゼントするんですか。恋人の方？」

女店員は悪戯《いたずら》っぽい目をしてニコリと笑った。恋人かとたずねられてガストンは、

「オー、ノン、ノン」

間のぬけた顔をあわてててふると、

「こえびと、ない。ともだーち」

「おいくつですの」

「まだ子供のひと。十六か、十七か。わたくーし、わかりませんです」

「十六歳ぐらいなら、この柄がいいと思いますけど。三万円でございますが……」

ポケットから、くしゃ、くしゃ、くしゃになった一万円札をだしてガストンは、

「いちまい、にまい、さんまい」

お金を女店員にわたした。

袋のなかに品物を入れてもらうと、彼は、

「ありがと、ありがと」

と言って女店員やその同僚たちにペコペコと頭をさげた。

幸福だった。病人が顔をくしゃくしゃにして悦ぶ姿や、この袋のなかを覗《のぞ》いてキミちゃんが声をあげる光景がもう彼のまぶたに、ありありと浮んでいた。

せとは　ひくれて
ゆうやき　こやき

紙袋をふりながら、彼は小声でこの唄《うた》を歌った。一番、好きな日本の唄であり、心たのしい時、彼の口からいつも出るのである。彼は残った五千円を何に使おうかと思った。ひさしぶりに腹いっぱい、何かを食べたかった。

彼が勝呂医院の玄関に入った時、なぜか灯がついていなかった。足音をしのばせて待合室をぬけ、診察室を覗くと、勝呂が椅子に腰かけ、頭を右手で支えながら、じっとうつむいていた。灰色のその影はガストンの眼にひどく孤独で、辛そうにうつった。

「もし、もし」

遠慮して彼はひくい声をかけた。

「もし、もし」

勝呂は顔をあげたが泪《なみだ》がその頰を伝わっているのが見えた。

「ああ」

と医者はガストンを見て、うなずいた。

なぜ、泣いているのかと訊《たず》ねかけ、ガストンはその言葉を飲みこんだ。誰かが泣いたり、不幸な者を見るたび、ガストンの心は錐《きり》で刺されたように痛んだ。

「キミちゃん、きましたか」

「二階に……」と勝呂はうつむいたまま答えた。「二階にいるよ」

「行《い》ていいか、わたし」

医師は返事をしなかった。うつむいたまま、膝《ひざ》の上に両指を組んで身じろがない。

なにか、すべてが変だった。なにかがこの医院で起ったような気がした。

不安にかられたガストンは一歩、二歩と、診察室から後退すると、足音をしのばせて階段をのぼりはじめた。

すすり泣きが聞える。あれはキミちゃんのすすり泣きだ。病室にも灯がついていない。

ガストンは立ちどまり、病室をそっと覗きこんだ。ベッドの上に上半身、うつ伏せになってキミちゃんは泣いていた。

「キミちゃん」

しかし彼女はガストンの声が聞えなかったのか、そのままの姿勢で動かない。灯のついていない病室には既に夕闇《ゆうやみ》がしのびこみ、路《みち》に面した窓だけが乳色にみえる。路では子供が唄を歌っている。

「キミちゃん」

とガストンはもう一度、声をかけた。声をかけた途端、さっきから胸に浮びあがっていた不安がもっと強く、もっと烈しく、胸をしめつけた。怖《おそ》れていたものが、今、現実になったことに気がついたのである。

「キミちゃん」

彼は大声で叫んだ。

「オー、ノン、ノン、ノン」

そして、必死で抵抗するように首をふると、

「セ、パ、ポシイブル。セ、パ、ポシイブル」

とくりかえした。キミ子はキミ子で、突然、ベッドから上半身を起し、ガストンのそばをすりぬけ、階段を駆けおりていった。

病室は静かになった。夕闇のなかでガストンは紙袋を手にぶらさげたまま、茫然《ぼうぜん》と遺体を見おろした。老人がもう助からぬことは勝呂医師から知らされてはいたものの、考えていたより、もっと早く、その死はやってきたのだ。着物を見せ、あの肉のおちた、髭だらけの顔を笑わせてやることもできなくなった。体中の力がぬけたように、彼は畳の上にヘタヘタと坐《すわ》りこんだ。

「かわいそう」

かわいそうという言葉を呟《つぶや》きながら、頭を両手でかかえた。病人も可哀想《かわいそう》だったし、キミちゃんも可哀想だった。診察室の椅子にうなだれて腰をかけていた勝呂医師も可哀

想だった。悲しさは彼が今日まで歩いてきたどんな場所にもあふれていた。その悲しみにたいし、彼は、何をすることもできなかった。彼はいつも失敗《しく》じり、ヘマをやり、大切な時間に遅れた。もう一日、早く、この着物を老人に見せてやることができたら、どんなに良かっただろう。

「灯をつけていいかね」

背後で、いつ、階段をのぼってきたのか、勝呂がたっていた。真暗だった部屋に灯がついた時、仰向《あおむ》けに眼をとじた老人の顔の白さがガストンの眼にまずとびこんだ。

「死んだのはお昼すぎだよ。祭りの最中で御輿《みこし》が出た頃だが……」

勝呂はあの時、窓の外から聞えてきた太鼓の音や街のざわめきを思いだしながら、

「そう苦しまないで……息を引きとった筈《はず》だ」

とガストンに教えた。

「考えてみると……これで、もう、病人は苦しむこともなか。生きておれば、本当はもう、四、五日は辛かったろうが……」

医師は壁にもたれたまま、その言葉をまるで自分に言いきかせるように呟《つぶや》いた。

「わたしが……注射で殺した」

ガストンはふりむいて勝呂の顔をキョトンと眺めた。今、耳にしたその言葉の意味を彼はつかめないようだった。

「わかるかね。私の言っとることが」

「ふぁーい。わかりません」

「私が……病人を……注射で殺したんだよ」

恐怖の色がガストンの眼に走った。間のぬけたその顔がゆがんで、

「うそ」

「嘘《うそ》じゃない。しかしキミちゃんには黙っていなさい。あの子は今、外に走って出ていったが……」

「なぜ？　プルクワ？　なぜ」

「病人がね、そうしてくれと、毎日、私にたのんでいた。生きていても辛いだけで、苦しゅうて……みんなの迷惑になるだけだと。私にはよく、わかる。私にはよく、わかったからね……」

医師は壁にもたれたまま、眼をとじた。彼にはよく、わかっていた。生きていることが辛く、苦しく、住むべき場所もないことを。あの町の寺の屋根で鳩《はと》が寒そうに体をすり寄せていた。あれは彼が民主主義の名のもとにその町を追われた日だった。雨が降っていた……

「あの年寄りを救ってやるには……その頼みを聞いてやるより仕方なかった」

「でも……わたくーしは、このキモノ、買《か》ってきました。お爺《じい》さん……これ見たら、笑う

こと、ありました。キミちゃん、笑うことありました」

「人がもう一人の人間を救うことなど、できるかね。そんなことは、できはせん。私は人間ば救うため、医者になった男だが……この五十年でやったことは……人間ば殺すことだけだった……」

勝呂の顔色のわるいむくんだ顔にひとすじの泪《なみだ》が伝わった。泪を眼に光らせながら、彼は自分が手術室で殺した、たくさんの生命を考えた。愛からではなく憐憫《れんびん》のために。彼もまた、夕暮、かくれるように自分をたずねてきた寂しげな女の頼みを拒むことができなかった。だが憐憫は彼の肩に重い荷をいつも背負わせた。

「私も……もう、疲れたよ」

医師はガストンの背中ごしに蠟《ろう》のような色に変った遺体の顔を見おろした。彼はむしろこの顔が羨《うらや》ましかった。それはもう生きるために苦しまないでもいい顔だった。すべての重荷から解放された顔だった。

「かわいそう……」

突然、ガストンの口から吐息のようにこの言葉が洩《も》れた。

「可哀想かな？」

勝呂は首をふって、

「お爺ちゃんはもう可哀想じゃなかだろう、今は……しずかに眠れたんだから」

「いいえ。先生のこと。かわいそう」

「私が？」

　おどろいた医師は思わず苦笑した。

「私が可哀想かね、私は同情ばしてもらう人間じゃなかよ。それに……そんなセンチな同情はあまり好かん。キミちゃんが戻ったら葬式の準備もせねばならん。私は下におるよ」

　ガストンをそこに残して、階段を一歩、一歩おりながら勝呂はすべてが片附いた時、自分がなすべき最後のことを考えていた。

　電信柱にもたれてキミ子はせつなげに泣いた。時々、そばを通行人が怪訝《けげん》そうにその姿を見て通りすぎていった。

（必ず治ると言ったのに。治って温泉に行けると言ったのに……）

　少し泣けば悲しみも鎮まることを彼女は知っていた。自分はお爺ちゃんの後始末をせねばならぬ、ただ一人の親類だから、早く落ちつかねばならぬと思った。

　誰かに肩をさわられた。さっきの二人の男たちだった。

「俺だよ。憶《おぼ》えてんだろ。なぜ泣いてるんだい」

　林と山崎とは眼を見あわせてから、

「お爺ちゃん……パア、だったのか」

キミ子が両手を顔にあてたまま黙っていると、

「な、死んだのか。言うてみろよ」

とくりかえして、

「死んだ時、あんた、そばにいたのか。つき添っていたのか」

「戻ったら……もう亡《な》くなっていたんです」

指の間からキミ子はかすれ声で答えた。

「すると、あんたが、さっき、買物に行っている間かよ」

「そうなんです。だから、わたし……」

突然、二人の男は恐怖にみちた顔であとずさりすると、さよなら、とも言わず姿を消した。

山崎と林とはガランとした日曜日の裏通りを駆けた。

「やっぱり」

と林が駆けながら言うと、山崎は、

「こりゃ、おめえ、ただごとじゃ、ないぜ」

「殺されたのさ。確実だぜ。どこか、休まねえか。とに角、俺……駆けられねえんだ。肋骨《ろっこつ》にヒビ入ってんだから」

日曜日だし、祭りの日だからゴールド街の大半の店は戸を閉じていた。ただ、あの店だけがなぜか、扉をあけて、なかからテレビの音が聞えた。

麦酒《ビール》をのみながら、そのテレビを見ていたバーテンは突然、駆けこんできた二人の学生に、

「あれ、どうしたの。ハア、ハア、言ってるじゃないの」

「水をくれ。早く」

「水？　誰かに追いかけられたみたいだね。今日は日曜日なのに、俺がここにいるって、よく、わかったねえ。祭りを見物して帰り、一寸《ちょっと》、寄っただけだけど」

林と山崎とはバーテンがさしだしたコップの水を一気に飲みほして、

「殺人だぞ。たしかなんだ」

と叫んだ。

「殺人。どこで」

「医院だよォ。知ってんだろ、区役所通り、真直《まっす》ぐおりたところのサ。勝呂医院」

「知ってるよ」

バーテンはあわててテレビを消した。好奇心を顔いっぱいにあらわして、

「警察、もう、来てるの」

「そんなんじゃないんだ。俺たちだけが知ってるんだ」

「殺されたのは誰？　医者」

「医者じゃねえよ。医者が患者を殺したんだ……」

ようやく気の落ちついた山崎は、バーテンが飲んでいた麦酒の瓶《びん》を自分のコップに傾けて、

「林が聞いたんだ」

と、友人を顎《あご》で示した。

「な。そうだろ。林、話してみろよ」

「そうさ。本当だぜ」

林は話を引きとって、

「俺、この間、胸を打ってあの医院に山崎と行ったろ。夜、薬をもらいにまた、たずねたんだ。そしたらガランとして待合室に俺一人だったらよ……二階から話し声がしてよ、あの医者と入院患者との声が聞えたんだ。医者が、祭りの日に死なせてやろうって言った声、俺、はっきり耳にしたんだ」

「へえ……」

「まさか、と思ってたよ。でも嘘じゃねえんだから。今日、祭りの日に、その入院患者が死んだんだぜ……」

バーテンは水割りを二つつくって、二人の前においた。

「信じねえのか」

「信じないわけじゃないけど、あまり話が突飛すぎて……」

「突飛か、どうか知らねえけど、本当なんだ」

祭りがまったく終った新宿の裏通りに、ポツ、ポツと雨がふりはじめた。間もなくその雨は霧のように舗道をぬらしはじめた。ポリ・バケツのなかから野良猫《のらねこ》が飛び出て、ゆっくりと姿を消した。

Ⅶ

月曜日の昼すこし前、折戸にH支局から電話があった。この前、出張でH市に出かけた時、世話になった野口からだった。

「明日なあ」

と野口はひどく疲れたような声で、

「東京に行くんだ。よかったら一緒に晩飯を食わないか」

「晩飯ねえ」

明日は退社のあと貴和子とデートをすることになっていた。彼女はその日、フライトがないからである。

「いいよ」

迷惑は迷惑だが断るわけにいかない。Ｈ市の礼を東京で返さねばならない。

「ただ、女の子を一人、同伴してもいいか」

「女の子？　誰だい。それは」

「うん。会った時、話す」

受話器を切ろうとすると、野口は、

「そりゃ、そうと、局長賞、おめでとう、満足だろう」

と皮肉ともつかぬ笑い声をたてた。少し、嫌な気がした。

翌日の昼、野口は社に顔を出したらしいが、その時、こっちは外出中だったので会えなかった。帰社してみると机の上にメモで、

「六時に例の銀寿司《ずし》で待つ、野口」

というメモがおいてあった。例の、という字に点を彼がうったのは、まだ野口が本社にいた頃、その寿司屋で二人がよく飲んだからであろう。

五時半に本藤貴和子と喫茶店で落ちあった。彼女は折戸をみると、手にさげていた袋をみせて、

「これ、お土産です」

と笑った。昨日、北海道までフライトがあったので、ししゃもを買ってきたのだという。

「折戸さん、お酒のみだから、こんなものがいいと思って」

「有難いな」

と折戸は受けとると、

「これから、ぼくは日本全国の名物をたべられる」

とひとり言のように呟《つぶや》いた。

野口の件をあやまると、貴和子は、

「折戸さんのお友だちなら、わたくし会いたいですわ。でも御迷惑じゃなくって？　二人で、男同士の話があるんでしょう」

と泣かせることを口にした。こいつはいい女房になるだろうと折戸は思った。

銀寿司をのぞくと端の椅子《いす》で背をまるめた男が一人、飲んでいた。野口だった。そのまるめた背に、くたびれた生活の翳《かげ》があった。ああ、彼は出世街道から、はずれたなと折戸は考えた。机を並べた仲だったが、もう大きな新聞社のなかで彼とこの男との将来には大きな開きができかけていた。

「や、や」

本藤貴和子を紹介すると、野口は恐縮し、中腰になって、幾度も頭をさげた。それか

ら照れたような顔をして、折戸にだけ話しかけ、

「東京に来たのは仕事もあったんだが、可愛《かわい》がっていた甥《おい》が明日、見合いをするんでね。たちあうことになったんだ」

「へえ、あんたが」

「そうなんだよ。柄じゃないんだが、甥にどうしても、と頼まれちゃってね、貿易会社に勤めているんだ。相手は矢野というL大学教授の娘だけれど……」

「矢野さんですか」

と突然、貴和子が驚いたように、

「わたくしの高校時代の同級生なんです」

「へえ、あなたの」

と野口はまるくなったズボンの膝《ひざ》を彼女の方に向けた。

「そりゃ、奇遇だなあ。親しかったのですか。あなたと」

「いいえ。それほど親しくはありませんでしたけど」

「どんなお嬢さんです？」

「温和《おとな》しい人でしたわ」

少し困ったように貴和子は返事して、

「個人的におつき合いはしなかったので」

と言葉を濁した。

「局長賞、おめでとう」

と野口は忘れていたことを思いだしたように杯をあげた。それから、貴和子をチラッと見て、

「お嬢さん、折戸は必ず出世する男ですよ」

とつぶやいた。

食事が終ったあと、野口がまだ飲み足りなそうな顔をしているので新宿に誘った。学生時代から折戸はこの街に馴《な》れているせいか、ほかの場所で飲む気にはなれない。すましたような銀座や、なにか埃《ほこり》っぽい渋谷では落ちつかないのである。六本木や赤坂は勿論《もちろん》、彼の趣味に合わなかった。

酔いが心地よいせいか、新宿の灯が見えはじめると折戸の心は浮き浮きとした。助手席では野口が懐《なつ》かしげに窓から外を見ている。

「久しぶりだなあ。東京の灯も」

と彼は溜息《ためいき》と共にそんな言葉をつぶやいた。

折戸は貴和子の手をとって、指と指とをからませていた。貴和子がその指にぐっと力を入れて応じてくれた。倖《しあわ》せだった。

新宿についていつもの店の扉を押すと若いサラリーマンが二人、飲んでいた。

「いらっしゃい」

とバーテンが野口をみて、

「あれ、東京に戻ってきたんですか」

とたずねた。むかし、野口もこの店に四、五度、来たことがあったからである。

「出張さ。俺のこと、憶《おぼ》えていてくれたのか」

と野口も上機嫌で、

「それにこいつがね、局長賞とりやがったろ。だから祝いに駆けつけたんだよ」

「へえ。折戸さん、そんな賞もらったんですか。ちっとも知らなかった」

バーテンは気をきかして水割りを三つ作ると、

「これ、ぼくのサービスです。折戸さんのお祝いです」

と言った。二人のサラリーマンがこちらをチラッと見て羨《うらや》ましそうな顔をした。

「折戸のために乾杯」

「いや、H市では君に色々、世話になったからな。君が仲介をとってくれなければ、あの医者のことは書けなかったよ」

それから折戸は少し声をひそめて、

「その医者ねえ。この近所で開業しているんだよ」

と野口に教えた。

コップをみがきながらバーテンはその会話を聞いていたが、やがてサラリーマンたちが勘定をすませて店を出ていくと、

「折戸さん」

と急に真面目《まじめ》な顔をした。

「折戸さん。その医者のことなんですがね」

「うん」

「妙なことを聞いたんです、ぼく」

「妙なことって？」

「昨日、祭りだったでしょ。ぼくはそれを見物して、この店で休んでいたら、山ちゃんと林ちゃんがあらわれて」

「例のバカ学生たちかい」

「ええ。それで……あの医者が患者を殺したんじゃないかって……」

バーテンは昨日の出来事の一部始終を説明した。話しおわると、しばらくの間、沈黙がつづいた。

「馬鹿《ばか》だな」

と野口がコップを両手にかかえて、

「確証がないじゃないか。相手がむかし生体実験をやった男だから、と言って、あまり色眼鏡で見るのは良くないぞ」

　とバーテンをたしなめた。

「でもねえ、そういう医者なら、やりかねないんじゃないですか」

　バーテンは折戸に助けを求めた。

「林ちゃんは、医者が二階で患者に言っている言葉を聞いているんですよ。お祭りの日に死なせてやるって、そうはっきり言っていたんですから」

「なあ、折戸」

　と野口は自分の友人に、

「もう、そっとしておいてやろうよな。可哀想《かわいそう》じゃないか」

「ああ、可哀想だよ、しかし、あの記事に関する限りぼくだってその当人個人を糾弾したんじゃないんだ」と折戸は反駁《はんばく》した。「当人の意識に代表される日本の民主主義の不完全性を分析したんだ」

「むつかしい言葉をやたらに使うなよ。その医者だって過去にたっぷり、罰せられたんだし……もう充分じゃないか」

「そうかなあ」

　と折戸は貴和子がそばにいる前で野口に負けたくはなかった。

「充分とは思わないよ。そんな甘い許しかたが、今日、日本にふたたび戦犯政治家たちをのさばらせたんだろ」

「それとこれとは次元が違うよ」

「違わないね。同じさ。戦犯政治家が過去についてまったく罪の意識がないように、あの医者も平然としていたよ。あんな生体実験をやったのも、自分の意志だったとか、疲れていたから参加したと、平気でぼくに言ったんだ」

「しかしねえ。三十分や一時間のインタヴューでそんなに人間の心がわかるのかなあ。その医者だって半生、苦しんできたことを、半時間そこそこで話せる筈《はず》はないだろ」

野口のこの言葉は折戸の自尊心を傷つけた。彼は野口が自分の局長賞にケチをつけたのだと思った。

「俺はなにも心まで見抜こうと思わないよ」と彼は開きなおった。「別に記者は小説家でも神さまでもないんだからな。ぼくたち記者はその当人の発言をそのまま書くのが仕事だろ」

「しかし、言葉にはそのニュアンスや雰囲気《ふんいき》があるさ。君は少し人間を単純に割り切りすぎているんじゃないのかね。正義という名のもとで」

「どう言う意味だい」

と折戸は顔をこわばらせた。野口はウイスキーをあおりながら、

「どういう意味って……絶対的な正義なんてこの社会にないということさ。戦争と戦後とのおかげで、ぼくたちは、どんな正しい考えも、限界を越えると悪になることを、たっぷり知らされたじゃないか。君があの記事を書く。それは君にとって正しいかもしれない。しかし、君はそのためにあの医者がこの新宿の人々からどんな眼で今後、見られるか考えたかい」

「ぼくは彼の名を出さなかった筈ですがねえ」

「馬鹿、言っちゃいけないよ。現にこのバーテン君だって、その医者がもう誰か、知っているじゃないか」

「でもねえ、そんなことを言ったら、すべての新聞記事は書けないよ」

折戸はせせら笑いながらバーテンの顔を見た。バーテンもうなずいて、

「ほんとですよ。汚職した政治家の名も永久に国民にわからなくなりますものね。それじゃ、ぼくら困りますよ」

と相づちをうった。

貴和子は二人が論争している間、黙っていた。野口はその貴和子に気がついて、

「ごめんなさいよ。つい、議論なんかして、あなたを放ったらかしてしまった……」

「いいえ、かまわないんです」

「酒を飲むと、すぐ議論をはじめるのがブン屋の悪い癖でしてねえ」

野口は白けた雰囲気をとりなそうとしたが、やはり折戸の気持には痼《しこり》が残った。

「野口、悪いけど」

と彼は椅子から立ちあがって、

「ぼくはいいが、この人、明日、フライトがあるから一足、先に失敬するよ」

「ああ。そうかい」

貴和子を促して折戸は店の外に出た。バーテンはうしろから追いかけてきて、

「ねえ、気にしないでくださいよ」

「気にしているもんか」

と折戸は笑いをわざと顔につくり、

「ぼくは調べるよ。例の医者のこと」

「本当ですか」

「そうさ。当り前じゃないか」

不正や悪を見逃すことはできない、と彼は自分に言いきかせた。野口がああいう議論をふっかけてきたのは局長賞をもらった自分に焼餅《やきもち》をやいているためなのだ。地方にやられた彼にとって自分はやっぱり嫉妬《しっと》の対象になるにちがいないと思った。

新宿駅まで向う路《みち》で黙りこんでいる貴和子に、

「どうか、したのですか」

と折戸は少し不安になって訊ねた。

「あなたを無視した形になって、すみません」

「いいえ」

「彼があんなことを言うもんですから、ぼくもつい向きになって……」

「わかっていますわ」

「あの男も気だては良いんですが、考え方が甘すぎますよ。感傷的ですよ。だから支局にまわされるんです。そう……思いませんか」

貴和子は歩きながら、うつむいて、返事をしなかった。

「ぼくはぼく等、新聞記者が大衆のために間違ったこと、不正なことを見逃すべきじゃないと思うんです」

「ほんとに、そのお医者さまのこと、まだお調べになるのですか」

「そうでしょう。もし医者が患者を意識して殺すことがあったら……これは問題ですからね」

彼はこの時、不意にあたらしいテーマを思いついた。そうだ。次の特集は日本の医者と倫理というのはどうだろうか。それはたしかに医療行政の皺《しわ》寄せを受けている一般読者には関心のある記事にちがいない。デスクに明日、話してみよう。

人々の雑踏している新宿駅に来て、彼が切符を二枚、買おうとすると、

「いいんですの」

と貴和子は断った。

「今日は叔母のところに泊りますから、地下鉄で帰りますので」

「へえ、明日、フライトはないんですか」

「ありません」

「じゃ、明日、会いましょうか」

「いいえ。明日は駄目なんです。用事があるんです」

いつになく貴和子は頑《かたく》なな表情で首をふった。彼女らしい微笑がその頬からすっかり消えていた。

地下鉄の改札口まで貴和子を見送った。丁寧に頭をさげて彼女は階段をおりていった。

（あいつ、何を怒ってるんだ）

要するに今日、二人のデートに野口を加えたのが不満なのさと折戸は考えた。それにあの店で、まったく彼女を無視して議論したのも悪かった。女って、むつかしいものだ、と苦笑した。

（それだけ、あいつは……俺にイカれているわけか）

君が他人を単純に割りきる、という野口の言葉はこの時、この自信のある青年の頭にうかばなかった。彼は山崎と林とに会って、さっきの話を洗わねばならぬと決心をした。

雨が降っていた。

バラックのような建物のなかに待合室があって、そこで勝呂とキミ子とガストンとは長椅子《ながいす》に腰かけ、窓の向うの高い煙突をじっと眺めていた。高い煙突から煙があがっている。それが死体を焼く火葬炉の煙なのか、どうか、わからない。しかし、そのひとすじの煙はさっきから雨空にながれているのだ。

待合所の二階は幾つかの部屋に別れていて、そこには何組かの会葬者たちがそれぞれ集まっていた。喪服を着た女や黒い布を腕にまいた男たちがひっきりなしに階段をのぼり、おりしている。しかし勝呂たちはこの一階の長椅子で辛抱づよく係員が呼びにくるのを待っていた。

「七番さん」

制服を着た係員が扉をあけて勝呂に声をかけた。

「準備ができましたよ」

三人はたちあがり、キミ子を先頭にして雨水のたまった中庭に出た。骨揚室は待合室の向う側にあった。

少しなまぐさい臭《にお》いが骨揚室に漂っていた。ゴォーという風の吹きぬけるような音が聞える。間もなく係員が鉄の扉をあけ、大きな箱を引きずり出して机においた。

乳白色の灰のなかに風雨に曝《さら》された石のように骨の破片が散乱している。泣きはじめたキミ子をガストンが支えた。勝呂は彼女に箸《はし》をわたして、骨壺《こつつぼ》のなかに骨を入れさせた。

骨はさまざまな形をしている。小指のような骨、魚の頭のような骨、その骨から、あの老人の姿を思い起すことは不可能だった。それはもう人間ではなく、かつて人間の一部だった物体にすぎなかった。

(もう苦しまないでよい。もう辛《つら》いこともない)

勝呂はキミ子の泣き声を聞きながら、その小さな骨を見つめた。彼は神も仏も信じなかったから、こういう時、どんな言葉を呟《つぶや》いてよいのかわからなかった。

(もう苦しまなくてよい。もう辛いこともない)

生きつづける苦痛から解放されるために死を願っている——そんな人間がこの世界にどれほど沢山いるのか彼にはわからなかった。しかしあの老人がその一人であり、そして勝呂自身もそうであることは確かだった。ひそかなその共感が彼にあの祭りの日、注射針を持たせたのだった。

(もう苦しまないでよい。もう辛いこともない)

彼はまるで祈りのようにこの言葉を心のなかで繰りかえした。自分も、やがて、これと同じような骨に変ることを願いながら。

「もう、よろしいですか」

忙しい係員は何時《いつ》までも立っている三人に早く出ていくよう、促した。

「さあ、行こう」

「ふぁーい」

ガストンは握りしめていた、おかま帽をかぶり、キミ子の肩に手をおいた。白い布で包まれた骨壺を胸にかかえ、泣きじゃくりながら彼女は雨のふる中庭に出た。勝呂は金を払いに待合室に戻っていった……

キミ子を乗せた電車は長いプラットホームから消えていった。彼女は骨壺を持って故郷に戻るのである。

電車が見えなくなるまで、見送っていた勝呂は黙って階段のほうに歩きだした。ガストンはそのあとから従者のように従った。

「あんたは、どうする。今から」

ホームの屋根から雨が落ちていた。

足をとめて医者はガストンをふりかえり、

「もし良かったら……私と」

彼はそこで言葉をきって一瞬ためらったが、

「海を……見に行かんかね」

こんな誘いをこの医者は今日まで誰にもかけたことはなかった。彼自身もなぜ、急に自分が海を見たくなったのか、そして、このガストンを誘ったのか、わからなかった。

「行くかね」

「ふぁーい」

ガストンは哀《かな》しそうな微笑を浮べてうなずいた。彼はさっきから前に歩いている勝呂の背中がひどく孤独なのに気づいていた。顔はどんなに笑っていても、人間の無防備な背中はその人の心をそのまま現わすものなのだ。灰色のふるい背広を着た医者の背は、やや猫背で寂しかった。

海にちかい町に向う電車に乗ると、二人は隅の席に腰をかけた。乗客はまばらだった。医者は眼をつむり、まもなく眠りはじめた。いくつめかの駅で中学生が五、六人、乗って、その一人がガストンの前に立ち、つり皮に手をかけて、しばらくモジモジしていたが、

「アール・ユー・アメリカン」

とたどたどしい英語で話しかけた。

「ノー」

とガストンが微笑しながら首をふると、中学生はがっかりしたように仲間のほうに行ってしまった。

海に面した町についた。タクシーで駅前の商店街を通りぬけ、まもなく浜辺に出た。雨はやんでいたが、まだ空は灰色で、海も鉛色だった。浜には人影はほとんどない。ただ、犬をつれた青年が一人、歩いている。

浜に引きあげた漁船のかげで勝呂は腰をおろし、ガストンもそのそばに坐《すわ》った。そうやって二人は単調な、ひくい音をたてて浜にぶつかる波を見つめていた。

「あんたはフランスから来たのだったね」

「ふぁーい」

「海に近いのか。あんたの故郷は」

「いえ、海、遠いところ」

「そうかね。私の故郷も海から離れた町だったが、大学病院にいた頃は、屋上から海が見えたよ」

ふしぎなことに彼があの大学病院の屋上から見た海はいつも灰色で陰鬱《いんうつ》だった。いや、そうでない海を見たとしても、彼の記憶のなかでそう変ったのかもしれない。雨のふる日、その海は黒いインクのような色になった。宿直室の闇《やみ》のなかでその夜の海の波音はもの憂《う》い太鼓のように聞えた。

「その大学病院でね……戦争中だが……私は捕虜を殺した……」

ガストンは両手で膝《ひざ》をだきながら返事をしなかった。彼は主人に見棄《みす》てられた犬のような眼で遠くを眺めていた。

「戦争のあいだ屋上でね、暗い海を見るたびに、私は……人間の宿命――わかるかね」

「ふぁーい。わかります」

「人間の宿命ということを考えたもんだ。私はこの海と同じように人生は何時までたっても愚劣で、悲しく、辛いもんだと思うたが……それは戦争中だったからかもしれん。あの頃、戦争は何時、終るか、わからんかったし、私も何時、死ぬかもわからんかったからね」

勝呂はガストンに聞かせるためではなく、自分自身に語りかけるように低い声で呟きつづけた。

「だが、今でも……その気持は変らん」

浜辺で犬をつれた青年が落ちていた木の枝を遠くに投げた。犬はうつくしい走りかたで、その小枝を追った。

「私は今でも……人生は愚劣で、悲しく、辛いもんだと思うとる」

「なぜ?」

「あんたは……そう、思わんかね」

「思わなーい。だから、わたくーし、日本にも来ましたです。たくさんの他の国にも行きましたです。みんな、みんな悲しい。でもわたくーしニッコリしますと、みんなニッコリしますです。わたくーし、今日は、と言いますと、みんな、今日は、と言いますです。そのことのあります限り、わたくーしは生きるのこと辛いと思わない」

ガストンは自分のたどたどしい日本語をこの時ほど恨めしく思ったことはなかった。彼の気持、彼の考えていることの万分の一しか、日本語ではこの医師に伝えることはできなかった。

「そうか」

と勝呂は素直にうなずいた。

「私も昔はそんな医者になりたかったよ、私の願いは自分の生れた小さな村の医者になることだったからね。自転車で診察に行く途中、村の人と今日は、と挨拶《あいさつ》をかわすような、医者になりたかった。だが、もう、それもできん」

医者は手についた砂を払い、ポケットから煙草《たばこ》の箱をとりだした。二本しか残っていないその箱をガストンにさしだし、

「喫《す》うかね」

ガストンが首をふると、勝呂はその一本に火をつけ、火口にじっと眼をやりながら、

「むかし、友人が私にこう言うたことがある。あの事件があった夕暮、屋上で私とその

友人とは海を見ておった。その時、その男が……俺たちをこげん押し流していく運命に逆らわせるのが、神ちゅうもんだろうと言うとったが……あんたは神を信じておろうが……」

「ふぁーい」

「私は信じてはおらん。信ずることもできん」

火口の火が消えると、医師はそれを足もとに棄てた。立ちあがって彼はガストンをそこに残したまま一人で海にむかって歩きだした。

犬と戯《たわむ》れていた青年の姿はどこにもいなくなった。青年と犬とが急に消滅した浜はガストンの眼には、砂漠のように灰色で、虚《うつ》ろな世界に見えた。灰色の世界で、今、医師が海にむかって歩いていく。虚ろな世界で海がただ鉛色の波をもの憂げに浜にうちよせ続けている。永遠にすべては変らない。すべては静止していた。

ガストンは体が震えるのを感じた。立ちあがり、転ぶようにして医師のあとを追った。彼には勝呂が今、なにを決行しようとしているのかがわかった。

「ノン、ノン、ノン。そのこと、いけない。そのこと、駄目」

肩をガストンの手につかまれた勝呂は引き戻されるようにうしろをふりむいた。その眼は疲れ、泪《なみだ》がにじんでいた。

「そのこと駄目。そのこと……」

「大丈夫だ」

と医者は寂しげに笑った。

「私はここでは死なん」

彼が医院に戻るまでガストンは犬ころのようにそばから離れなかった。

「困った男だな」

勝呂は苦笑して、

「そんなに心配なら、今夜、うちに泊ったらどうかね」

医院の前に一人の男が立ったまま熱心に本を読んでいた。長い間、ここで医者の帰りを待っていたようだった。

勝呂とガストンが近づくと、彼は本から顔をあげて、

「ああ」

と言った。

「ぼくです。新聞社の折戸です」

彼は勝呂からガストンに眼をうつし、

「おや」

とふしぎそうな顔をして、

「知りあいだったのですか。あなたたちは？」

とたずねた。

「また、あのことかね。もう、私には話すことはないが……」

勝呂は鍵穴《かぎあな》に鍵を入れたまま、眼をしばたたいた。折戸の顔を見た瞬間から彼はさっきよりも深い疲労を感じた。この新聞記者は会うたびに彼を疲れさせるのだ。人生のすべてを正しいことと悪いことに割り切る青年と彼との間には越えがたい溝《みぞ》があった。

「いや。今日、おたずねしたのは別のことで」

「明日ではいけないかね」

「もし、お差支えなければ、今日にして頂きたいのですが……」

溜息《ためいき》とも吐息ともつかぬものを洩《も》らして、勝呂は鍵をまわした。

待合室に灯がついて、暗い光がよごれた椅子を照らした。めっきり患者のへったこの待合室は引越しをしたあとの部屋のように見えた。

ガストンを玄関におきざりにしたまま、勝呂は新聞記者を診察室に入れた。彼が古びた回転椅子に腰かけると、油のきれた椅子はきしんだ音をたてた。

「話っていうのは？」

「ええ。いつも失礼な形になって、すみません。実は……ここに入院していた患者のことですが……日曜日になくなったでしょう」

片手を聴診器やカルテをおいた机にのせたまま、勝呂は軽くうなずいて、

「その人について、聞きたいのかね」

「ええ。一寸《ちよつと》した噂《うわさ》があったものですから」

「噂って？」

「病名は何ですか」

「患者の秘密はみだりに洩らさんようにしているが……癌《がん》だった」

「手遅れの？」

「そう……」

折戸は周りを見まわした。それから少し言いにくそうに、

「癌患者を入院させるには、この医院は設備もないと思いますが……なぜ、ほかの病院に送らなかったのですか」

その言葉で勝呂はじっと新聞記者を見つめた。彼にはこの青年がこんな時刻、自分に何を訊《たず》ねにきたのか、もう推察できていた。

「君は……」

と彼はかすれた声で言った。

「君はその患者の……死因を知りたくて、来たんだね」

「ええ」

顔をあげて折戸はうなずいた。

「ここの医院で治療を受けた学生が……あなたとその病人の会話を立聞きしたものですから」

「会話を？」

「ええ。日曜日には死なせてやる、とあなたは病人におっしゃったとか、本当ですか」

勝呂はむくんだ顔をかすかに縦にふった。

「それじゃ、あなたが殺したんですね」

「そうだ、たしかに私が」

「なんのためです」

「その時の気持はね、無意味な苦しみから助けてやるためだったが、しかし……」

「しかし……何ですか」

勝呂は、うなだれたまま、膝の上に手を組みあわせた。

「患者の家族の同意は得たんでしょうね」

折戸は勝ちほこったようにたたみかけた。

「どうなんです」

「いや、得てはおらん」

「安楽死の場合も家族の承諾なしに実行するのは殺人と同じですよ。あなたは、それを知っているでしょう」

「知っている」

「まさかあなたは、何かを実験するため、助からぬ癌患者をわざとこの設備のない医院に入院させたんじゃないでしょうね。戦争の時と同じように……」

折戸は義憤に駆られて、自分の言葉がこの医者にどんな衝撃を与えたか、気づかなかった。

「そう、書くのかね、君は」

「場合によっては書きます。病人の家族は当然、あなたを訴える権利があるでしょうから」

彼はそう言って急に、しゃべるのをやめた。待合室から奇妙な笛のような音が聞えたからだった。奇妙な笛。いや、そうではなかった。それは二人の会話を聞いたガストンが泣いている声だった。大粒の泪でその馬面《うまづら》をぬらし、この外人は小声で泣いていた……

ハナ子と妻とを連れ、車で約束のホテルに向った時、大学教授はポケットから紙をとり出した。

紙にはハナ子が今日、見合いをする相手の家族構成や略歴が書いてあった。生憎《あいにく》、その実家が岡山にあるため、今日は貿易会社に勤める当人と、新聞記者の叔父とが出席することになっていた。

「いいかね、席ではペラペラ、しゃべるんじゃないぞ。お前は時々、妙な言葉遣いをするからな。話は私に任せておきなさい」

と矢野は細君に注意をした。

「それじゃあ、わたしはずっと啞《おし》でいるんですの。そんなこと、できませんわ」

「啞でいろ、と言っているんじゃない。調子にのって、しゃべるなと言うんだ。変な敬語や間違った日本語を使われると、俺が赤面をする」

「わたしが、いつ、変な日本語を使いまして？」

「数えればきりがないだろ」

教授は不機嫌に眼を車の外にそらせ、

「いつだったか、文学部長のお宅に伺った時、お前はこのマガホニーのテーブルは素敵でございますね、と言ったろう。マホガニーも知らぬ女か、と、文学部長は眼を丸くしていたじゃないか。俺は実に恥ずかしかったぞ」

「でも、そんなことぐらい……」

「そんなことぐらい、じゃ、ない。そういう失言が積りつもって夫の俺の出世の妨げにもなるんだ」

細君は白けた顔をして黙りこみ、ハナ子は頰のあたりに嘲笑《ちょうしょう》をうかべた。

「ハナ子も、くだらんことを口にするんじゃないぞ」

くだらんこと、という言葉に矢野は力を入れた。その言葉が何を意味するのか、娘にはわかる筈《はず》だと思った。

彼はどうしても今日の縁談を成功させたかったが、それは娘の倖《しあわ》せのためというよりは彼の生活の安泰のためであった。大きな貿易会社の社員なら、大学教授の娘が嫁いでも悪くはない。ただ相手の実家が岡山県で小さな材木工場をやっているだけなのが彼の虚栄心には不満だったが、娘の器量や、過去の失敗を考えれば、このあたりの線で結婚させておくほうが無難である。

（世のなかには、たとえそれが事実でも、言っていいことと悪いことがある）

そのくらいはハナ子もよくわかったろうと思った。車が白いホテルの玄関につくと、茶色い制服を着たボーイが車の扉をあけた。

「御苦労さん」

大学の教室に入る時と同じように、矢野はすました表情を顔につくって車をおりた。そして和服を着た妻と娘とをエスコートする恰好《かっこう》で回転扉のなかに入れた。シャンデリヤのついた広いロビーに、ハモンド・オルガンの音がひくくながれている。

ロビーの前で矢野が立ちどまり、ソファに腰をかけている客たちを探していると、なかから三人の男とこの話を持ってきてくれた妻の姉とがたちあがるのが見えた。

「やあ、やあ」

つくり笑いをうかべ、矢野は代議士のように片手をあげると、

「お待たせしたようで恐縮です」

と相手よりは軽く頭をさげた。

たしかに今日は当人と当人の叔父が来る手筈になっていたのだが、と彼は少し、いぶかしげな眼で、仲人役をした義姉に眼をやると、

「こちらは御相手の菊池貞夫さん。それに叔父さまの野口さんと、それから貞夫さんの御父さまのお友だちの……」

と言いかけて義姉はその名を失念したらしく、一瞬、口ごもった。と、その男が、

「近藤と申す者です。貞夫君の親父の友人でして、貞夫君の学生時代の保証人をしていまして……教会の牧師をやっています」

と自己紹介をした。

矢野は妻と娘とに挨拶《あいさつ》をさせると、彼女たちを両側にしてソファに腰をおろし、

「どうも何ですな、娘のお見合いに立ちあうという親はなかなか恰好のつかんものです」

と一寸、おどけてみせてから、

「私のほうは、もう、この義姉《あね》を信用しているもんですから、今更、何も改めてお伺いすることはありませんよ。ただ当人がそちらさまに気に入って頂ければと思っていますが……」

と義姉に花を持たせた。叔父の野口という新聞記者は照れ臭げに煙草《たばこ》をふかしていたが、近藤牧師はまるで暗記でもしてきたように菊池貞夫のことをほめはじめた。

「真面目《まじめ》で勤勉で……その点は保証人の私が太鼓判を押しますよ」

青年はニコリともせず、自分に向けられた牧師の賛辞を聞いていた。その青年のほうを一瞬、チラリと見てハナ子は冷笑のような笑いを浮べた。

「さあ、さあ、若い人たちは二人っきりで話していらっしゃいよ」

矢野の義姉が気をきかせて、黙りこくっている青年とハナ子に、

「たしか、このホテルには奇麗な日本ガーデンがあった筈よ。わたしもお茶席で一度、およばれしたけど、泉水や芝生がなかなか、良くって……」

待ちかまえたように青年がソファから立ちあがると、

「あなたも」

と伯母は姪《めい》に命じた。

「なかなか似合いのカップルじゃ、ありませんか」

ロビーから二人が姿を消すと矢野はもう、この縁談は決ったと言うように近藤牧師と新聞記者の野口とに、

「そちらさまさえ、御異存がなければ、私のほうは交際を認めて頂きたいのですが……」

「よろしく、お願いします」

と野口は頭をさげた。

「しかし何ですなあ。こうして二人がうまく、倖せにいくと決ると、一寸、ひがみますね」

と矢野は笑ってみせ、

「我々ロートルはもう、そんなチャンスはないのですからな」

「まあ、図々《ずうずう》しい」

と義姉は矢野の肩を一寸、叩《たた》く真似《まね》をして、

「でも、わたし、このお話をした甲斐《かい》がありましたわ」

と嬉《うれ》しそうな顔をした。

「野口さん」

矢野はポケットから細身の葉巻を出してデュポンのライターで火をつけた。

「私も時々、あなたの新聞には原稿を書かせて頂いておりますよ」

「お世話になります」

「いや、いや。生意気なようですが、私はこれでも原稿を書くのに選《え》り好みをしていましてね。あなたの新聞なら悦《よろこ》んでお引き受けします」

野口は当惑したように、

「しかし……ぼくはH支局にいまして……」

と口ごもった。

「矢野先生のお言葉に同感です」

と近藤牧師があわてて話をついで、

「この間、連載された元戦犯についてのルポねえ、野口君、あれ、愛読しましたよ」

「私も読みました」

と大学教授はうなずいて、

「主旨においても結論においても私は大賛成です。戦後の日本が過去の戦犯をあまりに許しすぎ、彼等を甘やかしていると、私も常々、思っておりましたからね」

それから牧師の方を向いて、

「近藤さんは牧師さんですから、こういう問題はどう思われますか」

と質問をした。

「はァ」

大学教師に負けまいと牧師は威厳をとりつくろった。膝《ひざ》に両手をおき、眼をつぶり、

「基督教《キリスト》でも、本当にその罪を悔いた者だけに許しがあると考えております」

と荘重な声で答えた。

「そうでしょう。しかし、あの戦犯――たとえば、あの連載に登場してくる医師など、その発言から見て、過去を悔いていると思えませんね。牧師さんだって、彼が許されるとは考えないでしょう」

「そうですな。まず思えませんな」

「そういう無自覚な元戦犯はあの医師だけではない。今日の政界にもウジャウジャと復活していますよ。そこを分析し、追及したのが、あの連載の価値ですな。ところでね、私は、問題の医者を、知っていますよ」

「ほう」

眼をあけて牧師は好奇心にみちた顔をした。

「御存知ですか」

「ええ。もちろん、私はその時は、彼の過去など知らずに、たまたま、一寸した怪我《けが》をした若い友人を偶然、連れていったのですがね」

と矢野は横にいる妻を意識して嘘《うそ》をついた。

「どうも陰気な、暗い感じのする男でしたね」

「そうでしょうなあ」

「そのくせ、横柄《おうへい》でね。あとになって、ああ、やっぱり、そんな暗い過去を持った男かと、びっくりしましたが……近藤さん。ああいう医者は救われますか。それとも地獄とやらに行きますかね」

「地獄？」

「私は基督教には詳しくないのですが、どういう人間が神の罰を受けるかは興味があります」

　と矢野は葉巻の煙を吐きだして微笑した。

「それは……」

　牧師はまた膝に両手をおき、眼をつむると、

「当人の心がまえに依《よ》るでしょう。もしあの医師が心の底から悔い改めるならば救われるでしょうが、新聞のインタヴューのように、まったく自分の過去を屁《へ》とも思っていないとすると」

「こりゃ、救われませんな」

　矢野は冗談を聞かされた時のように笑い声をたてた。

「私はああいう医師こそ、基督教のいう地獄に行くだろうと思いますよ。生きた人間を

医学の進歩という目的で生体実験をして殺したのですから。私は別に基督教や他の宗教の信者でもありませんが、あの男のなかに現代の地獄を見るからです。科学の進歩の名のもとに人間性を失う。それが二十世紀の地獄ですな。だから彼はそれに気づかぬ限り救われないと思うんです。あの特集もそれはそれでいいが、この観点からもう少し、突っこんだら、深みも出たでしょうね」

そう言いながら彼は野口の顔をチラッと見た。おのれの発言がこの新聞記者にどのような印象を与えたかを知りたかったのである。

「どう思います。野口さん」

野口が気のなさそうな顔をしているので大学教授は少しいらだった。

「私の考えに賛成ですか」

「はあ」

野口は面倒臭そうに、

「ぼくは新聞記者のくせして、記者の記事はどうも信用しとらんのです。ましてインタヴューの答えなど当てにならんことが多いもんですから」

「ほう、どうして」

「だって、二十分や三十分のインタヴューで我々のようなペイペイ記者に相手のすべてがわかる筈はないでしょう。こっちは若いんだし、向うはむかしにそういう過去を持った人だけにその心も影があり複雑でしょう。二十分や三十分の質疑応答でその複雑な心をキャッチできるなんて……」

「だから、カンですよ。入学試験の時、口頭試問に私も立ちあうが、受験生の答えなんか、注意していない。ただその眼やその挙動からカンを働かさせて採点してます」

矢野は自信ありげに一人でしゃべり、一人でうなずいて葉巻を灰皿に押しつけた。

行きとはちがって帰りの車のなかで大学教授は上機嫌だった。

「それで、どんな話をしたんだ」

と彼は右隣に腰をかけている娘にたずねた。

「別に……」

と気のなさそうにハナ子は答えた。

「この庭が奇麗だとか、ゴルフがどうだとか」

「ゴルフをやるのか。あの青年は」

「らしいわね。腕前を自慢していたから」

「それなら、お前も練習場に行って、少しはゴルフを知ることだな」

「知って、どうするの」

「彼に誘われれば、ついて行けるじゃないか」

ハナ子は唇を一寸《ちょっと》、ゆがめて、せせら笑った。

「お前、気に入ったのか」

「気に入るも、気に入らないも、始めて会ったんでしょ。今日」

「交際する気持はないのか」

上機嫌だった矢野は急に不安げな顔つきをした。

「あるわよ」

とハナ子はひくい声で答えた。

「わたしだって、そんなに馬鹿《ばか》じゃないもの」

うんと父親はうなずいて、妻の横顔をみた。行きがけに唖《おし》になれと命令されて、気色をわるくした細君はまだツンとして窓の外を見ている。窓の外は新宿だった。

車は三越前を駅に向ってゆっくり走っていた。午後の新宿は相変らず、若い男女があふれている。映画館に鋭い歯をむきだしにした大きな鮫《さめ》の看板が出ている。店々にぶらさげられた風鈴が涼しげな音をたてていた。

これでよし、よしと矢野は満足だった。一カ月前、ハナ子をあの医院に連れていった時はすべてが悪夢のようだった。彼はタクシーのなかで娘のスキャンダルが世間に洩《も》れたならば、教授としての自分の地位はもう終りだと考えて、居ても立ってもいられぬ気持だったのだ。

それが今日、何事もなかったようにすべてが流れている。ハナ子はあの青年と見合いをし交際をし、結婚するだろう。人間の生活なんて、そういうものさと矢野は思った。神などという馬鹿くさいものは彼には必要はなかった。

（しかし、これも、あの医師のおかげかもしれないな）

考えてみるとハナ子のスキャンダルを永遠の闇《やみ》のなかに葬《ほうむ》ってくれたのはあの顔色の悪い、頭の禿《は》げかかった医師だった。

「だから、地獄に行くわけだ。あの男は」

矢野は自分の心に浮んだこの逆説的な言葉に可笑《おか》しみを感じて、苦笑した。あの医師が地獄に行こうが、救われまいが、彼の知ったことではなかった……

怒った折戸が帰ったあと、また新宿に雨がふりはじめた。霧雨は音もなく、屋根をぬらし、路《みち》をぬらし、貧弱な街路樹やアパートの出口に置かれたポリ・バケツをぬらした。灰色の膜のなかに広告ネオンや、行きかうタクシーのヘッド・ライトがにじんだ。

折戸が診察室を出ていったあとも、医師は古ぼけた椅子《いす》にじっと腰をかけていた。彼にはもう何の感情も起きなかった。怒りもなければ恨みもなかった。何かを考えることも面倒臭かった。ただ胸の底にまるで桶《おけ》の底に残った汚水のように、よごれた哀《かな》しみが溜《たま》っているだけだった。

彼はたちあがり、棚からウイスキーの瓶《びん》とコップとをとりだし、ふと思いついて待合室を覗《のぞ》いた。

ガストンが長い体を前にかたむけ、項垂《うなだ》れていた。

「まだ、いたのか」

泣き顔をあげたこの外人に医師は手にぶらさげているウイスキーの瓶を見せた。

「飲むかね。それとも帰るかね」

それから彼はガストンの来るのを待たずに、二つのコップに琥珀《こはく》色の液体をついだ。

そして一つを飲もうとした時、ガストンの馬づらがあらわれた。

「雨がまた降ってきたな」

「ふぁーい」

「これじゃ明日の朝までやまないだろう。帰るなら、これを飲んで、早く戻ったほうがいいぞ」

ガストンは弱々しく首をふって、

「わたくーし、帰らない」

「帰らん？」

それからあることに気づいて苦笑すると、

「心配するな。私は馬鹿な真似はせん」

と言った。

どこかで猫がないている。雨にぬれて寝場所を探している野良猫《のらねこ》であろう。

「キミちゃんはもう着いたかな。駅に着いて傘がなければ困っているだろう。しかし、これで全部がすんだんだから、ある意味じゃ、あの子にとって倖《しあわ》せなのかもしれん」

ガストンは床に腰をおろしたまま、両手にかかえたウイスキーのコップをじっと眺めていた。

「どうした。飲まんか」

「ふぁーい」

「酒は嫌いかね」

「嫌いない」

「これから、あんたは、どうする。まだ、ずっと、この新宿にいるのか」

「わたくーし」

ガストンはひくい声で答えた。

「先生のいるところに、いますです」

「私のそばに？」と医師は驚いて、「それはまた、どうしてだね」

「先生は……友だち、ない。だから、わたくーし、いつも先生のそばにいますです」

「そりゃ、どうも、どうも」

照れた勝呂は片手で自分の顔をなでた。それから一口、ウイスキーを飲むと、

「あんたの気持は有難いがね、私は一人ぽっちに馴《な》れているよ。それに、私はもう、この新宿にはおらん」

「なぜ？」

「わかるだろう。私は皆から嫌われているのだ。だから新宿にはもう、いられなくなったのだ」

「そして」

とガストンは不安そうに勝呂に眼をやって、

「どこに行きますですか」

「さア。まだ決めとらん。しかし、わかっとるのは、どこに行っても……私は……その土地の人から白い眼で見られるようになり、そこを去らねばならんことだけだ」

まぶたに、またあの雨のふる日、寺の屋根にかたまっていた鳩《はと》の群れが浮んだ。何処《どこ》に住んでもそれと同じことが繰りかえされるのだ。

「だから、私はもう疲れたよ。いや、たとえ、誰からも嫌われない町や場所があるにしても……そこで今度は私が苦しむだろう。いや、そうだからと言って、私は誰も憎んではおらんよ。さっきの新聞記者だって、彼が怒るのは当りまえだと思うとる」

「わたくーしは先生、嫌いない。先生の友だち」

「あんたは誰の友だちにもなりたがる男だな」

と勝呂は酔いを感じながらガストンをからかった。酔いは次第に体をまわり、頭をしびれさせた。彼は眼をつぶって雨の静かな音を聞き、それから居眠りをはじめた。長い時間がたった……

気がつくと診察室は灯をつけっ放しで、ガストンも壁に靠《もた》れ、足を投げだして眠りこけている。今日一日、葬式をやり、キミ子を駅に送り、海に出かけた疲れが出たのであろう。

医師は時計を見た。午前三時少し前である。音のしないように椅子から立ちあがり、薬局の灯をつけ、棚から行李《こうり》を縛る紐《ひも》と睡眠薬の瓶をとった。それから、ガストンの目を覚さないように気をつけながら、机の引出しから一通の封筒を出した。

封筒には「遺書」という文字が書いてあった。あの祭りの日、すべてが終り、キミ子を二階にあげてから、そのすすり泣きに耐えながら書いた中身が入っている。

薬局と診察室の灯をつけたまま、彼は待合室を通り、足音を忍ばせて医院を出た。霧雨はまだ降っている。路には誰一人として歩いていない。街燈《がいとう》だけが青白くにじみ、不機嫌な老人のように立っていた。

雨は細かい針のように医師のむくんだ顔や洋服をぬらした。横町の奥から男とも女ともつかぬ声が聞えてきた。

「待ってってば。戻ってよ。しどい、しどい人ねえ」

彼はその横町を避けて、別の辻《つじ》を左に曲った。戸をとじ、カーテンをしめた小さな商店が両側に並んでいるが、路は無人だった。まるで映画のセットのようだった。あるいはもう何年も人間から見棄《みす》てられ、死にたえた町のようだった。

神社の前に来た。もちろん、こんな時刻、こんな霧雨のふる夜、アベックたちも境内のベンチには坐っていない。神殿がくろぐろと浮びあがっている。医師は大きな樹木の下におかれたベンチに腰をおろし、上衣《うわぎ》の襟《えり》のなかに顔をうずめた。そうやって、しばらく眼をつむっていた。

ポケットから睡眠薬の瓶を出し、錠剤を口に入れた。水がないから彼はそれを幾つも歯でかみくだいた。にがい味が舌に残った。それから彼は意識が少しずつ痺《しび》れるのを待った。

誰かがそばで泣いているように感じた。その泣き声はガストンのようだった。五時間前に新聞記者の折戸が彼を責めていた時、待合室でガストンがすすり泣いたあの声のようだったからである。

襟にうずめた顔をあげ、医師はあたりを見まわした。勿論《もちろん》、誰もいなかった。

「オー、ノン、ノン。そのこと駄目」

とその声は彼に哀願した。

「死ぬこと駄目。生きてくださーい」

「しかし、私はもう疲れたよ。くたびれたのだ」

「わたくーしもむかし生きていた時疲れました。くたびれました。しかし、わたくーしは最後まで生きましたです」

「あんたが……？　あんたはガストンじゃないのかね」

「いえ、ちがいます。わたくーしはガストンではない。わたくーしは……イエス」

「私は何も信じないし、あなたのことも信じてはおらん」

「しかし、わたくーしはあなたのこと知ています」

「何を。私の過去を」

「ふぁーい」

「私が生きたまま捕虜を殺し、それからたくさんの生れてくる命をこの世から消した医師だということも知っているのかね」

「ふぁーい」

「それを知っているなら、もう、とめないでくれ。私はみんなから責められても仕方のない人間だ。私は誰も救わなかったし、自分も救いがたい男だと思っている」

医師は襟に顔を埋めたまま、ひとり言のように呟《つぶや》いた。

「あんたがいくらイエスだって、私を救うことはできない。地獄というものがあるならば、私こそ、そこに行く人間だろうね」

「いえ、あなたはそんなところには行かない」

「どうして」

「あなたの苦しみましたこと、わたくーし、よく知ていますから。もう、それで充分。だから自分で自分を殺さないでください」

その声はひざまずいて愛を哀願する捨てられた女のように勝呂を必死で説得していた。しかし医師は濡《ぬ》れたベンチの上にのぼった。葉や枝から落ちる雨滴がしとどに彼の顔と上衣の袖をぬらした。

「オー。ノン、ノン、ノン」

「放っておいてくれ」

枝に紐をまきつけながら、医師は二度、三度と咳《せき》をした。俺は死ぬのが怖《おそ》ろしいから、睡眠薬の助けを借りねばならない、と考えた。ポケットの瓶をまた取り出して、一つかみの錠剤を口に入れた。

朝がた、ようやく雨がやんだ。まだ眠りこけている新宿の裏町を牛乳配達の青年が自転車を走らせていた。

ペダルをこぎながら彼は神社の境内の木に灰色の案山子《かかし》のような物がぶらさがっているのを見た。彼ははじめ、祭りの時の飾りがまだ片附けられていないのか、と思った。

近よって、

「あっ」

と叫んだ。灰色の背広を着た男がぶらさがっていたからである。

大きな楠《くすのき》の枝に男は西部劇の私刑《リンチ》をうけた者のように両手をだらんとたれ、首を傾けて死んでいた。なぜか、その下のベンチのそばに一匹の犬が坐《すわ》っていた。

牛乳配達の青年は、こわごわ、遠くから、その死体を眺めた。まるでその死体の番をするように野良犬が動かない。死体と同じように雨にしとどに濡れたその犬は哀《かな》しそうな眼で青年をじっと見つめた。まるで野良犬は青年にこう訴えているようだった。

（あんたには……この人の……哀しみがわかるか……）

青年はあわてて電話を探しに走っていった。間もなくサイレンを鳴らして警察の車が到着した。その音で目をさました近所の人々も集まってきた。

朝の冷気でくしゃみをしながら起きあがったガストンは、眼をこすった。診察室に医師がいないのに気がついたが、診察室と薬局の電気が消されていないのが不思議だった。

「せんせい」

とガストンは医者を呼んだ。声はむなしくひびいただけだった。

「どこ、いますか。せんせい」

彼は診察室を出て二階にのぼった。老人が寝ていた部屋にはマットをおいたベッドが朝の暗がりのなかに置いてあるだけだった。そのはす向いの勝呂の個室も扉があけっ放しだった。万年床とちらばった書籍との間に尺八がひとつ、わびしく放り出されてあった。

階段を駆けおりた。玄関にはガストンの古靴だけが残っている。

「どこ、行きましたか、せんせい」

恐怖と不安とが急にこみあげてきたガストンは、医者は朝の散歩に外に出たのだと考えようとした。ひょっとしたら朝食のため、パンと牛乳とを買いに出かけたのかもしれない。

夜来の雨にぬれた新宿にはもう何人かの通勤者が駅に向う姿が見える。たいていの商店はまだ戸をしめていたが、それでも戸を開けはじめた店もあった。

古靴の音をバタバタならしてガストンは右に走り、左に折れた。遠くで救急車のサイレンが聞えた。

神社の方向だった。ガストンが肩で息をしながらその方向に駆けていった。

眼をさましたばかりという顔つきの男女が十人ほど集まっていた。赤い電気を点滅させた救急車は境内にそった石垣のそばに停車し、白衣を着た二人の男が担架を引きずり出していた。

「首つったんだってよ」

「どこの人？」

「年寄りだってさ」

首のあたりをボリボリ掻《か》きながら亭主らしい男が細君に教えていた。

「首つりって嫌なもんだな。舌をだらんと出して。何もあんな汚らしい死に方、しなくていいのに」

「犬が離れないんだよ。その人の飼犬かね」

ガストンが人々のうしろから覗きこむと、地面に筵《むしろ》に覆《おお》われた死体が見えた。近よったこの外人に、警官がびっくりしたように、

「寄らんでください。見せものじゃない」

と注意をした。

棒だちになったまま、ガストンはその筵を見つめていた。筵からはみ出た頭のうすい髪は見おぼえがあった。そのそばに置かれた靴にも見おぼえがあった。

牛のなくような長い呻《うめ》き声がガストンの口から洩《も》れた。見物人も警官もびっくりして、この馬づらの外人を眺めた。馬づらに大粒の泪《なみだ》がゆっくりと流れた。

「知っているのかね」

一人の男が近づいた。いつか、ガストンを警察署につれていった刑事である。

「知っているのかね」

「ふぁーい」

「やはり、医者か。この人は」

「ふぁーい」

新聞社の旗をたてた車が停車して、レインコートを着た記者が刑事に近よってきた。

「コロシですか」

「いや。自殺らしい。まだ、よく調べねばわからんが」

「発見者は誰です」

牛乳屋の青年はおどおどとして記者の質問に答えた。

「ぼくは、はじめ洋服がひっかかっているのかと思ったんです。祭りの飾りつけが片附けてないのかな、とも思ったんです。時間ですか。さあ。五時すぎだったと思います」

折戸はさっきから少しイライラしながら硝子《ガラス》の扉を見ていた。喫茶店のなかに三組か四組の客が珈琲《コーヒー》を飲みながら商談をとりかわしていた。ここは証券会社が多いので、喫茶店が会社の応接間がわりになっているのであろう。

いつもなら遅れたことのない貴和子が今日は約束の時間を十五分も過ぎたのに姿を見せない。彼女は三宅島からお昼すぎに戻る飛行機に勤務すると言っていたが、何か事故でもあったのだろうかと心配になった。

彼は席から立ちあがって、カウンターにおいてある電話機を手にとった。社に電話を入れると同僚の清水が出てきた。

「シーさん。ぼく。折戸です。今日はこのまま、外廻りを続けて社に戻りませんから」

「ああ、そう」

「デスクにそう伝えてください。特に何か変った事件はありませんね」

「なにごともなし」と清水は答えて、

「ああ、そう、そう。あの男が自殺したよ。折ちゃんがさ、追いかけていた元戦犯の医者」

「何ですって？」

折戸は体中の血が引いたような気持になって、

「医者が？　本当ですか。どこで」

「新宿のH神社。今朝、早く。首をつってね。浦川君が取材してくれた」

「たしかに自殺ですか」

「自殺だ」

「そうですか。ぼくも廻ってみます。死体は当然、警察病院で解剖でしょうね」

受話器をおろしたあとも、彼はしばらくそこから離れられなかった。

硝子戸を押して貴和子が入ってきた。彼女はカウンターの前に立っている彼を見ると、

「わたくしに電話かけていらっしたのですか。ごめんなさい。三宅島が今日は雨で出発が午後まで延期になったんです」

とすまなそうにあやまった。

「いや、それよりも」

と折戸は彼女と席につくと、

「折角、デートを楽しみにしていたんですが、ぼくのほうが駄目になりました。あの医者が自殺したんです」

「え？」

と貴和子は眉をくもらせて折戸を見あげた。

「だから、今から飛んでいかねばなりません。わるいんだけど、デートは今度にしてください」

もし二人が結婚すれば、こういうことは度々あるのだと折戸は考えた。新聞記者の妻はみんな、辛抱しているのだ。貴和子にも今から馴《な》れておいてもらわねばならぬ。

「その人……なぜ、死んだのでしょう」

と突然、貴和子がたずねた。

「自分に耐えられなくなったんでしょう。自分で自分を罰したんだな」

と折戸は、

「少なくともぼくはそう思いたいですね。彼のためにも」

「彼のために？」

「そりゃア、あなたも知っているようにあの医者は患者まで殺したんでしょ。本人は安楽死と言っていますが、その患者の身内から同意も得ていないんだ。ぼくは彼の口から、それを確かめたんだ。あのあと彼と会ったこと、話したかな」

「いいえ」

「ぼくはその時、彼に、それは安楽死じゃない。殺人だと言ってやりました」

貴和子はうつむいたまま、黙っていた。

「彼がなぜ死んだか、わからないけれど、何だか、それでいいような気がするな。気の毒は気の毒だけど……腐った果物は捨てたほうがいいんです。あの医者はぼくらの社会にとって腐った果物で……」

それから彼は貴和子の沈黙に気がついて、

「どうしたんですか。気分でも悪いんですか」

「いいえ」

「怒っているんだな」

と折戸は苦笑して、

「折角、ここまで来させて、急に仕事が出来たなどと言うぼくを失礼だと怒っているんでしょう。しかし、わかってほしいな。ぼくは新聞記者なんです。こういう突発事が何時《いつ》も、あるんです。こういうことはぼくらが結婚したあとも起るんだ」

「わたくし、別にそんなことで、怒りなどしません」

「じゃあ、何です」

「折戸さん。わたくし……」

と貴和子は少し泣きだしそうな顔になって、

「色々、考えたんですけど……」

「うん」

「やっぱり、折戸さんについて行けない気がするんです。わたくし、ごく普通の女の子だから……折戸さんのように頭のいい方には勿体《もったい》ないと思います……」

新聞記者は口をポカンとあけて彼女を見ていた。彼女が何を言いだしたのか、よく、つかめなかった。

「と、いうと、ぼくと結婚してくださらないわけですか」

「すみません」

なぜ？　なぜだ、と折戸は思った。自分のような局長賞までもらった男。将来の出世が約束されている、というのに、なぜ彼女は嫌だと言うのだろう。わけがわからなかった。

「あなたは……ぼくの仕事がいやなのですか。新聞記者という……」

「いいえ」

「じゃあ、ぼくという人間が嫌いになったんですか」

悲しそうに彼女は彼を見あげ、

「そんな……」

と呟《つぶや》いて、口をつぐんだ。そんなことはありませんと言ったのか、そんなことを言わせないでくださいと言ったのか、折戸には理解できなかった。

「考えなおして、くれませんか」

と折戸はややあって、低い声で、

「ぼくだって、このまま、引きさがれません」

「でも、考えた末なんです。わたくし、これ以上、御迷惑かけたくないんです」

「ぼくはね、必ず、君を幸福にできる自信がありますよ。きっと立派なジャーナリストになってみせます。出世してみせます。君があとになって後悔するようなことはない、と約束します」

するると貴和子はまるで腕白な弟を見る姉のように微笑《ほほえ》んだ。

「そんなこと、じゃ、ないんです」

と彼女は丁寧に頭をさげた。

「やっぱり駄目なんです。だから、折戸さんもわたくしのこと、忘れてください。もうお目にかかること、ないと思いますけど、色々なこと教えてくださって、本当に有難うございました」

貴和子は丁寧に頭をさげ、立ちあがった。折戸は彼女の眼がうるんでいるのに気がついた。

「さようなら」

その言葉は彼の耳にいつまでも残った。貴和子がふたたび硝子の扉を押し、歩道でタクシーをひろって去っていくのを折戸は茫然《ぼうぜん》と眺めていた。

(馬鹿野郎《ばかやろう》)

と彼は心のなかで怒鳴った。馬鹿野郎という言葉を彼女にも自分にも向けて言ったのだった。

口惜《くや》しさのために体が震えそうだった。自尊心がこんなに傷つけられたことはなかった。

(あとで後悔するな。きっと見かえしてやる)

彼は煙草《たばこ》を口にくわえたまま、いつの日か飛行機か、路上で貴和子と再会する日を想像した。その時、俺は彼女をまったく知らぬ人のように黙殺してやる……

警察病院に電話をかけると、既に死体は解剖されて自殺であることが確認されていた。折戸はまたこの現場で取材した同僚の浦川に連絡をしてその模様をつぶさに教えてもらった。

「変ったこと？　そうねえ」

と浦川は受話器の奥で眠たげな声をだした。

「犬が一匹いたっけ。死体のそばにじっと坐《すわ》って動かねえんだ。野良犬《のらいぬ》だよ、飼犬じゃない」

「犬なんか、どうでもいいけど、遺書はあったんですか」

「あったよ、医院の診察室においてあった。写しはとっておいたけど、読もうか」

「おねがいします」

紙がふれあう乾いた音が折戸の耳に聞えてきた。それから浦川の咳《せき》も……

「家族はありません。この医院と家財とは適当に処分してください。貯金通帳とわずかな株は引出しに入れてあります。その金で小生を火葬してくださったあと、残金や株と、医院を処分した金は家族のない患者たちのためにお使いくださるようお願い申し上げます。借金、その他ありません。小生の骨は姉のところに送ってくだされば有難いと思いますが、そうでなければ無縁墓地にでも埋めて頂いても結構です。生きている間、さまざまな面で御迷惑ばかりをおかけしたことを申しわけなく……」

浦川はそこまで読んで、また咳をした。

「これだけ」

「それだけですか。あとは何も書いていないのですか」

「なかったよ。書く暇がなかったのだろうな」

折戸は重い気持で喫茶店を出た。夕暮の通りは陽が照っていて空虚だった。通りを歩いていると彼もすべてが空《むな》しく、すべてが無意味なような気がした。

生きている間、さまざまな面で御迷惑ばかりおかけしたことを申しわけなく……という最後の言葉が耳の奥で聞えてきた。それと共にあのむくんだ顔をした男の顔がうかんできた。医師は眼をしばたたきながら、彼を悲しそうに見た。

(俺が追いつめたんじゃない)

折戸は懸命になって心に起ってきた不安をかくそうとした。

(俺にはあんたの死には責任がない。新聞記者としての義務からあの記事を書いただけなんだから)

そうだ。自分は間違ってはいないのだ、と折戸はおのれの心に言いきかせた。「社会の不正や悪を糾弾し、社会正義の発展に尽すは新聞の義務なり」という明治の先輩たちのスローガンを彼は入社した時から信奉してきたのだ。局長賞までもらったあの連載に、読者から激励や感謝のたくさんの手紙が寄せられたのは、自分が正しいことをしたからにちがいないのだ。

にもかかわらず、折戸の胸の何処《どこ》かがまだ痛んでいた。むくんだ医師の顔は残影のように、頭のなかに残っていた。陽の照りつける空虚な路《みち》を彼はふらふらと歩き続けた。

「折さん。もう飲んじゃ、毒ですよ」

とバーテンは心配そうにたしなめた。

「どうしたんです。女の子にふられたんですか」

「ああ。ふられたのさ。しかし、それがどうした、たかが女ぐらい」

彼はよろめきながら椅子《いす》から立ちあがり、上衣《うわぎ》を鷲《わし》づかみにつかみ、扉を体ごと押した。電信柱にもたれて少し吐くと、なまぐさい臭《にお》いが口のなかに残った。

「憶《おぼ》えていろ。お前はな、出世する新聞記者を捨てたんだぞ。えらい娘だよ。御立派だよ」

彼はまるで、そばに貴和子がいるように、吐きながら、そう呻《うめ》き、呻きながら、また吐いた。

ふらふらと区役所通りを歩いた。通行人の肩にぶつかり、

「気をつけろよ」

と怒鳴られた。

勝呂医院に入る横町でたちどまり、彼は血ばしった眼で、まわりを見まわした。

「そうだろ。あいつは、あいつのために死んだんだ」

と彼は怒鳴ったが、そばを通りかかった恋人たちは避けるように去っていった。

医院の玄関の前に黒い影が腰をかけている。その影はうつむいたまま、身じろがない。

折戸がその前に立ちどまると、はじめて顔をあげた。

「君か」

と折戸は体をふらふらさせながら、

「何をしているんだ。ここで。もう医者はいないんだぜ、死んだんだ」

「ふぁーい」

「知ています」

とガストンは悲しそうにうなずいて、

「知っているのか。いや、君は何も知ってはおらんよ。あの医者は自分で自分に耐えられず自殺したんだぞ。俺が書いたから……死んだんじゃないんだ」

しかしガストンが黙ったまま、うつむいているので折戸は、

「な、そうだろ。俺の……責任じゃ……ないだろ」

と、呂律《ろれつ》のまわらぬ舌でくりかえした。

「なぜ、黙っているんだ。君はな、あの医者を知っているのか。彼は、戦争中に捕虜を医学の進歩と称して、生体実験をしたんだぞ。それだけじゃない。家族の同意もえずに患者を殺しているんだ……それを知っているのか」

「知ています」

「彼はだから、死んだんだ。死ぬより仕方がなかったんだ」

「ふぁーい。そうです。ほんとに、あの人、いい人でした」

「俺は彼を糾弾したんじゃない。彼が過去のことに平然としていたから……その意識を批判したんだ」

「ふぁーい。ほんとに、あの人、かなしかった。かなしい人でした……」

「まあ、これでさ、彼はやっと民主社会にせめてもの支払いをしたわけさ」

「ふぁーい。ほんとにあの人、今、天国にいますです。天国であの人のなみだ、だれかが、ふいていますです。わたくーし、そう思う」

「君は……何を言っているんだ」

折戸はびっくりして相手をまじまじと見つめた。

「君は一体、なに者なんだ」

「ふぁーい。わたくーしはガストンと申します」

浅田ミミは今夜も新宿の裏通りを歩きながら、自分に夕食を食べさせてくれる中年の男を探していた。表通りはあまりに雑踏しているから、一人でショーウインドーの前に立っていても目だたない。目だつためには裏通りがいいのだ。

伏目がちに歩道を歩き、時々、たちどまって婦人服店の洋服や宝石店の陳列を覗《のぞ》きこむ。そうやって、糸にひっかかるトンボや蠅《はえ》を待ちかまえる。時間はもう六時半をすぎていた。

「もし、もし」

それ、一人、かかった。びっくりしたようにふりむくと、六十歳に近い老紳士が人のよさそうな笑顔で、

「お嬢さん。教えてくださらんか。京王プラザ・ホテルはこっちの方角でよろしおますか」

彼女は紳士の服装を眼で調べた。関西弁を使うのを見ると、大阪か神戸の老人らしいが、どこかの会社の社長のように思われる。

「え、ちがう？　西口？　さよか。東京はあまり知らんさかいな、自分の泊っとるホテ

ルまでわからんようになって……おおきに……」

礼を言って、二、三歩、歩きかけてから、急に思いついたように、

「お嬢さん。お一人か」

とたずねた。

「もしお一人で、急いでおられんようやったら、助けてもらえんやろか。孫にな、土産買《こ》うてきてと、頼まれましたんや。十七歳の女の子ですねん」

と老人は笑って、

「それが、なにを、買うてええのんか、年寄りにはわかりませんのや。ホテルのショッピング・センターでも一緒に見てもらえませんやろか」

「でも、わたし」

とミミが言いかけると、老紳士は、

「そのかわり、お嬢さんのお好きなもの、何でも御馳走《ごちそう》させてもらいまっせ」

と更に人のよさそうな笑いをうかべた。

タクシーをとめると年寄りはミミをつれて京王プラザ・ホテルまで連れていった。車が白く高いホテルに近づいた時、彼はおもむろに上衣のポケットからワニ皮の札入れを出した。ミミがチラッと横眼を走らせると、手の切れるような一万円札がいっぱい入っていた。

「運転手さん、細かいのが、おまへん。これで、おツリ、もらえまっか」

その一万円札の一枚をさし出された運転手は当惑げに、

「弱ったなあ。さっき、千円札は全部、使っちゃったんで……おつりが無いんだよ」

「へえ。どないしよ」

と老紳士はつぶやいて、

「お嬢さん。細かいの、拝借できまへんか。すぐにホテルでお返し、しますさかい」

ミミは仕方なくハンドバッグをあけた。それから少し恨めしげに自動車賃をとり出した。

「おおきに。おおきに」

紳士は何度も頭をさげ、車からおりると、

「ほんま、助かりましたワ」

と礼を言った。

ショッピング・センターはロビーより一階、下にある。だがエレベーターでそこまで降りてみると、どの店ももう閉店の札を出していた。開いているのはドラッグ・ストアーと外人用の真珠屋だけである。

「こりゃ、あかん。閉店の時間を忘れてしもうてた。お嬢さん。無駄足、ふませましたな。いや、それでも食事は奢《おご》らせてもらいまっせ。約束は約束やさかいに」

またエレベーターで四十五階にのぼった。そこには銀座の有名な料理屋や寿司屋《すしや》が出店を出しているからである。

寿司屋に入った。ミミが心のなかで、できるだけ高いネタを注文してやろうと思っていると、それを見ぬいたのか、

「さあ、何でも食べてちょうだい」

と老紳士はニコニコとして自分も酒を一本、注文し、いかにもうまそうに盃《さかずき》を口に運びながら、

「わしは大阪で会社を経営してますねん、今ではこういうゼイタクできるようになったが、若い頃はこれでも随分、貧乏したもんだっせ」

たのしげに老人は自分の昔話をしはじめる。若い頃、巡査をやっていたが、いつか独立するために貯金をはじめた。どんなものでも無駄にしなかったし、路《みち》に落ちているものも役に立つなら、縄一本でも拾ってくるような生活をした。その頃は野原によく古畳を捨てる家があったが、その古畳さえもらってきて、日曜日になるとそれを細かく刻み、左官屋に売りつけて十銭をもらったと言う。水道代を節約するために掌《てのひら》の厚さだけの水で顔も洗い、口もすすいだと自慢げに話し、

「そんな苦労、苦心もして一銭、一銭、貯《た》めたんでっせ。近頃の若いもんはゼイタクでいけまへん」

ミミは心のなかでせせら笑った。近頃の若い者と言うが、ミミだってやがて店を出すためこの老人と同じくらいの倹約をしているのである。電燈代《でんとう》を節約するために真暗なアパートの部屋でじっと動かぬことだってあるのだ……

(それにわたしならサ、どんなにお金持になっても、こんな高いお寿司屋などに来ないよ。知らない女の子に奢るなんて、ありっこないわね)

要するに男は本質的に甘く、鼻の下が長いのだと思う。ミミはパクパクと食べた。鼻の下の長い男はたとえ年寄りであれ、徹底的に利用してやろう。ミミはパクパクと食べた。海老《えび》も、あなごもイクラも注文した。上機嫌だった年寄りの顔が次第に曇ってきたのも可笑《おか》しかった。

「ごちそうさま」

彼女は礼を言うと大きな湯のみを口にあてて、あついお茶をゆっくりと飲みはじめた。

「おいしゅう、おましたか」

「ええ」

「そんなら」

老人は顔をあげて、板前に、

「お勘定、たのみまっさ。トイレは?」

とたずね、店を出たエレベーターの奥だと聞くと、

「どうも年寄りはあれが近うてな、あきまへん。戻ってくるまで、お兄さん、勘定しと

いてや」

と立ちあがった。ミミはあついお茶をフウ、フウ、言いながら飲んだ。今夜の晩御飯が久しぶりに豪勢だったのも嬉《うれ》しかったし、満足だった。

トイレに行った筈《はず》の老紳士は二十分たっても半時間たっても店に戻ってこなかった。ホテルのフロントでもそんな老人は宿泊していないと言った。


「とに角、おかしいんですよ」

とバーテンはチーズを切りながら、水割りを飲んでいる小説家に、

「区役所通りの薬屋の看板娘、知っているでしょ」

「うん」

好奇心の強いこの小説家は色の白い、丸顔のその娘を何度も見たことがあった。その薬屋でケーモールという毛はえ薬を幾度か買ったからだった。

「あの娘のことを、すぐ近くの婦人服店の息子が好きになりましてね」

「へえ」

「ラブレター三十通近くも、書いたらしいですよ。いつも小さなプレゼントをつけて……てめえで持っていく心臓がないんで、友だちに持たせたんです。そしたら、その娘とできちゃった」

「うん」

「それが……婦人服店の息子とじゃありませんよ。そのラブレターを持っていった友人と娘とができちゃったんです」

「色々なことがあるねえ。この新宿には」

眼をつぶって小説家は戦後のこの街を思いだした。表通りに露店が並んでいた。兵隊服を着た男たちが何処《どこ》から集めてきたのか、普通では手に入らぬ鍋《なべ》やフライパンや毛布や闇米《やみごめ》を大声で売っていた。葦簀《よしず》ばりの店のなかでカストリやバクダンを日中から男たちがあおっていた。そんな戦後の新宿をここに集まる若い連中は知らない。

「あの医院はどうなっている？　例の自殺した医者の……」

「どうやら雀荘《ジャンそう》に変るらしいですよ」

「マージャン屋か」

ジャラ、ジャラというパイをかき集める音が小説家の耳に聞えてくるようだった。その騒音のなかにすべてが消えていく。忘れられていく。

「つらいねえ」

「何がですか」

「誰だって怒る権利はある、憤《いきどお》る権利はある。だが他人を裁く資格などどんな人間にも本当はありゃあ、せんのだ。戦争のあと、ぼくはまだ若かったがねえ、多くの日本人が日本人の手で裁かれるのを見て、何だが、やり切れなかったな」

「へえ。そうかなあ」

「だって裁いている人だって、裁かれた者と同じ状況におかれたら、同じことをしたかもしれん。俺は絶対にそんなことをしなかったと断言できるほど、自信のある人間は……この世にはいないからねえ。しかし、それじゃ社会が成りたたないから、人間が人間を裁くんだろうが……」

バーテンは頬をふくらませ、不満そうにだまりこんだ。黙ったままコップをみがき続けた。

「じゃあ、誰が裁く資格があるんです」

「裁けるのは……神だけだろう。もし神というものがいるならね」

「神なんて……」

バーテンは顔をあげて苦笑した。

新宿西口、朝六時。銀色のライターを立てたような高いビルが五つ、朝空に浮んでいる。幅ひろい車道には人影はなく、青い光をともした街燈が背をまげた不機嫌な老人のように立っていた。

公園のまるい池のそばに、トランクを足もとにおいた女が一人、ぼんやりと腰をかけていた。まるい池には釘《くぎ》そっくりの形をした噴水柱がうちこまれていたが、噴水はとまっていた。公園の縁に並べられた椅子《いす》は朝露とごみとで随分、よごれている。うつむいたまま、女は時々、ハンカチで眼をぬぐった。泪《なみだ》はとどめようもなく、いくらでも溢《あふ》れ出てきた。

女は昨夜、子供が危篤《きとく》なのを知った。新宿の料理屋で働いているので、松本まですぐ飛んで戻るわけにはいかない。母親から泣き声で電話がかかってきた時、店は客でいっぱいで戦場のようだった。受話器を切ったあと、女が壁にもたれて肩を震わせていると、主人が何をさぼっている、と怒鳴った。

二日だけ暇をもらえた。松本に帰る列車は八時発。あと二時間ある。この公園で女はその時間のくるのを待っている。

ひろい歩道にトレイニング・パンツをはいた男が一人、走っている。ようやく朝の光が雲の間から洩《も》れて、ビルの硝子《ガラス》を橙色《だいだいいろ》にそめた。

ハンカチで泪をふきながら、顔をあげると、池の向い側のベンチに、おかま帽をかぶり、顔のながい外人が彼女を心配そうに見ていた。彼は袋のなかからパンを出して齧《かじ》り、その粉を足もとに集まった雀《すずめ》にやっていた。

サンタクロースのように外人は袋のなかから、ジュースの瓶をとりだし、それを見せて、飲むか、と身ぶりで訊《たず》ねた。女は首をふった。

ゆっくりと外人は立ちあがり、彼女のそばまで歩いてきた。

「のんでくださーい」

とガストンは間の抜けた声で言った。

「のみますと、元気のでますです」

ためらっている女にガストンは瓶をさし出し、哀《かな》しそうな微笑をうかべた。

「すみません」

女は瓶を受けとった。他人からこうやさしくされたことは長い間、彼女にはなかった。

女は肩をふるわせた。

「子供が危篤なんです。すみません」

と彼女は瓶をかたく握りしめたまま、あやまった。

ガストンはしゃがんだまま、眼をつむった。あなたは、今日もまた、このひとを泣かせている。毎日、毎日、あなたはたくさんのひとに悲しい出来事を与えている。なんのためで、なんの意味があるのでしょうか。

「子供さん、どこ？　東京？」

とガストンはちいさな声で訊ねた。

「いいえ。松本。わたし、仕送りしてるんです」

女の肩がこきざみにゆれている。ジュースの瓶を握りしめることで、泪をこらえているのがガストンにはよくわかった。

もし、わたくーしが五十歳まで生きるのでしたら、十年ちぢめてください。ガストンは朝の光のあたるビルを見ながら心のなかで言った。四十まで生きるのでしたら三十までにしてください。そしてその十年、この人の子供にやってください。わたくーしは役にたちません男。わたくーしは何もできません男。わたくーしが長く生きますより、この女の人が泣きませんこと、だいじ。

女は少しだけジュースを飲み、よごれた顔に無理矢理、微笑をつくって、

「ありがと」

と瓶を彼に返した。それから足もとのトランクを手にとって立ちあがった。

「さよなら」

と彼女は言った。

「ふぁーい」

とガストンは答えた。

彼女は池のそばを通りぬけ、新宿西口の駅に向って、のろのろ、と歩いていった。その小さな背中全体に生きることの哀しみがくっついている。

街燈の灯が消えた。少しずつ車道を走る車がふえはじめる。マラソンをしている男が一人から三人になった。

ガストンはそのひろい車道に出た。ずっと先に、さっきの女がトランクを右手にさげたまま歩いている。やがて、彼女は路《みち》をまがり消えていった。消えていったあとに悲しみの泪がひとすじまだ残っている。

女もガストンも立ち去った公園には人影はない。まるい池には釘そっくりの形をした噴水柱がうちこまれているが噴水はとまっている。その柱に少しずつ光があたりだした。

解説

遠丸立

この作品は、昭和三十二年に発表された初期の代表作『海と毒薬』の続篇であるとみていいだろう。そこからほぼ二十年経過したところで書かれた後日譚《ごじつたん》であるといえよう。『海と毒薬』も暗い色調の作品だが、この続篇もそれに劣らず陰気な色彩の目立つ小説である。作品の主題からいって、そうならざるをえないのだが、それにしてもなんと沈《ちん》鬱《うつ》な気分で読者を酔わせる作品であることか。

生きることの悲しみ、この俗世の塵芥《じんかい》と汚猥《おわい》にまみれて生きることを余儀なくされる人間につきまとう悲しみ。作者の主眼はそこに向けられている。われわれの生に内在するこの本質的な悲しみに手向けられた歌。

『海と毒薬』で作者が提出しているものは、むろん、たとえば二十歳の若者にだって、おおよそのところ理解できる。しかし『悲しみの歌』から霧のように沁《し》みでる人間の生のドラマの陰湿な情緒は、おそらく二十歳の未経験な青年には、十分理解することはむずかしいだろう。作者の伝えようとしている意図は汲《く》みとれるだろうが。そういう意味でこの作品は、中年の、中年以後の世代の、文学である。五十何歳かの遠藤周作が書いたから、というだけではない。この作品の底に澱《よど》んでいる滓《おり》のような悲しみをあじわうには、読者の側にそれ相応の生の体験を、生そのものから分泌《ぶんぴつ》する悲しみの体験を、刻み込んだ感受性が要求されるからだ。

おそらくこれは「知」の敏性《デリカシイ》で「鑑賞」する作品ではない。そうではなく、ながい人生を渡渉し、人間の裏と表の実情をふたつながら知悉《ちしつ》した感性でもって「共感」する作品なのだ。私たちの生の根源に網を張っている悲しみというものは、どんな理屈をふりまわしても、とうてい「説明」などできはしない。「外は霧雨が降っている」という描写を作者は処々に挿んでいて、「霧雨」のイメージが作品の暗澹《あんたん》とした主調音をたかめるのに相乗効果を発揮しているが、むろん遠藤氏はそのことを計算のうえで、この雨のイメージを頻用しているのである。

ちなみに『海と毒薬』では、標題にも掲げられているように、海のイメージを筋の運びの要所要所で使っている。しかしそれは、静謐《せいひつ》で平和な海ではない。碧《あお》い色の狂暴な力を秘めた自然としての海である。なにか巨大な力に押し流されるふうにして生体実験という背徳的行為のなかに呑《の》みこまれていく勝呂《すぐろ》の内部情景を、そのような海の属性によって作者は象徴させているのだが、作者のモチーフの託されたイメージが前作の「海」から「雨」、それも「霧雨」、へと転位する、そこのところにこの両作品の中心的意図のずれ、あるいは変化、が見てとれるというべきだろう。

「海」はある内的な狂暴な力の喩《たとえ》であるが、「霧雨」は力ではなくて滲《にじ》みでるようなある情感、ある雰囲気《ふんいき》、の喩である。『海と毒薬』において作者は、かなり強いタッチでひとつの倫理的主題のフォルムを明瞭《めいりょう》にえがきだし、浮きあがらせており、そのことによってひとつの事を提起している。けれども『悲しみの歌』はそうではない。そこでは力をこめてなにかを提起するというような強い姿勢は、すこしぼやけて見える。「人間はひとつの偶然に乗れば、あるいは置かれた状況しだいで、どんなことをも、つまりどんな『悪』をも、やれる存在だ。それは水が低きにつくようなもので、いかんともしがたいことだ、人が人を裁く権利はない……」そういう呟《つぶや》きのきこえる一枚の同情的構図を、沈鬱な情感でもってやんわりくるみこみ、読者のまえにそっと差しだしている。作者のやんわりとした画法が印象的である。画像のすべては、ソフトなタッチで終始している。それに見合うぶんだけ悲哀の情緒が纏綿《てんめん》する作品に仕上っている。

ガストンにむかって勝呂がつぎのようにいう場面がある。たぶんこれらのせりふのなかに、作者、遠藤周作のもっともいいたいことが凝縮しているのだと思う。

「仕方ないさ。人間はそう、できているんだ。人間なんて不倖《ふしあわ》せになるために、この世に生れてきたもんだ」「あんたは、人を助けるのが好きらしいが、人間が他人を助けるって、そう簡単にできるもんじゃない」「だから、助けるのはいいが、諦《あきら》めることも大切なのさ」

私ははじめに「この作品は『海と毒薬』の続篇だ」といった。戦争末期に九州大学医学部で起った米軍捕虜の生体解剖を主舞台に据えた前篇では、主人公は「実験」の末端の助手を果たした勝呂だと考えることができる。断ろうと思えばそうできたのに、状況に流されるままいわばずるずるべったりに主任教授の命に従った医局員、勝呂のなかにひそむ罪と悪の意識、あるいは無意識、に光を投げようとした小説であるということができる。けれどもこの続篇の主人公は、勝呂ではない。ガストンである。ヒッピー風の外人のおバカさん、ガストンである。いや、そういうことばを使えば、現代の東京の盛り場、新宿に来臨したイエス・キリストの滑稽《こっけい》な姿である。

ある視野からすれば、聖書中に語られるイエス・キリストのあらゆる行為は滑稽であろう。同じようにガストンのあらゆる行為も滑稽である。ガストンは、他人の苦しみのまえを平気でとおりすぎることのできぬ青年なのだ。どういういきさつでか、偶然訪れた異邦の地、新宿で出会うあれこれの人びとの見舞われる苦痛、たとえば死病の癌《がん》に侵された老人、勝呂の深部にとぐろを巻く癒《いや》しがたい徒労と疲労、危篤《きとく》に陥った子供を案じる母親……、のかたわらに侍《はべ》って少しでも彼らに慰めを、と心を砕くのが、わがガストンなのだ。ガストンの生活のすべては、その一点に支えられている。うたがいもなく、作者はガストンにイエスを擬しているのである。

そしてそのようなイエスを作品の真の主人公として紙上に創造し、自責と疲労の果てに自殺をえらぶ勝呂のかたわらに配すること、勝呂というちいさな罪人《つみびと》を超えたところの救《すく》い主《ぬし》として、無限の優しさと赦《ゆる》しを人間に贈る存在者として、——そういう構成のなかに、たぶん作者はこの『海と毒薬』の続篇の、続篇としての、生存理由を置いているのだと思われる。異邦の巷《ちまた》の人びとに立ちまじるなかで繰りひろげられるガストンの天真爛漫《らんまん》と無償の献身を自在に紙上に闊歩《かっぽ》させること、そこに作者は賭《か》けているふしがある。そしてそのことは、人間の内部に黴《かび》のように生息する罪と悪の根源に迫ろうとする前作のモチーフから、人間の弱さ、人間の生存の不条理、を聖書のイエスのように「赦そう」とするこの作のモチーフへの転位とも見合っているのである。

私は、ドストエフスキーをはじめ、あるタイプの作家が小説の構想中に襲われる「神に近い底抜けに善良な人間をぜひとも創《つく》り出したい」衝迫に、遠藤周作もまた身を焼かれたひとりであることをこの作品から知る。それはたぶん彼がカトリック作家であることと密にかかわっているのであろう。しかし私は、事の成功不成功を度外視して、そういう願望にある時否《いや》も応もなく焼かれ、渾身《こんしん》の力を傾けてそれに立ちむかう「作家」という名の人間に限りない親愛と牽引《けんいん》を感じるということは、いっておきたい。

この作品でガストンが主人公に代わっているとはいっても、勝呂が重要性をうしなっているということにはならない。勝呂は、やはりもっとも重要な人物のひとりである。

勝呂は、筋の運びのうえでもうひとりの重要な人物、公式的正義派の新聞記者折戸、から三十年前の「罪」について問いつめを受けることがきっかけとなり、追いつめられていく。彼は新宿で変りものの開業医としてひっそりくらしている。けれども末期の貧しい癌患者をじぶんの医院に無料で入院させ、なにくれとなく面倒をみてやったり……の慈善をひそかにふるまったりもする。

しかし、一方、堕胎に手を汚した医者としてのじぶんに対して、つまり、少なくない生命の萌芽《ほうが》を闇《やみ》から闇へ葬《ほうむ》り去ったこれまでの所業に対して、日夜自責の念に嚙《か》まれてもいる。「人間を延命させること、それを天職としてえらんだおれが、逆に日々持ちこまれる殺人の賃仕事から足を洗うことができない！」勝呂のふりはらおうとしてふりはらうことのできぬこの慚愧《ざんき》の念は、この作品のもうひとつの重要な柱である。その意味からすれば、彼の自殺は、たんに旧悪をあばかれ、またごく最近手を貸した安楽死事件の発覚によって、追いつめられたというより、医師という職業にまつわる基本的矛盾を骨身に沁《し》みて受けとめ、ついには忍耐の限界を越えてしまった結果であるとも考えられよう。

医師という職業は、本来人間の病いを治し、人命を救う職業であるはずなのに、このいたずらな世の男や女の涙につい負けて、または金銭を目当てに、世の医者どもは生命を奪う行為に手を染めているではないか、それが医師のいつわらざる実情ではないか

――この疑問は私のみるところ、この作にかぎらず遠藤文学の主題のひとつだが、『悲しみの歌』においても、勝呂という人物造型のなかに、この永年の疑問を作者は根気よく問いつづけているのだと考えることができる。

ガストンと勝呂と折戸のほか、かなりたくさんの人物が配置されている。大学教授で「文化人」の矢野、その娘ハナ子、教え子の山崎と林、胃癌の焼芋売りの老人、その孫キミ子、スチュワーデスの貴和子、モデルのミミ、街娼《がいしょう》……。そのなかで逸することができないのは矢野だろう。遠藤氏の筆はこの人物をやや戯画的にえがいているが、表の顔と裏の顔のまったくちがう浅薄な「文化人」の一典型として痛烈な揶揄《やゆ》をこめてこの人物を登場させる背後に、この作者の「大学教授」「インテリ」に対する根深い不信を読みとるべきなのであろう。

もうひとつ目に付くのは、作者の若い人間一般に覚えるらしい背馳《はいち》の感覚である。若い世代の人間、たとえば山崎、林、ミミ、ハナ子……などのまえでは、遠藤周作はある距離を置いて対しているように思える。作者が共感と愛着をこめて、つまり感情を移入して、入念にえがいているのはガストンと勝呂のふたりで、残余のあまたの若者たちに対し、作者はどちらかといえば、淡々とした軽い視線を投げているように思われる。遠藤氏の筆は、これらの人物たちの心理と行動のあいだを縫って、いわば足早やにとおりすぎる。しかし、その軽い一瞥《いちべつ》しかあたえられていない若者たちが、新宿という東京最大の盛り場を徘徊《はいかい》する点的人物として、奇妙に生き生きとした存在感をもって読者に迫ってくる。複雑で華やかな都会を彩《いろど》る点景的人物として、彼らのなにげない口吻《くちぶり》、一挙手一投足、が奇妙な効果をあげている。そしてこれらの人物たちの存在が、作品の暗い底流とよきコントラストをつくっている。これもこの作品の特色のひとつといえよう。

私はこの解説文をごらんのように『海と毒薬』の対比において書いてきた。そのこと自体が示唆《しさ》しているように、この作品をよりよく理解するために読者はどうしても『海と毒薬』に手をのばさなければならなくなるという事情を最後に強調してこの文を閉じたい。ぜひ『海と毒薬』は読んでほしい。なお『悲しみの歌』は、はじめ「週刊新潮」に連載され(昭和五十一年一月一日号〜九月二日号、原題『死なない方法』)、昭和五十二年一月、新潮社から出版された。

(昭和五十六年五月、文芸評論家)

この作品は昭和五十二年一月新潮社より刊行された。

新潮文庫最新刊

早見　俊著
高虎と天海
戦国三大築城名人の一人・藤堂高虎。明智光秀の生き延びた姿と噂される謎の大僧正・天海。家康の両翼の活躍を描く本格歴史小説。

永嶋恵美著
檜垣澤家の炎上
女系が治める富豪一族に引き取られた少女。政略結婚、軍との交渉、殺人事件。小説の醍醐味の全てが注ぎこまれた傑作長篇ミステリ。

谷川俊太郎
尾崎真理子著
詩人なんて呼ばれて
詩人になろうなんて、まるで考えていなかった――。長期間に亘る入念なインタビューによって浮かび上がる詩人・谷川俊太郎の素顔。

R・トーマス
松本剛史訳
狂った宴
楽園を舞台にした放埒な選挙戦は、美女に酒に金にと制御不能な様相を呈していく……。政治的カオスが過熱する悪党どもの騙し合い。

G・D・グリーン
棚橋志行訳
サヴァナの王国
CWA賞最優秀長篇賞受賞
サヴァナに〝王国〟は実在したのか？　謎の鍵を握る女性が拉致されるが……。歴史の闇を抉る米南部ゴシック・ミステリーの怪作！

矢部太郎著
大家さんと僕　これから
大家のおばあさんと芸人の僕の楽しい〝二人暮らし〟にじわじわと終わりの足音が迫ってきて……。大ヒット日常漫画、感動の完結編。

悲《かな》しみの歌《うた》

新潮文庫 え - 1 - 14

昭和五十六年六月二十五日 発 行
平成十五年九月二十五日 三十三刷改版
令和 六 年八月 五 日 四 十 六 刷

著者 遠《えん》藤《どう》周《しゅう》作《さく》

発行者 佐藤隆信

発行所 株式会社 新潮社

郵便番号 一六二―八七一一
東京都新宿区矢来町七一
電話 編集部(〇三)三二六六―五四四〇
読者係(〇三)三二六六―五一一一
https://www.shinchosha.co.jp

価格はカバーに表示してあります。

乱丁・落丁本は、ご面倒ですが小社読者係宛ご送付ください。送料小社負担にてお取替えいたします。

印刷・大日本印刷株式会社 製本・加藤製本株式会社

ISBN978-4-10-112314-1 C0193